JN070083

波濤(はとう)の城

五十嵐貴久

祥伝社文庫

波濤の城

Castle in the Waves

Contents

「主よ、助けてくれとは申しません。だから、邪魔だけはしないで下さい」

――映画『ポセイドン・アドベンチャー』

プロローグ

AM05：32

九月一日、金曜日。

午前五時三十二分、雲の切れ間から薄いブルーの光が、新設されたばかりの神戸桜港(こうべさくら)国際客船ターミナルを照らし出した。

なだらかなアスファルトのスロープを、数え切れないほど大勢の人々が埋め尽くしている。彼らの眼前にあるのは、白亜(はくあ)の城だった。

メモリア・オブ・レインボー号。全長三百メートル、全幅三十二・五メートル、総トン数六万二千トン、喫水(きっすい)八メートル、航海速力最高二十三ノット、客室数五百、乗客数千五百名、乗組員数五百名、十一階建て、フロア総面積約八万平方メートルの豪華巨大クルーズ船だ。

船籍国はイタリア、船主はイタリア、ナポリ市のイルマーレ社、初就航は一九九六年、その後数度の改装が行われたが、昨年冬から先月まで就航二十周年を記念して、それまでの緑、白、赤というトリコロールカラーを一新し、白一色にするなど、外装及び船内装備について徹底的なリニューアルが施されていた。

一時間以上前から、客の乗船が始まっている。毎年九月一日から、イルマーレ社は四泊五日で神戸発博多経由の韓国釜山行きクルーズツアーを開催しているが、人々の行列はそのためのものだった。

比較的年配の者が多いのは、レインボー号のような豪華クルーズ船ツアーの特徴だ。料金はともかく、時間に余裕がなければ船旅を楽しむことはできない。仕事や子育てなどから解放された夫婦が大半を占めていた。

夜明けの陽光がレインボー号の純白の壁に反射して、辺りは昼間のような明るさだった。きらめく光の中、客の列が整然と進んでいる。

銅鑼の音が鳴ったのは、六時ちょうどだった。今回のツアーの出港時刻は、一時間後の朝七時の予定だ。

十階の展望デッキに止まっていた数羽の烏が銅鑼の音に驚いたのか、一斉に飛び立った。そのうちの一羽が方向を誤ってレインボー号船体の壁にぶつかり、頭をふらつかせながら客たちの頭上を横切るように飛び去っていった。

船体の中央に、烏の当たった跡がかすかに残った。だが、その黒い染みに気づく者は誰もいなかった。

Wave 1　メモリア・オブ・レインボー号

AM06:45

四階の客室に入るなり、神谷夏美と柳雅代はそれぞれのベッドに突っ伏した。

昨夜、最終の新幹線で新神戸駅に着いたのが夜十一時半、そのまま予約していたビジネスホテルにチェックインしたが、シャワーを浴びた二時間後、午前三時にはアラームが鳴り出した。

慌ただしくチェックアウトを済ませ、四時過ぎに神戸桜港へ向かった。二時間長蛇の列に並び、メモリア・オブ・レインボー号に乗船したのは五分前だ。口を利く気にもなれないほど疲れていた。

無理があった、と顔を伏せたまま雅代が呻いた。同意とつぶやいて、夏美はベッドの上に正座した。

「でも、無理しないと消防士は夏休みも取れないじゃないですか」

夏美と雅代は銀座第一消防署、通称ギンイチの消防士だ。消防士の勤務シフトは一勤一休一非番が基本で、単純に言えば二十四時間消防署で働き、二十四時間休む。

非番日は出勤こそしなくていいが、待機の義務があり、拘束されているも同然だ。休みということではない。

もちろん、夏期休暇の規定はある。所属する隊、あるいは部署内で相談し、順番に五日程度の休暇を取ることは可能だが、火災が発生すれば出動しなければならない。

予定では、午後から半休を使い、夕方には神戸に着いているはずだったが、京橋で起きた小火火災現場への出動を命じられ、その後処理が長引き、ようやく署を出たのは夜八時だった。

会社が銀座で良かったですね、と夏美は言った。消防士は自分の所属する消防署を会社と呼ぶ。

「そうじゃなかったら、最終の新幹線にも乗れなかった」姿勢を変えないまま、雅代がくぐもった声を上げた。「あたしが悪かった。消防士の分際で、人並みに夏休みの旅行がしたいなんて、そんな夢を見ちゃいけなかったんだ」

そこまで自虐的にならなくても、と夏美はベッドから降りて窓の遮光カーテンを開いた。

「雅代さん、海です。予報だと台風が近づいてると言ってましたけど、陽も出てるし、絶好のクルーズ日和……起きてください、五日しか休みはないんですよ」

四カ月前、神戸発韓国釜山行き四泊五日のクルーズツアーを見つけてきたのは、夏美の恋人で、大学の非常勤講師の折原真吾だった。クルーズ船での旅行など考えたこともなかったが、一人十二万円という意外と安い料金に心が動き、二人で申し込んだ。

ところがそのひと月後、アメリカ・アリゾナ州での発掘チームに大学から参加を命じられた折原が、キャンセルすると言い出した。仕事だから仕方ないが、申し込みは済んでいるし、夏美は休暇申請も出していた。

どうしたものかと警防部警防二課の課長である雅代に相談すると、自分が行くとその場で夏季休暇届を書き始めた。船旅に憧れていたというが、実際には日頃のフラストレーションが溜まっていたのだろう。

ギンイチで唯一の女性課長、消防司令補の雅代が了解したのだから、消防副士長の夏美としても、まさに大船に乗った気分だった。旅行代理店に掛け合って、申し込み人の名前を折原から雅代に変更した。

警防部の上司で司令長の村田に、旅行に行くので判を押すようにと強要したのは雅代だ。気迫に押されたのか、何も言わずに村田は二人の休暇申請を許可した。

汗と涙で勝ち取った、半月遅れの夏休みだ。楽しまなければ損だろう。

もうすぐ出港ですよと腕を引っ張ったが、雅代の口からかすかな寝息が漏れていた。

AM06:55

神戸桜港に黒塗りのベンツが停まった。助手席から降りた若い秘書が後ろに回り、頭を深く下げながらドアを開けているのを、レインボー号四階の正面エントランスから船長の山野辺征一(やまのべせいいち)は見つめていた。百八十センチの長身に、白と紺の制服がよく似合っている。

「先生、お疲れさまでした」

秘書が更に深く頭を下げた。疲れてなどいない、と苦笑しながらベンツを降りてきた高級ブランドのスーツを着ている男の顔を確認して、山野辺は改めて気を引き締めた。

男とその妻がエントランスに近づいてきた。山野辺は一歩前に出て、整った顔に満面の笑みを浮かべた。

「お待ちしておりました、先生」

わざわざ済まないね、と男が山野辺の手を握った。衆議院議員、石倉大造(いしくらだいぞう)。年齢は山野辺より十歳下の四十五歳だが、与党民自(みんじ)党内では、将来の総裁候補と囁(ささや)かれている。当選回数七回、鹿児島県出身の大物議員だ。

妻の琴江(ことえ)だ、と石倉が傍(かたわ)らに立っていた女性に視線を向けた。お世話になります、と和服姿の琴江が深々とお辞儀をした。政治家の妻らしく、控(ひか)えめな様子だ。

とんでもありません、と山野辺は船長帽の鍔に指先を当てた。

今回のツアーの乗客は千五百人いるが、その中で最も重要なのはこの二人だ。あらゆる意味で疎漏があってはならない。

出港五分前に到着するなど、他の客なら乗船を拒否していたはずだが、石倉夫妻が現れるまで、山野辺は何時間でも待つつもりだった。

話には聞いていたが、これほど大きいとは思わなかった、と石倉が船体を見上げた。

「十一階建てだそうだが、ここまで巨大だと、もはやビルだね」

その通りです、と山野辺は微笑んだ。先週、永田町の議員会館を訪ね、船の説明はひと通りしていたが、実際に石倉が見れば更に印象が良くなるという自信があった。

「先生のお荷物はすべて部屋に届けております。本来でしたらセキュリティチェックがあるのですが、その必要はありません。お入りください、私がご案内します」

船長自ら申し訳ないね、と石倉が機嫌よく笑った。現在地はこちらです、と船内マップの四階部分を示しながら、山野辺はエントランスの右側を指さした。一階から三階は海面下なので、四階が入口となる。

「こちらがフロント及びメインロビーになります。チェックインは完了しておりますので、どうぞ中へ」

合図をすると、黒服の日本人スタッフが銀のトレイに載せたグラスを差し出した。石倉にはブランデーの水割り、琴江にはカンパリソーダ。好みはリサーチ済みだった。

「ウエルカムドリンクです。そのままで結構ですので、どうぞお進みください」

山野辺はフロントに目を向けた。十数人のスタッフが一斉に立ち上がり、石倉と琴江に向かって深く頭を下げた。

正面にメインの大階段〝レッドステップ〟があるが、石倉夫妻の部屋は最上階の十一階だ。エレベーターへどうぞ、と山野辺はフロント前の通路を進んだ。

レインボー号には約八十メートルの間隔を置いて三カ所、三基のエレベーターが設置されている。山野辺が案内したのは、船長を含めオフィサーと呼ばれる上級船員とＶＩＰ乗客専用のエレベーターだった。

ただし、エレベーターは三基ともスピードが遅い。高齢者優先というルールがあるため、ほとんどの乗客は船首、船尾、中央の船内階段、または外デッキにある階段を使う。

待ち時間が長いのがエレベーターの欠点だが、二人のクルーが石倉夫妻のためにドアを開けて待機していた。

スケルトンのエレベーターに石倉夫妻を乗せ、山野辺はクルーの一人を連れて乗り込んだ。定員八人と広くはないが、四人だと余裕があった。

十一階のボタンを押すと、静かにエレベーターが動き出した。本船の施設ですが、と山野辺は柔らかい口調で説明を始めた。

「四階には他に四百人を収容できるカフェテリア〝グレートガーデン〟、そして客室があります。我々はサラ・デル・マーレと呼んでおります」

「サラ・デル・マーレ？」

イタリア語で海の部屋という意味です、と山野辺は微笑んだ。ロマンチックですね、と琴江がうなずいた。

レインボー号では四階から七階の客室をサラ・デル・マーレ、八階から十階までの客室をスタンザ・デラ・オンダと呼ぶことになっていた。

前者が二等客室、後者が一等客室で、部屋の広さや設備などに多少の違いはあるが、どちらもクルーズ船としては最高レベルといっていい。

各フロアの通路には、現代アーチストによる抽象画や、生花、彫刻などが置かれている。また、壁にはクラシックの絵画、写真、巨大なタペストリーなどが飾られていた。一流の美術館並みの展示物だ。

海面下の一階から三階には、船の心臓部とも言える機関室、それに付随(ふずい)する総合電気室、エンジン冷却システム、食料、飲料水などを貯蔵する船倉、燃料である重油の保管庫などがある。クルーズ船としては珍しいが、一階には三十台分の車両を停めておくカーポート施設も整えられていた。

ただ、それについて石倉に説明する必要はなかった。国会議員であっても立ち入り禁止だし、興味もないだろう。

メインの大階段、レッドステップ以外にも、船首、船尾側に通行用階段があるし、他に乗員用の非常階段が何箇所かあるが、乗客は使用できない。その他フロア間の移動のため、二基のエスカレーターもあり、こちらを利用する乗客も多かった。

だが、石倉が使用することはない。不要な説明をしても時間の無駄だ。

レインボー号の全フロア面積はトータル八万平方メートルという広さです、と山野辺は五階フロアを指さした。スケルトン仕様のため、エレベーターの中から三百六十度外を見渡すことができた。

「ワンフロアの平均は約七千二百平方メートル、全体が台形に近いデザインですので、最上階は六千五百平方メートルですが、部屋の充実度は他フロアの比ではありません」

四階から七階までは、船首側が客室エリア、船尾側には各フロアに飲食店、売店、その他キッズルームや美容院、アナウンスルームや英会話教室などがあります、と指さしながら山野辺は説明を続けた。

「先生に関係があるとすれば、五階のレセプション会場でしょうか」

上昇を続けていたエレベーターの斜め下の広いステージに、五台の鮮やかな原色の車が並んでいた。

「今回のツアーでは、イタリア車の展示会が開かれております。興味がおありでしたら、ご案内しますが」

今はいい、と石倉が手を振った。クルーがトレイを差し出して、飲みかけのグラスを受け取った。

本船のエントランスから続くメインの大階段、レッドステップは四階から十階まで繋がっておりますが、と山野辺はエレベーターから外を指さした。

「七階から上に行くためには、一度逆の通路に向かわなければなりません。不便と思われるかもしれませんが、混雑を避けるために必要でして……正直に言いますと、六階と七階の通路には各種のショップが入っております。お客様に店に寄っていただくために、このような構造を取っているというわけです」

大型ショッピングモールが使う手だな、と石倉が笑った。そういうことです、と山野辺も愛想笑いを浮かべた。

「そして八階から十階までは、客室エリアに加えて、各階ごとにそれぞれ特色があります。全フロアに共通するのはラウンジ、バーなど飲食店ですが、八階はカルチャーフロアで、インターネットルーム、小劇場、書店、CDショップ、レンタルDVD店などがあります」

メインプールは九階だと聞いた、と石倉が目をこすった。その通りです、と山野辺はうなずいた。

「九階はプールと飲食店のフロアです。メインプールは全長二十五メートル、五コースとクルーズ船の中では最大級です。また、メインダイニングのレインボービュッフェをはじめ、和洋中その他のレストランも揃っています。一週間、三食すべてを違う店で食事することも可能です」

釜山には明日着くんだろう、と石倉が苦笑した。その後、石倉夫妻はカジノ視察のため空路シンガポールへ向かう予定になっている。残念です、と山野辺は小さく笑った。

「各店のシェフが先生ご夫妻のためにスペシャリティを用意していたのですが、それは別の機会に取っておくことにしましょう。さて、十階はスポーツフロアです。一周四百メートルのジョギングコース、テニスコート、ボルダリング、フットサル、海に向かう打ちっぱなしのゴルフ練習場もあります。ジム、サウナ、マッサージ施設も完備していますので、よろしければご利用ください」

あそこでもゴルフができるのか、と石倉が広い人工芝のフィールドに顎を向けた。あちらは空中庭園です、と山野辺はうなずいた。

「最終的には土を入れて季節の花を植える予定です。どうしても船は殺風景になってしまいますので、お客様にとって目の保養になればと」

あれは何でしょう、と琴江が空中庭園の奥に立っている塔を指した。給油用のタンクですと山野辺は答えた。

「いえ、そうではなくて……壁に何か掛かっていませんか」

妻は近眼でね、と石倉が言った。失礼しました、と山野辺は制帽に指を当てた。

「あれは約百年前に初代イルマーレ社社長が海難事故に遭った際、使用された救命用ラフト、つまり筏のレプリカです。当時は木製だったと聞いていますが、現在は強化プラスチックで再現しています。イルマーレ社が所有しているすべての大型船舶に設置されておりますが、お守り代わりということなのでしょう」

なるほど、と石倉が感じ入ったように何度もうなずいた。

「蔵原幹事長がレインボー号を強く薦める理由がわかった。歴史と伝統のあるこの船こそ、我々にふさわしいというべきだろう」

光栄です、と深く礼をした山野辺の前で、小さな電子音と共にドアが開いた。

エレベーターを降りた山野辺は、重厚な木製の扉の前に立ち、指先を押し当てた。それだけで静かに扉が開いた。

促されて前に出た石倉が、大きく息を吐いた。目の前に広大なデッキが広がり、そこに石造りのヴィラが建っていた。

「十一階、ロイヤルスイートヴィラ、サラ・デル・ソル」山野辺は芝居がかった口調で言った。「太陽と聖霊のためのスペシャルルームです。十一階にはこのヴィラしかありません」

贅沢だな、と石倉が辺りを見回した。

「プライベートプール、プライベートジャグジー、プライベートサンデッキがついております」山野辺はひとつひとつの施設を指さした。「これほど贅沢に空間を使ったヴィラは、他のクルーズ船にもないでしょう。先ほどの扉は指紋認証になっておりますので、先生ご夫妻、私の他は数人の上級オフィサー以外、入室できません。完全なプライベート空間をお楽しみください」

鍵さえいらないというわけか、と石倉が目を丸くした。ヴィラの前に立っていたタキシード姿のコンシェルジュが、腰を直角に曲げて礼をした。

ヴィラと呼んでおりますが、要するにペントハウスです、と山野辺は室内の説明を始めた。

「4LDK、リビングは二百平方メートル、船首とほぼ同じ位置にありますので、景観がいいのは申し上げるまでもないでしょう。そしてダイニングルーム、ホームバー、セパレートのベッドルームが二つ、ひとつはツイン、もうひとつはキングサイズのダブルベッドです。もちろんバスルームも二つ、洗面所もダブルシンク、トイレも二つございます」

ウォークインクローゼット、とコンシェルジュが囁いた。忘れていました、と山野辺は後頭部に手を当てた。

最高級のホテルだね、と石倉が軽く手を叩いた。それ以上かもしれません、と山野辺は真剣な表情で言った。

「プライバシーの配慮は徹底しています。外部から覗き見ることも構造上不可能ですし、安全面も考慮されており、船上スリップウェイを滑走する専用の緊急避難用救命ポッドも完備しています。もっとも、過去一度も使用したことはありませんが」

ご用の際は何なりとお申し付けください、とコンシェルジュを指さした。

気に入ったよ、と石倉が大きな口を開けて笑った。ありがとうございます、と山野辺は頰に微笑を浮かべた。

AM07：00

四階の従業員控室で、客室係の北条優一は腕時計に目をやった。AM7：00。出港予定の時間になっていたが、船が動き出す気配はなかった。

もっとも、船に遅延はつきものだ。電車とは違い、正確さが求められているわけではない。船旅に必要なのは、余裕と遊び心だろう。

左右に目をやった。さほど広くない部屋には誰もいないが、他のスタッフが入ってくるかもしれない。制服のポケットからウイスキーのミニボトルを取り出し、素早くひと口飲んだ。

一瞬の高揚感の後、凄まじい自己嫌悪が襲ってきた。わかっていても、飲まずにいられない。重度のアルコール依存症だという自覚があった。

五年前、北条は日本最大の海運会社、東洋帝船に勤務していた、将来を嘱望されたエリート航海士だったが、提携していたトルコ船籍の客船、ターコイズ号に乗船していた際、海難事故に遭遇した。

一等航海士の北条は自ら避難誘導に当たったが、救命ボートから海に転落した二名の乗客が溺死した。それ自体は北条の責任外であり、処罰対象にはならなかったが、心に暗い澱のような疵が残った。

避難誘導の手順に間違いはなかったし、最善を尽くしたのも本当だ。だが、もっとできることがあったのではないか。あの二人を死なせずに済んだのではなかったか。

一年、自分を責め続け、結局会社を辞めた。その後いくつかの職に就いたが、もう二度と船には乗らないと決めていた。

四社目の会社は小さな旅行代理店、ホワイトテンプル社だった。配属は営業部だったから、船に乗ることはないはずだったが、半年前イルマーレ社に買収され、航海士だった経歴から、レインボー号の客室係として一年間の出向を命じられた。

クルーズ船の稼働期間は短い。レインボー号は昨年十二月から先月まで、船体の改装と機材交換が行われていたため、航海に出るのは今回のツアーだけだった。

たかが四泊五日のツアーだ。東洋帝船入社後、船員として二十年以上のキャリアを持つ北条にとって、不安は何もないはずだったが、恐怖心が体中に広がっていくのを、どうすることもできずにいた。

海が怖かった。五年前の事故以来、酒量が増えていたが、船での勤務が始まってからは、以前の倍になっていた。

今はいい。船は接岸している。だが陸を離れたらどうなるのか、自分でもわからなかった。

AM07：09

十一階から階段で十階へ降りた山野辺は、操船の指揮を執る操縦室、ブリッジに入った。船首側に突き出す形で設置されているブリッジの中央に甲板部の、一等航海士（チーフオフィサー）の長岡以下、二等、三等航海士、数名のクルーが待っていた。

他に機関部の一等機関士（ファーストエンジニア）の千葉、事務長（パーサー）の野際もいたが、二時間前に出港ブリーフィングは終わっていた。山野辺に残された仕事は、出港命令を下すだけだった。

ずいぶん長かったですね、と長岡が赤銅色の顔に苦笑を浮かべた。山野辺の二歳下で、腹心の部下と言っていい。

長岡もイルマーレ社東京支社、イルマトキオ社と石倉議員の関係性はよくわかっている。山野辺の立場を配慮した上での言葉だった。

山野辺は正面の二百七十度展開パノラマウインドウに顔を向けた。広いブリッジには、操船に必要な各種機器が整然と配置されている。

船の進む方向を測るマグネットコンパス、航海情報を重ねて表示する電子海図表示システム、二種類のレーダー、ソナー、プロペラやサイドスラスターなどを遠隔制御するリモートコントロール装置。

その他音響測深機や測程儀、GPS、自動船舶識別装置（AIS）、国際VHF無線電話、気象用ファクシミリなど、最新機器が揃っている。

オートパイロットが装備されている操舵（そうだ）スタンドの後ろに、甲板部の操舵手が背筋を伸ばして立っていた。通常、オフィサーは操舵号令を出すだけで、自ら舵（かじ）を取ることはない。

出港時間を730に変更する、と山野辺は命じた。了解です、とうなずいた二等、三等航海士が足早にブリッジを出て行った。

出港時、船の全乗組員はスタンバイ態勢に入り、それぞれの持ち場につく。レインボー号では二等航海士が船首、三等航海士が船尾と分担が決まっていた。一等航海士の長岡はブリッジで船長の山野辺の補佐につくが、船体そのものが巨大なための措置だ。チーフエンジニアの機関長及び二等機関士は、二階の機関制御室でエンジンを始動し、回転数を調整してスタンバイ状態にする。甲板長、甲板手、甲板員、操機長、操機手、操機員など、操船に関わる部署の乗組員が最も緊張する瞬間だ。

出港及び入港時は慎重な操船が必要となる。最新機器を揃えているレインボー号でも、細心の注意を払わなければならない。

ただ、レインボー号は左右に平行移動できるサイドスラスターを装備しており、タグボートなしでも自力で離岸可能だ。AC14型ストックレスアンカーは揚錨機のムアリング・ウインチによって巻き上げられていた。

神戸桜港はこの夏に新設されたばかりで、広い港内に他の船舶は停泊していなかった。通常であれば船長自らが船外を見張り、細かい指示を操舵手に出さなければならないが、そこまで神経質になる必要はない。山野辺ほど経験の長い船長にとって、大きな問題はなかった。

石倉議員のご機嫌はどうでしたか、と長岡が尋ねた。本船を気に入ったようだ、と微笑みながら山野辺は安堵のため息をついた。

イタリア、ナポリ市に本社を構えるイルマーレ社は世界でも十指に入る海運会社だが、数年前から経営の見直しを図っており、特に日本の東京支社、イルマトキオ社に対し、厳しい態度で臨んでいた。

高性能の機材を導入することで人員削減を図り、更に五十歳以上のオフィサー、クルーの半数以上に陸上勤務への異動を命じた。諸手当のつく海上勤務と比べて、給料を四割カットできるための措置だ。

山野辺は国立神戸ユニバーサル大学海事科学部を卒業後、イルマトキオ社に入社していたが、学歴、統率力を評価され、幹部候補生として採用されたエリートだった。

端整なルックスも、船長に相応しいと考えられたのだろう。期待に背くことなく、三十七歳という若さで船長に抜擢され、現在に至っている。

経験、能力、その他すべての面でイルマトキオ社を代表する船長と自他共に認める存在だ。リストラされるなど、考えたこともなかった。

だが、半年前の三月、庶務部への異動の内示が出た。役職は部長だというが、船長として二十年近いキャリアを持つ山野辺にとって、左遷以外の何物でもない。

山野辺には船長としてのプライドがあり、事実上のリストラ通告であるこの内示を断りたかったが、それができない事情があった。四年前、二十歳下のナースと再婚した際、新居を購入しており、ローン返済の金が必要だった。

船長と庶務部長では、給料も大幅に違う。船における絶対的な権限を持ち、五百人の乗員の頂点に立つ船長と、十人ほどしか部下のいない庶務部長とでは、立場に差があり過ぎたが、五十五歳という年齢の船長を採用する海運会社などあるはずもない。内示を受け入れる以外ない、と山野辺は諦めていた。

ところが、人事部の役員から、船長職をそのまま続けてもいいと内示から半月後に伝えられた。給料その他、待遇も今まで通りで構わないという。

ただ、ひとつだけ条件がある、と役員は言った。九月のクルーズツアーでレインボー号の船長を務めてほしい、というものだった。

それ自体は通常の業務で、今までもクルーズツアーでは船長としてレインボー号に乗っている。改めて命じることではないだろう。

訝しむ山野辺に対し、いつもと違う点がひとつだけある、と役員が分厚い資料を渡した。表題は『種子島ＩＲ計画に伴うフェリー航路プロジェクト』となっていた。

日本におけるＩＲ構想、つまりカジノ構想は、二〇〇〇年の初めに当時の都知事が提唱したのが始まりだったが、国が本腰を入れるようになったのは、その十年後だ。超党派のＩＲ議連が設立され、紆余曲折の末、二〇一六年にＩＲ推進法案が国会を通過した。

東京オリンピックが開催される二〇二〇年以降、国内数カ所でカジノを含めたＩＲ施設がオープンされるのは、ほぼ確実な状況だ。既に全国の自治体が、カジノ誘致に動き始めている。

ただし、ギャンブルの場であるカジノを忌避する立場を取る者も少なくない。かつてカジノ誘致に最も積極的だった東京都も、内部調整がつかないまま、手を引いていた。その中で急浮上したのが鹿児島県だ。

昨年二月、鹿児島県出身の衆議院議員、石倉大造がＩＲ議連の会長となったことで、その動きは加速した。鹿児島県種子島をカジノ建設の候補地とする計画書を委員会に提出したのは、石倉自身だった。

種子島はインフラも整っているし、空港もある。もちろん土地も広い。カジノを中心とした経済特区を作るのは難しくない。

石倉の計画は、カジノを誘致することで雇用など経済効果を見込めることはもちろんだが、同時に国内外の観光客を飛躍的に増やすことができるというもので、ＩＲ議連でも評価が高く、現在は委員の過半数が種子島カジノ計画に賛同している。

ただ、種子島カジノ計画には、ひとつだけ重大な問題があった。本土と種子島間のアクセスだ。

種子島空港に東京からの直行便はない。鹿児島空港で乗り換えなければならないし、仮に今後直行便が就航するようになったとしても、種子島空港の広さなどから、乗り入れ可能な機種は限られている。座席数は多くても約八十しかなく、どんなに便数を増やしても一日六便が限界だ。

石倉もそれは当初からわかっており、種子島カジノ計画書には、船舶による客の移送をメインとすると明記していた。事実、一日数千から一万の人間を種子島へ運ぶ手段はそれ以外にない。

　イルマーレ社の本社があるイタリアのナポリ市が鹿児島市の姉妹都市だったため、そのコネクションを使ってイルマトキオ社は石倉に接近した。狙(ねら)いは、鹿児島県志布志(しぶし)湾と種子島を直結するフェリー航路の独占だ。

　石倉の側も、鹿児島県と種子島を結ぶ船舶及び海運会社を絶対的に必要としていたため、話はスムーズに進んだ。

　カジノを含むＩＲ施設の成功例として有名なシンガポールへ、休暇も含めた個人的な視察を決めていた石倉に、レインボー号で韓国釜山へ渡り、そこから空路シンガポールへ向かってはどうかと提案すると、すぐ了解が取れた。石倉としても、フェリー船と航路の確認をしておきたいという意向があったから、まさに渡りに船だった。

　イルマトキオ社にとって、カジノ用フェリー航路の独占が経営再建の絶対条件だった。渡された分厚い資料はその事業計画案だったが、年間二百万人の客が種子島のカジノに行くとすれば、その収益だけで経営状態は一気に好転するだろう。

　イルマトキオ社が所有している数隻のフェリー船に加え、千五百人の客を一気に運ぶことができるクルーズ船のレインボー号を、最初の一年間だけフェリー船として就航させることも決定していた。この計画がなければ、一年前に会社はクローズしていた、と役員は自分の首に手を当てた。

山野辺への命令は、石倉とその妻の万全なアテンドだった。単純に言えば接待だ。

国会議員に対し、経験の浅い船長を配することはできない。どれだけ優秀な者であったとしても、若いというだけで信用されないのは、どの世界でも同じだろう。

石倉自身、フェリー航路にイルマトキオ社を選ぶと九分通(くぶどお)り決めていたが、主軸となるレインボー号に試乗したいと考えたのは、当然のことだ。イルマトキオ社としても、最後の念押しという心づもりがあった。

石倉がレインボー号の性能、施設、オフィサー、クルーを含めた乗員、その他あらゆる能力に満足すれば、シンガポールから帰国後、すぐにイルマトキオ社と仮契約を結ぶ手筈(てはず)が整えられていた。

難しいミッションではない。釜山に到着するまで、あらゆるサービスを万全に行えばいいだけの話だ。

ただし、万が一にでも石倉の不興を買えば、契約の話は白紙に戻る。その時は山野辺の責任となり、船長職はおろか、会社に留(とど)まることもできなくなるだろう。

役員の説明を山野辺は了解した。不安はなかった。

レインボー号は約二十年前に竣工(しゅんこう)された船だが、その後何度も機材を最新式のものに替え、直近では半年以上かけたリニューアルが終わったばかりだ。新造船と同等の機能を備えているし、各部署のオフィサー、クルーは全員優秀で、過去に事故を起こしたことは一度もない。

石倉夫妻への対応にも自信があった。航海中、船長の最も大きな責務は乗客に対するケアだが、長い経験から、山野辺はどのような配慮が必要か、すべて心得ていた。

問題があるとすれば、天候だろう。二週間前の段階で、大型の熱帯低気圧がマーシャル諸島沖で発生しており、航海の中止も検討したが、スケジュールが取れないという石倉の意向を受け、出港準備を進めた。

一週間前、熱帯低気圧が台風に変わる可能性が高いという予報が出ていたが、そのスピードが遅いことから、予定通り出港を決定した。三日前、熱帯低気圧は台風となったが、山野辺の計算では、直撃を避けることができるはずだった。

レインボー号は神戸桜港から四国沿岸を通り、南九州回りで福岡県博多湾へ向かう。台風が接近したとしても、陸地は近い。いざとなれば高知、あるいは宮崎辺りの港へ逃げ込むことも可能だという判断があった。

航路そのものは何度も航行している。安全なのはわかっていた。慣れているということもあり、危険など考えられなかった。

ただ、一人だけ不快な者がいる、と山野辺は視線を右に向けた。リモートコントロール装置の横に長身の男が立っていた。

副船長の松川忠伸、三十五歳の航海士だ。彫りの深い顔に微笑を浮かべている。整った甘いマスクを見ていると、苛立ちが募った。

山野辺もエリートコースを歩んできたが、松川はその上をいくスーパーエリートだ。国立東京海技大学を首席で卒業後、イタリアの国立海洋大学に留学、その後ナポリのイルマーレ社に本社採用されていた。

祖母はイタリア人で、イルマーレ社の大株主だ。数年後には本社の経営陣に加わるだろうと噂されている。

今回、レインボー号に松川が乗船しているのは、山野辺の査定のためだった。石倉を満足させたとしても、何かひとつでもミスがあれば、松川は会社に報告するだろう。

山野辺自身も経験の浅い松川を嫌っていたが、経営効率を優先する松川の側も山野辺を船長職から外したいと考えている。お互いに敵対する関係だ。

間違いは許されない、と山野辺はつぶやいた。会社のためにも、自分の立場を守るためにも。

内線電話に出ていた長岡が、出港準備完了と大声で報告した。係船索を外せと命じてから、山野辺はレッゴー・オーライと号令をかけた。

AM07：15

四階の客室で、長田久（ながたひさし）は作務衣（さむえ）姿のままトイレに籠（こ）もっていた。もう二十分以上、便座に座ったままだ。何度ため息をついたか、数えることさえできなかった。絶望だけが胸中にある。

尻ポケットから封筒を取り出し、診断書に目をやった。また深いため息が漏れた。肺ガン、ステージ4。余命十カ月。

長田は四十八歳だった。実家の寺を継いで僧侶になって、二十五年が経（た）つ。その間、ずっと死と向き合ってきた。僧侶とはそういう仕事だ。

寺に生まれた者として、常に死は身近にあった。怖いと思ったことはない。だが、今は無性に怖かった。

心残りがあった。妻、そして二人の娘。老いた両親。家族のために何ができるのか。残された時間は一年ない。

これまで以上に家族と向き合って過ごすことで、心は落ち着くかもしれないが、現実的な問題があった。金だ。

生活費はもちろんだが、高校生の娘二人の学費。認知症の父親を入れている施設の費用。自宅のローンも二十年以上残っている。にもかかわらず、金の当てはなかった。

頼りは保険だけだったが、常識的な額しか掛けていない。それではどうにもならない。

医師にガン告知を受けたのは半年前だ。加入していた生命保険の増額はしたが、ガンであることを伏せていたから、このままでは保険金が下りないかもしれない。事故死を装って自殺すればいい、という考えが浮かんだのは二カ月前のことだ。

だが、調べてみると、自殺を偽装するのは難しいようだった。少しでも疑わしい状況があれば、どれだけ巧妙に事故を装ったとしても、保険会社は詳しく調査する。自殺とわかれば、一切保険金は下りない。

ただし、百パーセント不可能というわけでもなかった。判定不能な場合もあり、そういう時は保険会社も支払いに応じざるを得ない。

頭にあるのは、家族への思いだけだった。家族に金を残さなければならない。

執念で過去の事例を調べ続け、確実に露見しない方法を見つけた。船舶による旅行中の事故死を偽装するのだ。

旅行代理店で探すと、韓国釜山行きのクルーズツアーがあり、その場で申し込んだ。海難事故に見せかければ、保険会社も自殺かどうか判断が困難になる。日本の領海を出たところで、海に飛び込めばいい。

現在の日本と韓国は政治的な緊張状態にある。保険会社も詳細な調査は難しいだろう。

明日の夜だ、とつぶやいて、長田は診断書をトイレに流した。レインボー号が釜山に到着するまでに、自分はこの世から消えているだろう。気づくと、涙が溢(あふ)れていた。

AM07:30

二百七十度の視界が開けているパノラマウインドウから、強い太陽の光が操舵室に差し込んでいる。九月に入っていたが、まだ夏は続いていた。

広いブリッジの後方にある舵輪(だりん)の横で、山野辺は立ったままエスプレッソに口をつけた。周りで十人ほどのオフィサーやクルーが、同じようにそれぞれ好みの飲み物を楽しんでいる。

金メッキの施(ほどこ)されている舵輪は飾りで、実際には操舵スタンドに付随(ふずい)しているジャイロスティックで舵を取っている。年配の船員はゲーム機のようだと毛嫌いするが、大型船では飛行機と同じオートパイロットによる操船が常識となっていた。

実際に使うことこそないが、舵輪は船を象徴するアイテムだ。最も近い場所にいることで、山野辺は自分が船の最高責任者であることを無言のうちに示していた。

数分前、係船索が外され、レインボー号は出港のため微速前進を開始した。横方向に推進力を発生させるためのサイドスラスターが複数設置されているため、操船は容易だ。エンジン出力のコントロールは機関長が目を光らせているので、ブリッジにいる者たちには余裕があった。

「各部署、報告を」

山野辺は双眼鏡に目を当てた。機材の点検は一週間前から行われている。出港間際になってトラブルが発生することは考えられなかったが、念を押すのは山野辺の性格だ。

甲板部、機関部、事務部から、それぞれ異常なしと報告があった。すべて順調だったが、戻ってきた二等航海士の杉原（すぎはら）が、気象庁及び神戸地方気象台から連絡が入っています、とやや低い声で言った。通信士の資格を持つ杉原は、レインボー号の気象担当を務めている。

「午前六時の段階で気温二十五度、湿度七十パーセント。快晴ですが、ひとつだけ注意事項がありました」

台風だな、と山野辺は言った。うなずいた杉原が、現在の台風10号の進行経路です、と開いたタブレットに指を当てた。

「四国沖約六百十キロ地点、昨日の予想より勢力を拡大しており、おそらく今季最大の規模になりそうです」

どれぐらいだ、と長岡が聞いた。中心気圧九二〇ヘクトパスカル、最大風速四十メートル、と杉原が答えた。

「これは予想値です。現在北上を続けており、四国もしくは九州付近を通過してロシア方面へ向かうと思われます。神戸地方気象台に問い合わせたところ、彼らは九州全域を直撃する可能性が高いと考えているようです」

かなりの大型だな、と山野辺はつぶやいた。かなりではありません、と杉原が更に声を低くした。

「問題は中心気圧の値です。マーシャル諸島沖で発生した台風は、日本付近に到達する頃に、九五〇ヘクトパスカル程度に弱まるのが通例ですが、この台風10号は九二〇です。気象庁によれば、九〇〇まで成長する可能性もあると……場合によっては、最大風速七十五メートルを超えるかもしれません」

大きさはそれほどでもありませんが、伊勢湾台風並みの勢力です、と付け加えた。昭和三十四年、日本列島に戦後最大の被害をもたらした台風で、船乗りの間では伝説として語り継がれている。犠牲者は約五千人、負傷者は約四万人、日本全国に甚大な被害をもたらした天災だ。

大丈夫かな、と長岡が太い眉を上下させた。昭和の昔とは防災体制が違う、と山野辺はその肩を軽く叩いた。

「それより、問題は台風のコースだ」

冷静な声に、全員が神経を集中させた。予想ですが、四国と九州の間を通って、山口県に上陸、日本海に抜けると思われます、と杉原がタブレットの画像を拡大した。

「現在はかなり遅いと言っていい速度です。時速約十五キロ程度ですが、日本に近づくにつれスピードアップするはずです」

私が気にしてるのは、レインボー号の航行に支障があるかどうかだ、と山野辺は首を振った。すいません、と杉原がタブレットをスワイプした。

ディスプレイ上に、レインボー号の航路と台風の予想進路が同時に浮かんだ。単純に言えば、レインボー号は神戸桜港を出た後、四国、九州方面へ水平に進み、台風は太平洋上を垂直に北上していく形だ。

「現在のスピードで台風が北上を続けた場合、九州南端で本船とクロスする可能性があります」

直撃ということかと顔をしかめた山野辺に、そうとは言い切れませんと杉原が言った。

「台風のスピードが遅いので、本船の方が先に宮崎沖に到達するでしょう。多少の影響はあるかと思いますが、航行に支障はほぼないと思われます」

それならいい、と山野辺は鷹揚（おうよう）にうなずいた。今さら出港を取り止（や）めることなどできない。

「メインプールやスポーツデッキは、夜十時まで一般客に開放していますが、クローズした方がいいでしょう」松川が手を挙（あ）げた。「風雨が激しくなれば、事故が起きるリスクがあります」

わかりきったことを言うと思いながら、その通りだ、と杉原に顔を向けたまま山野辺は答えた。

「雨の気配があれば、すぐにクローズしよう。それでいいな」

各員からの報告はそれだけだった。船は順調に進み続けている。

航路変更について確認したいのですが、と隣に立った長岡が囁いた。

「船長、本当に種子島に寄るんですか？　もちろん、事情はわかってますが――」

石倉議員の指示だぞ、と山野辺は人差し指で上を指した。

「たいしたことじゃない。よくある話だ」

レインボー号の航路は決まっていた。九州南端を回り、その後北上して博多湾に入る。観光のため数時間留まるが、その後韓国釜山へ向かうコースは毎回同じだ。

だが、二日前に石倉の秘書から連絡が入り、石倉の出身地である種子島付近を航行できないかと打診された。会社に報告すると、操船に差し支えない限り要望に沿うよう命じられたこともあり、山野辺は航路変更を決定していた。

「時間と燃費の問題がクリアされる限り、乗客のリクエストに応えるのが我々の義務だ」

そうだろう、と山野辺はエスプレッソをひと口飲んだ。もちろんです、と長岡がうなずいた。

「一昨年のエーゲ海ツアーは面白かったですね。初日の出が一番美しく見える場所を探して、一時間以上移動しましたっけ……とはいえ、種子島に向けて航行しろというのはどうなんでしょうか。博多とは逆方向ですし、極端に言えば右と左ですよ」

そこまでじゃないだろう、と山野辺は角張った顎を撫でた。航路を変更するんですかという声に振り向くと、松川がすぐ後ろに立っていた。

「僕は聞いてませんが、どういうことでしょう」

話してなかったか、と山野辺は剃り残していた髭に触れた。故意に伝えていなかったのだが、ここは失念していたと装うべきだろう。

航路変更に大きな問題はない、とその場にいた全員の顔を山野辺は順に見つめた。

「石倉議員は今回のツアーにおける超ＶＩＰだ。議員と奥様のケアを万全にする必要がある。食事、睡眠、運動、娯楽、その他の面で完璧に満足してもらわなければ、それこそ大問題になる。トラブルは絶対に避けたい。わかってるな」

もちろんです、と長岡が肩をすくめた。他の船員たちも同じだ。

全員が石倉とイルマトキオ社の関係を理解している。命令に従わなければならない事情もよくわかっていた。

同時に、慣れもあった。神戸発釜山行きのツアーは、毎回のように多少の航路変更がある。船員のほとんどがそれを経験していた。

客を楽しませるためのサービスは、クルーズ船の常識だ。ツアーにおいては慣例でもあった。

右と左と長岡は言ったが、そこまで航路に違いはない。少し大回りするだけ、と言った方が正確だろう。石倉の要望に強く反対する理由はなかった。

山野辺には船長として二つの顔があった。安全な航海を司る役割はもちろんだが、もうひとつは客に快適な旅を楽しんでもらうためのマネージメント業務だ。クルーズ船においては、後者の方が重要度は高い。

何も問題はない、とつぶやいた。レインボー号は港を出ようとしていた。

AM10：00

肩を揺すられて、夏美は目を開けた。状況が把握できないまま、はめていた腕時計に目をやると、午前十時ちょうどだった。

「何の音ですか？」

避難訓練のブザー、とベッドサイドに立っていた雅代が欠伸をした。

客室に入ったところまではよかったが、ほとんど眠っていなかったこともあり、二人ともベッドで寝入っていた。雅代が目を覚ましたのは、ブザーの音に気づいたためだろう。

さすが課長、と口元を拭(ぬぐ)いながら夏美は上半身を起こした。

「……ただ今から避難訓練を行います。乗客の皆様、ご参加ください」

船内アナウンスが何度か繰り返された。行きましょう、と夏美はベッドを降りた。

ツアー申し込みの際、避難訓練は乗客の義務だと旅行代理店から説明を受けていた。船は一種の巨大な密室であり、火災が発生した場合、外部からの消火、救援は期待できない。

また、浸水しても逃げ場がない。海に脱出するしかないから、安全のためには訓練が絶対に必要だ。

ただし、担当者は曖昧な表情を浮かべていた。義務ではあるが、罰則規定はなく、実際には形式だけの訓練だという。

乗客、乗員、合わせて約二千人の船だ。子供もいるし、高齢者の数も多い。本格的な避難訓練を実施すれば、何時間もかかるだろう。できるはずがない事情は、消防士である二人にも理解できた。

ただ、形式だけであっても参加すると決めていた。避難訓練は座礁(ざしょう)などによる沈没を想定してのものだが、船内火災の際の対処についても指示があるという。消防士として、訓練内容に興味があった。

顔だけを洗い、船室に用意されていたライフジャケットを着込み、指示に従って階段で四階から九階を目指した。救命ボートは九階デッキの両舷に設置されているという。

避難訓練に参加しているのは、一部の乗客だけだった。誰もが笑みを浮かべており、真剣な顔をしている者は一人もいなかった。一種のアトラクションと捉えているのだろう。

レインボー号は同じ航路でのツアーを年間数回行っており、その間どういう形であれ、事故を起こしたことはない。ツアーが始まったのは二十年前だ。絶対に安全だと乗客の誰もが考えていた。

避難訓練について、厳しい目で見れば、不安なところもあった。例えば、今上がっている階段だ。

メインの大階段、レッドステップは幅四メートルと広いが、船首、船尾側の階段は幅二メートルと狭かった。

事故や火災が起きれば、エレベーター、エスカレーターの使用は禁じられる。乗客乗員すべてが、階段に殺到することになるはずだ。

現在、避難訓練に参加しているのは二百人ほどだが、その十倍近い数が、狭い階段を一斉に使用するのは危険だろう。一人でも転倒すれば、人間の雪崩が起きかねない。

だが、それは消防士の発想だとわかっていた。厳しく考え過ぎてしまうのは、ある種の職業病だ。

五階を通過して、六階に上がった。辺りを眺めていると、高級ホテル並みだね、という声が聞こえた。初老の女性四人組が、デジタルカメラを構えて、何度もシャッターを切っていた。

各フロアの飲食店の充実度は、一流ホテルより高いかもしれない。情報誌にも載っている有名店のテナントが軒を連ねている。

それ以外にもさまざまなアトラクション、エンターテインメント施設が揃っていた。劇場、ミニシアター、巨大な書店、レンタルＤＶＤ店などまである。船という閉鎖された空間で快適に過ごすために必要と考えられるものは、すべて備わっていた。

フロア全体は緑、白、赤のイタリアンカラーで統一され、デザインやディスプレイもヨーロッパ風だが、各フロアに松や檜の飾り付けがあり、和の要素も入っている。調和が取れていて、印象は良かった。

特に五階から八階までは、吹き抜けになっているスペースが数カ所あり、それが開放感を客に与えている。太い竹がそこを通っているのは、美観のバランスを考えた上での配慮に違いない。絶妙なセンスが感じられた。

船ならではということなのか、八階外デッキの螺旋階段にはタイタニックブースと呼ばれる場所もあった。八階から九階へ上がる途中の踊り場が海上に突き出していて、一本の鎖が張ってあるだけのスポットだが、何組ものカップルが順番にディカプリオとケイトのポーズを取って、写真を撮っていた。

船内の各フロアに設けられた大きなステージでは、それぞれ生バンドが演奏していた。ジャグリングやパントマイムなど、パフォーマーも大勢いる。五つ星ホテルとニューヨークのタイムズスクエアが融合したような光景が、延々と続いていた。

九階まで上がると、デッキで数人の船員が救命ボートについて説明していた。意外と小さい、と雅代が囁いた。

船の右舷と左舷に、救命ボートが五艇ずつ設置されているが、見た限りでは狭かった。全長十五メートルもないだろう。幅は三メートルほどだ。定員は何名なのか。

英語とイタリア語の説明書きがあり、表記されている数字から、百五十人乗りだとわかった。満員の通勤電車並みに押し込めば、どうにか乗れるかもしれない。非常時のための備えだから、それで十分なのだろう。

事故が起きた際には、船内放送に従って九階に上がり、指示通り救命ボートに乗り込んでください、と船員がメガホンで繰り返していた。

「許可がない限り、ボートに乗る、あるいは触れることは禁じられています。事故が起きる危険性があります。よろしいですね？」

説明を聞いていた者たちが真剣な顔でうなずいた。よくわからんのだが、と初老の男が手を挙げて質問した。

「救命ボートは九階の……舷側というのかね？　要するに壁の向こうに設置されているじ

ゃないか。何かあった際には、どうやって乗ればいいんだ。飛び込めというわけじゃないんだろ？」

もちろんです、と船員がにっこり笑った。よくある質問なのだろう。

「九階舷側には電動ウインチがあります」ご覧ください、と船員が長さ十メートル、幅二メートルほどの鉄の骨組みだけの機械を指さした。「ボートはこの上に固定されています。電動ウインチはリフトの役割も兼ねており、非常時には二カ所にあるロックを解除すると、自動で舷側と平行する位置まで上がってきますから、お客様は安全に乗り込むことができるというわけです」

ロックはどこにあるのかね、と初老の男が尋ねた。すべての説明を聞くまで納得しない、と言わんばかりの声音だった。

電動ウインチの左右にあります、と船員が赤いプラスチックのカバーを指した。

「非常ベルと同じで、万一の際にはこちらを割って中の金属製レバーを押せば、ロックを解除できます。ただし、絶対に悪戯しないでください。船長に怒られるのはわたしなので」

何人かの客が笑ったが、お決まりの船員ジョークなのだろう。指示に従ってボートにお乗りいただければ、と船員が舷側を軽く叩いた。

「電動ウインチが動いて、ボートを海上に降ろします。二本の鋼線で繋がってますので、絶対に安全です。仕組みはおわかりでしょうか」

電動ウインチが外れることはないのか、と初老の男が言った。想定済みです、と船員がうなずいた。

「電動ウインチそのものは、九階及び十階の舷側と特殊鉄管で固定されています。トータル四本ですから、心配される必要はありません」

十階の舷側から伸びている太い鉄管を叩いた初老の男が、そうらしいなとうなずいて下がっていった。やっと納得してくれたか、というように船員が額の汗を拭った。

ずいぶん厳重に固定されてるね、と雅代が言った。通常なら、電動ウインチは九階舷側に溶接固定されているだけだろう。補助的に十階からも鉄管を伸ばして接続しているようだが、レインボー号の安全対策意識が高いことは確かだった。

その後細かい説明が続き、訓練が終わったが、夏美と雅代は十階まで上がることにした。最上階である十一階にも行きたかったが、VIP専用のヴィラで、許可がなければ入れないということだった。

十階デッキに上がると、スポーツウェアに着替えた一群がコースを走っていた。その他のスポーツ施設も充実している。

凄いね、と繰り返していた雅代の声から、感情が消えていた。見ているだけで、疲れてしまったのだろう。夏美も圧倒されていた。

「あれは何なの。自由の女神？」

十階にある空中庭園のステージに、高さ五メートルほどの女神像が立っていた。右手に杯、左手には杖のような物を持っている。背中には羽が生えていた。イタリア語と英語で説明が書いてあったが、二人には読めなかった。

「何か由緒があるんだろうね。イタリアの神様かな？」

そうなんでしょうね、と夏美はうなずいた。羽があるから、天使なのかもしれない。

空中庭園には人工芝が敷き詰められていた。作業中を示す標識のついたロープが張ってある。

何なの、と雅代が唇をすぼめた。不機嫌な時の癖だ。

ロープの中に広い壇があり、そこに二十個ほどの大きな木箱が置かれていたが、側面にＨａｎｄｌｅ　ｗｉｔｈ　ｃａｒｅと表記があった。取り扱い注意を意味するのは、消防士なら誰でも知っている。

ＮＯ　ＦＩＲＥと大書され、その下に赤い文字でＦｉｒｅｗｏｒｋｓとあることから、中身が花火だとわかった。

いいのかな、と雅代が唸るように言った。車であれ飛行機であれ船であれ、大量の火薬類の持ち込みは法律で厳重に禁止されている。許可があれば別だが、不安なのは夏美も同じだった。

通りかかった船員を呼び止めて事情を聞くと、船長の指示です、という答えが返ってきた。

「十一階のお客様のご依頼で、移送を請け負ったと聞いています」

危険はないんですか、と夏美は木箱を指さした。

「大きさから見て、かなりの量ですよね。爆発したら、大変なことになりますよ」

そう言われましても、と船員が口ごもった。

「専門家も乗船していますし、船長の許可が下りてますから、安全性の問題はないはずです」

それ以上、安全面について質問することはできなかった。夏美も雅代も、船について詳しいわけではない。船長が安全を保証しているなら、信じるしかなかった。

何もなければいいんだけど、とつぶやいた言葉が風に紛(まぎ)れた。降りようか、と雅代が肩を押した。

PM00：01

出港から四時間半が経っていた。レインボー号は紀伊水道(きいすいどう)を抜け、右手に四国・徳島県が見えるようになっていた。

航路については出港前に入力済みだ。一般にクルーズ船は陸から遠く離れることがない。

神戸から鹿児島までは約六百十キロ、十五時間かかる。在来線と新幹線を使えば四時間半だが、この辺りが船旅の醍醐味ということなのだろう。

レインボー号は現状、十五ノットで順調に航海を続けている。操船自体はオートパイロットが行っており、レーダーや自動船舶識別装置が稼働しているため、他の船と衝突する危険性もほとんどない。

ただし、ブリッジでは常に航海当直、ワッチが外を見張っていた。ここまでは三等航海士が担当していたが、ゼロヨンと呼ばれる十二時からは、二等航海士が交替する。もちろん船首、船尾、その他決められたポジションにもワッチが立ち、警戒を続けている。

山野辺の目の前で、交替の申し送りが始まっていた。肩に手が置かれ、振り向くと松川が立っていた。タイミングを待っていたのだろう。

山野辺はパノラマウインドウに目を向けた。何を言いたいのかはわかっていた。

「船長、航路変更の件ですが」

続けたまえ、と山野辺は肩をすくめた。松川が上唇を舌で湿した。

「出港前、多忙だったのはわかっていますが、航路変更は重大な問題です。話しておいていただきたかったですね」

そのつもりだった、と前を見つめたまま山野辺は答えた。

「君に伝えておくべきだったが、タイミングが合わなかった。気にしないでほしい。会社には報告済みだし、これは石倉議員の――」

わかっています、と白い歯を見せて松川が笑った。爽やかな笑顔だった。

「ただ、先ほどの話では、種子島に接近するということでしたね」

「オートパイロットの航路は修正してある。仕方ないだろう、石倉議員は種子島出身で……」

僕の計算では、このコース変更によって約三時間をロスします、と松川が唇をすぼめた。

「そのため燃料の消費は七パーセント上昇し、金額に換算しますと――」

時間のことはいいだろう、と山野辺は松川を横目で見た。

「鹿児島沖通過は午後十時だ。直接博多湾を目指すにせよ、種子島を廻るにせよ、いずれにしても夜間航行で、客は寝てる。三時間ぐらい構わんさ」

鹿児島から種子島までは、約二時間かかりますと松川が眉を顰めた。

「種子島付近に着くのは、深夜十二時ですよ。それこそ島民も眠っているでしょう。そんな真夜中に、石倉議員は何の用があるんですか。上陸できるわけでもありませんし……」

君のような都会育ちの人間にはわからないかもしれないが、と山野辺は小さく笑った。

「種子島の人たちにとって、石倉議員は伝説的な人物なんだ。神様に近い存在と言っていい。神様が乗っている船が沖合を通過するだけで、彼らにとっては十分なんだよ」

船が見えるとは思えません、と松川が不満そうに言った。ライトぐらいは見えるだろうと答えて、山野辺はそれ以上の説明をしなかった。

石倉本人から強い要請を受け、それに従っていたが、船内でも詳しい事情を知っている者は、オフィサーを除けば十階空中庭園の担当クルーだけだ。松川に話すつもりはない。反対されるのはわかりきっていた。

「今回のツアーで、石倉議員の意向は絶対なんだ。君だって会社の状態はわかっているだろう。どんな要望だって、受け入れざるを得ない」

ですが、と鼻に皺を寄せた松川が横を向いた。頭を下げたくはなかったが、ここは松川のプライドを満足させなければならないだろう。

「君に航路変更の件を伝えなかったのは、私のミスだ。済まなかった」

松川の唇が不自然に歪んだ。笑いを堪えているのだろう。

それならそれでいい、と山野辺は腹の中で毒づいた。石倉の機嫌を取るためなら、靴の裏でもなめる覚悟があった。

「今後、予定を変更するような場合は、僕に必ず話してください」

よろしいですね、と念を押すように松川が言った。当然そうする、と山野辺はうなずいた。

「副船長の君に真っ先に相談する。約束しよう」

失礼します、と松川が背中を向けた。山野辺は込み上げてきた怒りを隠すため、手で顔の下半分を覆った。

PM01：30

出港後六時間が経過し、レインボー号は外洋に出ていた。太陽はほぼ真上にある。船室、船内は空調が完備されているが、デッキに出ると日差しが痛いぐらいだった。

「まだ夏ですねえ」

船内の通路に戻りながら夏美は言った。七階のパンケーキハウスでランチを食べ終え、散歩するつもりだったが、外は暑過ぎた。

混んでるね、と雅代が窓越しにデッキを指さした。ボードウォークに人が溢れている。客のほとんどが部屋から出てきているようだ。

夕方から雨になると予報が出てました、と夏美はうなずいた。

「今のうちにって、思ってるんじゃないですか？」

クルーズツアーの特徴として、リピーターが多いことが挙げられる。夏美も雅代も初めてだったから、その差は余計目に付いた。

リピーターたちは晴れている限り、デッキに出るのが習慣になっているようだ。雨が降れば船内に閉じ込められることになる。その退屈さを知っているから、どんなに暑くても外で過ごすことを選んでいるのだろう。

日焼け止めやサングラスの用意さえしていなかった二人は、夕方まで船内を見物して回るしかないが、初めてのクルーズツアーだから、船内施設の何もかもが新鮮だった。店を覗(のぞ)いて回るだけでも、飽きることはなかった。

歩いていた二人の足が同時に止まった。同じものを見ていることに気づいて、顔を見合わせた。Ｆｉｒｅ Ａｌａｒｍ。火災報知機だ。

レインボー号はイタリア船だが、赤い小さな箱に表記されているのは英語だった。ＢＲＥＡＫ ＧＬＡＳＳ、ＰＲＥＳＳ ＨＥＲＥ。

非常時にはガラスを割ってボタンを押せ、という意味だ。ずいぶん小さい、と雅代がつぶやいた。

注意して見ると、船内には火災発生時に備え、他にもさまざまな設備があった。壁の赤と白のボタンの下には、Ｆｉｒｅ Ｓｃｒｅｅｎ Ｄｏｏｒとある。非常用防火扉開閉ボタンだ。

消火器の数も少なくなかったが、表には出ていなかった。場所を示すイラストがあるだけで、扉の裏に収納されているようだ。

消火栓も設置されていたが、説明文はすべて英語だ。一般の乗客にはわかりにくいだろう。

船籍こそイタリアだが、レインボー号は事実上日本の船だ。船長は日本人と聞いているし、すれ違う船員も半分以上が日本人だった。客の九割は日本人で、船内放送も日本語だ。

にもかかわらず、船内設備の説明はほとんどが英語だった。その他にイタリア語、日本語、中国語などが併記されている場合もあるが、メインは英語だ。

船内の施設案内図やレストランのメニューが英語であっても、それは構わない。多少不便かもしれないが、難しい専門用語が使われているわけでもないし、想像で補える部分もある。

だが、火災発生時の指示や避難場所の案内が、英語でしか表記されていないのはどうなのか。ほとんどの乗客が日本人だし、高齢者の数も多い。実情に即した表記にするべきだと雅代が言ったが、その通りだろう。

「でも、欧米コンプレックスみたいですけど、日本語だとオシャレじゃないってことなんじゃないですか?」

そうなんだろうけど、と雅代が床の方向指示用のマークを指さした。

「デザインっぽくすれば、オシャレかもしれない。だけど、ぱっと見て自分がどこにいるかわかりにくいし、自分の部屋がどこなのか、迷子になる者もいるかもしれない」

船に限ったことではなく、街を歩いていても、店に入っても、デパートなどの商業施設でも、どうしても目が何かを探してしまうのは、消防士の習性だ。

巨大クルーズ船で事故など起きるはずもないし、万が一起きたとしても日本列島の近海を航行しているのだから、すぐに救助が来る。飛行機とは違い、事故が発生しても即、死に繋がるわけではない。

そうだね、とうなずいた雅代の目が左右に動いていた。自分も同じことをしていると気づいて、夏美は深いため息をついた。素直に休暇を楽しめない自分に、半ば呆れていた。

PM02：45

ブリッジのパノラマウインドウに、水滴が張り付いている。波の飛沫（ひまつ）かと山野辺は思ったが、すぐに雨だと気づいた。

一時間ほど前まで、日差しが眩（まぶ）しいほどだったが、いつの間にか空全体を雲が覆っている。予報より早い、と舌打ちした。雨になるのは早くても夕方、あるいは日没後ではなかったのか。

マーシャル諸島沖で発生した大型台風が、日本列島に向けて北上しているのはわかっていた。二等航海士の杉原によれば、今季最大規模だという。

台風そのものについて、不安は感じていなかった。レインボー号は過去にも何度か巨大台風と遭遇したことがあるが、航行に支障を来したことはなかった。

仮に伊勢湾台風クラスの大型勢力だとしても、昭和の昔とは違い、事前に察知できる。危険だと判断すれば、台風を避けて近くの港に避難するだけのことだ。

むしろ問題は乗客の側にある、と山野辺は経験を通じて知っていた。千五百人の客が船内に閉じ込められることになれば、フラストレーションが溜まるのは目に見えていた。

客室にいても退屈するだけだから、誰もが部屋の外に出る。千五百人という数は、総面積八万平方メートルのレインボー号でも手に余る。店も通路も混雑するだろう。

長岡に対策を講じるよう命じたが、どれだけ効果があるか、と首を傾げていた山野辺に、気象庁から緊急の連絡が入っています、と近づいてきた杉原が早口で言った。

「台風の勢力が拡大しています。速度も速くなっており、想定より本船が直撃を受ける可能性が高くなっていると……」

可能性だけでは判断できない、と山野辺は答えた。

「詳細なデータを送るよう、気象庁に伝えろ。検討するのはその後だ」

気象庁は四国、九州近海を航行中の全船舶に、避難勧告を出す予定だそうです、と杉原が囁いた。

「現在の数値を見る限り、本船も勧告に従うべきではないでしょうか」

そのためのデータを寄越せと言ってる、と山野辺は腕組みをした。

「午前十時の予想では、夕方まで雨にならないということだった。外を見ろ、もう降り出している。天気予報など、その程度のものなんだ。少しばかりの雨に怯える必要はない」

データを出せ、と命じて山野辺は話を打ち切った。顔を上げると、パノラマウインドウの全面に大粒の雨が降り注いでいた。

PM03：21

ベッドに寝そべったまま、ノートパソコンでＹｏｕＴｕｂｅ画像を見ていた木本武は、中途半端に伸びている前髪を手で払った。三十歳になったばかりだが、不摂生な食生活とニート暮らしのためか、脂じみた頭髪はかなり薄くなっていた。

レインボー号に乗船し、四階の客室に入ってから約八時間が経過していたが、木本は一歩も外に出ていなかった。

持参していたノートパソコンで船に関するサイトをチェックし、ＹｏｕＴｕｂｅで船の映像を見続けていただけだ。完全な船オタクだ、と苦笑が漏れた。

顔を上げると、僅かに開いたカーテンの隙間から外が見えた。銀の糸のような雨が降り注いでいることに気づいたが、それだけだった。晴れていても、雨が降っていても、木本にとってはどちらでもよかった。

ニートで実家暮らしの木本は、大学を卒業してから、ほとんど外出することなく、もう何年も引きこもりに近い毎日を送っていた。友達なし、彼女なし。

両親ともほとんど会話はない。趣味もなく、興味があるのは船だけだ。

この数年、ますますその傾向が強くなっていた。起きている間はネットで船の情報を探し、掲示板にコメントをつける、その繰り返しだ。現実では話すのが苦手だったが、ネットの世界では饒舌になれた。

リアルな友人はいなかったが、ネット上での友人は少なくなかった。気が向けばチャットで会話し、船の話題で盛り上がる。それで十分だった。

クルーズ船ツアーに参加しないか、とネットで知り合った大阪のシステムエンジニアに誘われたのは、ひと月前だった。サトルというハンドルネームのその男は、自称三十歳で同じ年齢だったが、本当のところはわからない。おそらく自分と同じニートかフリーターなのだろうと思っていたが、船に関する知識は木本より詳しかった。

レインボー号で韓国の釜山へ行く四泊五日のツアーだ、とサトルはパンフレットの日程表を画像データにして送ってきた。行くと返事したのは、どこかで退屈な毎日に飽きていたからかもしれない。

船に興味を持つようになったのは、四歳の時だ。両親と一緒に横浜(よこはま)へ遊びに行った時、港に停泊していた客船の威容(いよう)に心を奪われた。

あれから二十六年が経つ。その間、あらゆる手段で船について調べ、学び、中学の時に自分のパソコンを持つようになってからは、ネットを通じて世界中の船舶について情報を集め続けた。

だが、実際に船に乗ったことは一度もなかった。サトルの誘いにうなずいたのは、それも理由のひとつだった。

釜山に興味があるわけではない。五日間、船についてサトルと存分に語り合う旅だ。期待があった。

旅行代理店を通じてツアー参加を申し込み、料金を支払った。昨日東京から神戸に入り、ビジネスホテルに泊まったが、興奮でほとんど眠れなかった。遠足の前日の小学生のようだ、と我ながらおかしくなったほどだ。

そして今朝、指定された客室に入ったが、サトルは現れなかった。旅行代理店に問い合わせると、申し込みはあったが、翌日にキャンセルしていたことがわかった。最初からそのつもりだったのだろう。

サトルが得た利益は何もないから、騙(だま)されたのではなく、からかわれたということだ。

サトルが笑う声が聞こえてくるようだった。

そんなものだ、と木本は肩をすくめた。現実はいつだってそうだ。あっさり期待を裏切る。

うっすらとだが、予感もあった。三日前から、チャットで呼びかけても、サトルから返事は来なくなっていた。妙だと思ったが、確かめるのが怖くて、そのままにしていた。

今さら船を降りるわけにもいかない。客室に籠もってノートパソコンを相手に時間を潰(つぶ)すしか、木本にできることはなかった。

船内を見物しても意味はない。レインボー号について、あらゆる情報を得ていたから、竣工年など船の歴史はもちろん、構造、船内施設、船長や主(おも)だったオフィサーの名前まで知っていた。リアルに見て回る必要などなかった。

ただ、食事はしなければならない。部屋に籠もっているのは実家と同じだが、リビングに降りれば食事が用意されているわけではない。

面倒臭いと思いながら、ベッドを降りた。だから現実は嫌いなんだ。

立ち上がったついでに、カーテンを全開にした。小降りだった雨の勢いが激しくなっていた。

PM06:28

ブリッジへ続く通路を、山野辺は足早に進んでいた。すれ違うリピーターの客たちが挨拶しようと近づいてきたが、微笑むだけで足は止めなかった。

出入港時を除(のぞ)き、順調に航海が続いている限り、船長が操船について直接関わることはない。大型客船において、船員たちは各部署で完全な分業体制を敷(し)いており、それぞれが専門の担当を持っている。船長の役割はその統括であり、具体的な業務はなかった。

これは船の規模が大きくなるほど顕著(けんちょ)で、レインボー号のような超大型客船であれば当然のことだ。

ただ、暇というわけではない。むしろ逆だ。航海中、船長の最も重要な役割は客との交流だった。

リピーターの確保は、船長の人柄にかかっていると言っても過言ではない。船長次第で、船に対する印象が決まる。

山野辺はプロフェッショナルであり、自分の職務を心得ていた。時間が許す限り船内を歩き、声がかかればその相手をし、記念写真の撮影にもにこやかに応じた。

船内の客室や施設の説明、イベントやレクリエーションへの参加、重要と思われる客とは同じテーブルにつき、一緒に食事をすることもあった。それが船長の義務であり、営業努力でもあった。

午後一時から五時間以上船内を回り、数百人の客と挨拶を交わしていた。クルーズ船の乗客には高齢者が多く、彼らは一様に話が長かったが、相槌を打つのも重要な仕事だ。

実務こそないが、判断を求められることは数限り無くある。船の最高責任者である山野辺には各部署からあらゆる報告が入るが、決定を下すのは船長以外いない。さすがに疲れていた。

指紋認証機に指を当て、ブリッジの扉を押し開けた。まもなく日没だ。

雨が強くなっているため、水平線に沈んでいく太陽は霞んでほとんど見えなかったが、かすかな残照が波に光の線を引いている。

何かあったのか、と山野辺はブリッジ内を見渡した。至急戻ってほしいと携行しているトランシーバーに連絡が入ったのは、五分ほど前だった。

十一階の石倉議員から連絡がありました、と長岡が歩み寄った。

「船長に相談があると……種子島の件です」

うなずいて、山野辺は額の汗を拭った。石倉の存在もプレッシャーになっていた。万全なケアをしなければならないという、強迫観念に似た意識が常に心のどこかにあった。

「すぐに伺うと伝えてくれ。他に伝達事項はあるか？」

予想以上に雨が強くなっています、と長岡が答えた。

「航行に支障はありませんが、乗客からクレームが入っています。食事をしようにも、店が混んでいて席が取れないとか、船に酔ったとか、そんなレベルですが」

六時半か、と山野辺は時計を見た。通常ならサンセットタイムで、多くの客たちがデッキから日没の海を見ている時間だったが、この雨では外に出ることができない。

カフェやレストランに客が集中するのは、やむを得なかった。君に任せる、と長岡の肩を軽く叩いた。

「何かサービスを考えてくれ。いつもの手だが、客室にアメニティグッズを配ってもいいかもしれん」

善処します、と長岡が笑いながら敬礼ポーズを取った。松川は何をしている、と山野辺は左右に目を向けた。

「どこへ行った？　この時間にブリッジにいないというのは――」

四階のサブコンですよ、と長岡が白髪交じりの頭を強く掻いた。

「船長ご自身が、担当を命じていたはずですが」

そうだったな、と山野辺は唇をすぼめた。二時間ほど前、サブコンを任せると伝えていた。

レインボー号の中枢は十階ブリッジだ。操船はもちろんだが、船内のあらゆる機能を集中管理できるシステムが揃っている。総責任者は船長の山野辺だ。

ただし、高度にコンピューター化が進んでいるため、機器類やシステムそのものに故障があると、すべてに対応できなくなる。そのため、レインボー号はフェイルセーフ機構を採用していた。

四階後部に設けられているサブコントロール室、通称サブコンは、操船と外部との通信に関して、ブリッジとほぼ同じ機能を備えていた。万一、ブリッジのコンピューターに何らかのトラブルが発生した場合、四階のサブコンで代行することが可能だ。スペースの関係上、設置していない機材もあるが、少なくとも最低限の操船はサブコンでできた。

ただし、あくまでも非常事態に備えての施設だ。過去、レインボー号で使用されたことはない。数人のクルーが常駐しているが、稼働しているわけではなかった。

松川にサブコンを任せたのは、十階ブリッジが自分のテリトリーだと、暗に伝えているつもりがあった。

なるべく顔を合わせたくないのは、松川も同じだろう。サブコンを任せると言えば、松川のプライドにも傷がつかないし、余計な軋轢（あつれき）を避けることもできる。

松川副船長は何をしているんですかね、と長岡が鼻の付け根に皺（しわ）を寄せた。リストラか経費削減か、と山野辺は苦笑した。

「そんなところだろう。放っておけ」

何かつぶやいた長岡が唇を結んだ。松川の存在を不愉快に思っているのは、山野辺もわかっていた。

長岡だけではない。古参のオフィサーは、そのほとんどが松川を疎ましく思っている。単純に言えば、船乗りとして認めていなかった。

国立大学を優秀な成績で卒業し、留学経験のある本社採用のエリート。経歴は華麗のひと言に尽きるが、年齢は若く、実際に船に乗っている時間も長いとは言えない。経験不足は否めないし、船員としての技量が未熟なのは事実だった。

にもかかわらず、会社からの命令で副船長という船内ナンバーツーのポジションについている。それを納得していない者は少なくなかった。

加えて、松川はイルマトキオ社の経営改善のため、大規模なリストラと経営改革を推進していた。山野辺もそうだが、長岡など五十歳以上の者は全員がリストラ対象だ。その年代のオフィサー、クルーたちは、はっきりと松川を嫌っていた。

ただ、五十歳以下の船員の中には、先を見据えて松川の側につく者もいた。いずれ、山野辺たちは船から降り、松川が船長になる。今の段階で旗幟を鮮明にした方が、昇進のチャンスが広がると考えているのだろう。

人を減らせばいいというものではないと思いますが、と長岡が不満を口にした。

「豪華クルーズ船ですからね。サービスの質が落ちれば、元も子もないと言いますか……

かえって客が離れていくんじゃないでしょうか」

当然そうなる、と山野辺はうなずいた。効率だけを優先するなら、客はクルーズ船を選ばない。より速く、便利な飛行機に乗るだろう。

松川も会社もそこがわかっていない、と奥歯を強く嚙んだ。船内施設、特に飲食店スタッフのサービスの質が落ちているというクレームが増えていたし、バックヤードなどの整理整頓を怠っている者も少なくなかった。

コストカットも重要だが、クルーズ船の価値は別にある。声高に数字を挙げて経営改善を唱える松川に対し、憎悪に近い思いを抱いていたが、感情的な発言は慎むべきだとわかっていた。

「所詮、素人のやることだ。いつかは自分の過ちに気づくだろう」

山野辺はパノラマウインドウの外に目を向けた。雨が強くなっていた。

PM08：11

七階のブラッスリーで夕食を取った夏美と雅代は、食後のカプチーノをキャンセルして店を出た。

横浜の名店、エルキュールのシェフによるアラカルトということだったが、味以前に店の雰囲気が良くなかった。ホールスタッフが少ないのか、注文した料理がテーブルに届く頃には冷めていたし、他のテーブルではオーダーミスも起きていた。

豪華クルーズ船として、施設や設備は豪華だったが、船内に設置されているダストボックスからはゴミが溢れていたし、通路にもペットボトルなどが落ちている。どこか雑な印象があった。

四階まで階段を使って降りた。エレベーターは高齢者優先だし、エスカレーターは人で溢れんばかりだ。

通路もそうだが、多くの乗客が船内を歩いているため、どこも混雑していた。メインの大階段はともかく、他の二つの階段は幅も狭く、昇り降りする客たちが足を止めざるを得ないほどだ。

ようやく四階フロアに戻り、客室に向かっていると、前方から怒鳴り声が聞こえて、夏美は足を止めた。かなり大きな声だ。

角を曲がると、言い争っている二人の男がそこにいた。一人は背が高く、顔色が浅黒かった。三十代だろう。ルックスは悪くないが、どこか陰があった。

もう一人の男は、もっと若い。夏美と同じぐらいかもしれない。筋肉質で、背こそそれほど高くないが、迫力のある目付きをしている。

止めなってアツシ、と後ろにいた二十代半ばの女が腕を引いていたが、それがますます男を苛立たせているようだった。

いいから謝れよ、とアッシと呼ばれていた若い男が凄んだ。

「てめえからぶつかってきたんじゃねえか。どこ見てやがるんだ」

違うだろう、と背の高い男が感情のない声で言った。

「どっちがぶつかったとか、そういう話じゃない。こんな狭い通路で女と並んで歩いていれば、肩が当たっても不思議じゃない」

何だとコラ、とアッシがつかみ掛かった。慌てて女が背中にしがみついた。

失礼、と声をかけたのは雅代だった。

「少し声が大きいんじゃないですか？　人の部屋の前で喧嘩することはないでしょう」

右手で客室の扉を軽く叩いた。何だてめえは、とアッシが叫んだ。

「余計なこと言ってんじゃねえぞ。おめえらに関係ねえだろうが」

「関係はないけど、迷惑だと言ってる」そこをどきなさい、と雅代が手を振った。「部屋に入れない。大声は止めて。マナーってものがあるでしょ」

放っておきましょう、と夏美は肩に触れた。トラブルに首を突っ込むのは雅代の性格だ。消防士という職業柄なのか、揉め事の仲裁に入るのが習慣になっているのかもしれない。

うるせえ女だ、とアッシが壁を平手で強く叩いた。

「何なんだてめえらは。むかつくぜ、気分悪くさせるんじゃねえよ」

悪くしてるのはそっちでしょう、と雅代が威圧的な声で言った。てめえ何様だ、とアツシが喚いた。

「偉そうなツラしやがって、女だからっていい気になんなよ」

もう止めてよ、と女が泣きそうな顔で言った。浅黒い顔の男が、馬鹿にしたように笑った。

失礼ですが、と背中で声がした。振り返ると、赤いブレザーを着た男が立っていた。胸のプレートに客室係・北条という名前がある。ブレザーが制服なのは、夏美もわかっていた。

「お客様、何かトラブルでも？」

こいつがオレにぶつかってきたんだ、とアツシが浅黒い顔の男を睨みつけた。

「謝るのが筋だろ。違うか？　あんたからも言ってやってくれよ」

「お気持ちはわからなくもありませんが、旅は道連れと申します。そう考えれば腹も立たないのでは？」

微笑を浮かべた北条の表情に、夏美は安堵して小さく息を吐いた。説得力のある笑みだった。

もういいじゃん、と女が手を強く引いて歩きだした。離せよと喚きながら、アツシが背中を向けた。

立っていた浅黒い顔の男が無言で客室のドアを開けて、中に入っていった。隣だったんだ、と雅代が顔をしかめた。

大丈夫ですか、と北条が声をかけた。気にしてませんと微笑みながら、夏美は自分の部屋のドアを開けた。時々こういうことがあるんです、と北条が言った。

「この雨ですし、船に慣れてないと、どうしてもフラストレーションが溜まるんですね。お気になさらないでください」

こちらこそ、と頭を下げて夏美は部屋のドアを閉めた。先にシャワー浴びるよ、と刺々しい声で雅代が言った。

PM08:19

後ろ手でドアを閉めて、冬木春彦は洗面所の鏡に映る自分の浅黒い顔を見つめた。大きく息を吐き出し、あの馬鹿が、とつぶやきながら顔を洗った。

冬木は神戸に本拠を構える広域暴力団、祥友組の組員だ。前科三犯、今も傷害事件で執行猶予中の身だった。手が出そうになったが、堪えたのは無用なトラブルを起こしたくなかったからだ。

部屋は狭かったが、二人用の客室を一人で使っている。大柄な冬木にとって、不都合はなかった。

ベッドに腰を下ろし、サイドテーブルに置いていた小型のショルダーバッグから一枚の写真を取り出した。写っているのは高校時代の親友、仲田晃だ。大きなため息が漏れた。

冬木は高校二年の時、他校の生徒と暴力事件を起こし、仲田と一緒に退学処分を受けた。気づけば、二人揃って祥友組の下部組織、雄渾会の構成員になっていた。

五年前、冬木は組の命令で幹部の身代わりとなって、半年刑務所に入り、出所後その幹部の引きで祥友組の直属組員となった。仲田はそのまま雄渾会に残った。

雄渾会の門脇組長が本家である祥友組に反旗を翻したのは、去年の暮れだった。関西の巨大暴力組織、丹精会と手を結んだのだ。表向き、祥友組と丹精会は友好的な関係を続けていたが、実際には一触即発の状態だった。

冬木に命令が下ったのは、ひと月前のことだ。雄渾会ナンバーツーにポジションを上げていた仲田を殺せ、と組長の辻から直々に命じられたのだ。

祥友組の組員と雄渾会の組員が二人だけで会うことはない。お互いに警戒しているし、危険なのはわかりきった話だ。

だが、冬木と仲田の間に個人的な恨みはない。高校の友人で、プライベートな付き合いもある。

冬木が呼べば、仲田は喜んで来るだろう。そこを殺せ、というのが辻の命令だった。雄渾会を潰さなければならない組の事情はわかっていたが、旧い友人を殺すことなど、できるはずもない。断ったが、辻は執拗だった。

祥友組の組員にナンバーツーを殺されたら、面子にかけても雄渾会は、戦争を仕掛けてくるだろう。

数カ月前から、丹精会の内部で分裂騒ぎが起きており、神戸の戦争に手を貸す余裕はなかった。この機を逃せば、祥友組は丹精会と雄渾会の連合軍に圧倒され、潰されるしかない。

断れない理由が冬木の側にもあった。五年前、直属の組員になった時、重度の肝硬変で入院していた母の治療費、そして臓器移植のドナーを手配してくれたのが辻だったのだ。

ひと月悩み、一週間前仲田と連絡を取った。久しぶりに会わないかと言うと、親戚の法事があって博多にいると仲田が言った。

辻に報告すると、むしろ好都合だという。法事が行われる寺はすぐ調べがついたし、泊まっているホテルもわかった。

地元ではないから、警戒心も薄くなっているだろう。ホテルの部屋で仲田を殺せ、と強く命じられた。

だが、雄渾会も油断しているわけではない。冬木が直接博多へ向かえば、仲田に連絡が入るだろう。ガードを固められては、近づくことさえできない。

辻の指示で、神戸から出港するクルーズ船で博多へ行くことになった。最終的な目的地は釜山だから、韓国へ遊びに行くと誰もが思うだろう。

断りきれないまま、神戸桜港からクルーズ船レインボー号に乗った。仲田を殺せるかどうか、自分でもわからなかったが、組は戦争の準備を始めている。もう後には引けない。

旧い付き合いの友人を殺すのか、と冬木は手のひらを見つめた。手が細かく震えている。

ショルダーバッグに写真を戻した。バッグの中には一本の千枚通しが入っている。仲田を刺すための道具だ。船に拳銃やナイフを持ち込むことはできない。

頭をひとつ振って、シャワールームに入った。どちらにしても、明日の朝博多港に着くまで、できることは何もない。

やるしかない、とつぶやきながら冷たいシャワーを頭から浴びた。他に残された道はなかった。

バスタオルで体を拭い、刺青のある二の腕に消毒用のジェルを塗った。ひと月ほど前、喧嘩でできた傷が膿んでいる。放置しておいたのが悪かったようだ。きつい刺激臭が部屋に広がっていった。

PM08:23

何だあの野郎、とカッターシャツを脱ぎ捨てた熊坂敦司(くまさかあつし)がベッドに引っ繰り返った。床に落ちたシャツとネクタイを拾い上げて、美由紀(みゆき)は小さくため息をついた。

二人とも二十五歳、知り合ったのは十年前だった。気の小さな男だと、最初からわかっていた。虚勢を張るのも、いつものことだ。

悪い人じゃない、と美由紀はつぶやいた。優しいし、可愛(かわい)げがあるから、高校を卒業して働くようになった工務店の社長も目をかけてくれた。見栄(みえ)を張るところがあるのは、男なら誰でもそうだろう。

鳶(とび)として働くようになり、最初の給料をもらった敦司に誘われて、銀座のフレンチレストランに行った。高校を卒業したばかりの四月、美由紀は看護師の専門学校に通い始めた頃だった。

一番高いコースをオーダーし、飲めもしないワインをボトルで頼んだ敦司が、その場でプロポーズしてきた。同じ高校に通うクラスメイトだったが、友達の一人に過ぎないと思っていたから、すぐ断った。

それから二年、毎週のようにデートに誘われ、会えば結婚しようと言われ続けた。

嫌いだったわけではない。同じ歳だが、弟のように絡んでくる敦司には、憎めないところがあった。

付き合ってもいいと答えたのは、成人式の日だった。さんざん女には慣れていると言っていた敦司が、ホントにいいのかと震えながら言ったあの時が、一番幸せだったかもしれない。一年ほどの交際期間を経て、二十一歳の時に籍を入れた。

最初のうちはそれなりにうまくいっていた。敦司も働いていたし、その頃には美由紀も病院に勤めるようになっていたから、生活するには十分だった。

敦司に借金があるとわかったのは、結婚して一年ほど経った頃だ。酒は飲まないが付き合いのいい敦司は、工務店の後輩たちを引き連れて、毎日のようにスナックやガールズバーに出入りするようになっていた。

後輩に払わせるわけにはいかないと見栄を張り、足りなくなるとサラ金で借りて支払いに充てる毎日を繰り返していた。その他にもパチンコや競馬など、ギャンブルの借金もあった。

工務店を首になったのは、社長とケンカしたからだと本人は言っていたが、借金が原因だと後で聞いた。

それからフリーの職人として、さまざまな現場を回るようになった。腕は悪くなかったから仕事はあったが、金遣いの荒さは直らなかった。

プライドの高い男だから、下手なことを言えばどれだけ怒るかわからない。家に送られてくる督促状を見て、美由紀が返済したことも一度や二度ではなかった。大口の借金があるサラ金には、実家に頭を下げて借りた金を回した。

敦司も気づいていたはずだったが、美由紀に対する甘えなのか、感謝の言葉のひとつもなかった。美由紀としても、そんなことを当てにしていたわけではない。表面上、何事もないように暮らしていたが、ますます敦司の浪費癖は酷くなる一方だった。

新宿の闇カジノに三百万円の借金があるとわかったのは、三カ月前だ。この時は敦司の方から美由紀に話があった。

真っ青な顔で、何とかしてくれと頭を下げ続けるだけの敦司を見ていて、もう無理だと悟った。この人とはもうやっていけない。

これきりにするからと両親を説得し、金を借りて借金を清算した。離婚すると親には話していたし、自分もそのつもりだった。

釜山行きのクルーズツアーに申し込んできた、と敦司が言ったのは二カ月前のことだ。闇カジノの借金がなくなり、気が大きくなっていたこともあったのだろうし、さすがに罪滅ぼしをしなければならないと考えたのかもしれない。

ただ海外旅行へ行くというのではなく、クルーズツアーを選ぶところが敦司の性格だった。何となくカッコイイ、ぐらいのつもりだったのではないか。

結婚式も挙げず、新婚旅行も行ってない美由紀は、海外旅行の経験がなかった。それもあって、行ってもいいと返事をした。

最後にひとつぐらい思い出を作ろう、と思った。日本に帰ったら、離婚の話をすればいい。

カッターシャツをクローゼットのハンガーにかけ、皺にならないよう襟を伸ばした。あたしがいなくなったら、この人はどうなるんだろうと思ったが、それが敦司を甘やかしているのもわかっていた。

腹立つなあ、と敦司が枕をベッドに叩きつけている。何か飲もうか、と備え付けの冷蔵庫を開けながら、美由紀は自分の腹にそっと手を当てた。

PM08:30

十階のブリッジを出た山野辺の目に、近づいてくる松川の姿が映った。ご苦労、と山野辺は制帽のひさしに軽く指を当てた。

「サブコンはどうなってる」

それには答えず、少しよろしいでしょうかと松川が言った。山野辺は四階のフロントへ行かなければならないと言ったが、松川が構わず話し始めた。

「神戸桜港から、釜山行きを中止できないかと連絡がありました」

わかってる、と通路を進みながら山野辺は答えた。今朝の段階でも、出港を見合わせてはどうかと再三要請されていた。天候の悪化が予想されるためということだったが、出港中止を命令されたわけではない。

他の船舶は漁船なども含め、全船出港を取りやめたそうですと言った松川に、どうしろと言うんだと山野辺は頬に苦笑を浮かべた。

「一時、高知新港へ避難してはどうかと彼らは提案しています」苛立ちの混じった声で松川が答えた。「台風のリスクを考慮すると、その方が安全だと……」

出港許可は下りている、と山野辺は言った。

「今になってそんなことを言われても困る」

だから言ったんです、と松川が鼻に皺を寄せた。

「危険が予測されるのであれば、無理に出港すべきではない、様子を見るべきだと――」

そうは言っていなかったはずだ、と山野辺は立ち止まって壁に手を当てた。

「それも考慮に入れてはどうかという参考意見に過ぎなかった。私だって、出港に固執していたわけじゃない。ツアーの中止も考えた。だが出港を命じたのは会社なんだ。従うしかないじゃないか。君だって了解しただろう」

松川が口をつぐんだ。この男は何もわかっていないと胸の内でつぶやきながら、山野辺は体の向きを変えた。

イルマトキオ社が神戸—釜山間のクルーズツアーを告知したのは半年前だ。パンフレットのスケジュールに、出港日は九月一日と明記されていた。

クルーズツアーは、飛行機や列車と違い、一便欠航すると、代替えの船がない。例えば飛行機なら、何らかの理由で飛べなくなっても、同じ会社の他の便に乗客を振り分けることができるが、クルーズ船の場合、そうはいかない。翌日以降に順延するか、中止する以外、打つ手はないのだ。

今回のツアーは九月一日に神戸桜港を出港し、二日目の夜釜山に到着、四日目朝に逆コースを辿って、五日目に神戸へ帰港するという四泊五日の日程だったが、一日ずれれば、全体のスケジュールも延びてしまう。

悪天候によるツアーの順延、あるいは中止について、イルマトキオ社は免責規定を設けていたが、客は九月一日から四泊五日の予定で申し込んでいる。時間に余裕がある高齢者はともかく、他の客は休暇を取ってツアーに参加しているから、一日延びるとわかればキャンセルする者が続出するだろう。

旅行代金の返金こそ必要ないが、千五百人の客が乗船する前提で、食料品、飲料などを準備している。また、レインボー号内の施設を使う者が少なくなれば、ショップなどに落ちる金も減らざるを得ない。イルマトキオ社としては、多少の悪天候でも、ツアーを挙行したいというのが本音だった。

もちろん、クルーズツアーでは乗客の絶対的な安全が保証されなければならない。台風が直撃すると確実にわかっていれば、イルマトキオ社も出港命令は出せないし、山野辺にもそのつもりはなかった。

だが、どれだけ天気予報の精度が上がっても、完全な天候の予測は不可能だ。マーシャル諸島沖で熱帯低気圧が発生していたのはわかっていたが、台風になるかどうかは不明だった。最終的に山野辺は航行可能と判断を下し、予定通り出港していた。

「ですが、台風に変わる可能性は二週間前の長期予報でわかっていたはずです」後ろを歩きながら松川が言った。「あの時点でツアー中止を決定していれば、客の側も対応可能だったのでは？」

「半月前の段階で、台風の発生確率は五十パーセントだった」君もそれは知っていたはずだ、と山野辺は言った。「だいたい、天気予報はあくまでも予報に過ぎない。台風にならずに熱帯低気圧止まりになることだってあり得た。あの時点で中止にはできんよ」

「しかし――」

くどいな、と振り向きながら山野辺は舌打ちした。松川は船長の権限に容喙しようとしている。船長と副船長の立場の違いを、認識させなければならない。

「いいか、レインボー号は就航年こそ二十年ほど前だが、定期的なリノベーションを行っている。搭載している機材は最新で、新造船と遜色無い。安全面には十分な配慮がなされている。問題は何もない。しかも航行するのは四国沖、九州沖を含め沿岸部だ。台風の直撃に遭うなど危険な事態が生じれば、すぐに近くの港に避難すればいい。言いたくないが、君はまだ経験が足りない。レインボー号レベルの大型船は、不沈艦と考えていいんだ」

語気が荒くなるのを抑えきれないまま、早口で言った。不快な刺が体の奥深くに刺さっているようだ。苛立ちを打ち消すために、大きく首を振った。

二週間前の段階で、台風発生について正確な予測がついていなかったのは事実だ。あの時点でツアーを中止する船長はいない。

加えて、VIPである石倉議員のこともあった。イルマトキオ社としては、絶対に石倉をレインボー号に乗船させなければならなかった。

国会議員として多忙な石倉のスケジュールを押さえたが、一日でもずれれば、レインボー号に乗船することは不可能になる。カジノ専用フェリーの計画が潰えれば、会社は倒産するしかない。

「それとも、何か代案があるのか」

あるなら聞こう、と山野辺は足を止めた。松川が人差し指でこめかみを強く引っ掻いた。

PM08：31

シャワールームから悲鳴が上がった。どうしたんですか、と夏美はベッドから飛び降りた。

冷たい、と叫びながら雅代がシャワールームのドアを開いて、顔だけを覗かせた。

「いきなり冷水になった」勘弁してよ、とシャンプーで泡だらけになっていた頭を振った。「何なの、これ。調節が利かないんだけど。さっきまでは熱湯だったのに」

頭を振るのは止めてください、と夏美は顔を背けた。壁にシャンプーの泡が飛び散っている。

「しょうがないんじゃないですか？　船なんだし、多少のことは我慢してください」

もう出る、と雅代がドアを閉めた時、女性の声で船内アナウンスが流れ始めた。

「……九階、十階のオープンデッキご使用につきまして、クローズのお知らせです。ただいま気象庁から連絡が入り、マーシャル諸島沖で発生した台風の接近に伴い、一時間当たり二十ミリ前後の雨が降る確率が七十パーセントを超えると予報が出ました。本船の規定に則り、ただいまよりデッキ利用を停止いたします」

頭にタオルを巻いて出てきた雅代が、バスローブっていいよね、と言いながら夏美の隣に腰を下ろした。

「結局、天気予報が当たったってわけか」

みたいですね、と夏美はうなずいた。神戸桜港では晴れ間が覗いていたが、しばらく前から雨脚が強くなっているのはわかっていた。

神谷もシャワー浴びてきなよ、と雅代が片手に持っていたバスタオルを放った。

「いきなり水になるから、気をつけて。氷水みたいに冷たいよ」

氷水ってことはないでしょう、と夏美はシャワールームのドアを閉めた。本当だってと雅代が言ったが、気にせず服を脱いだ。

PM08：32

考えられる代案は二つです、と松川がまばたきを繰り返した。

「鹿児島県志布志湾に寄港して、台風の通過を待つのが一案です。港に停泊していれば危険はありません」

「もうひとつは？」

山野辺は壁を指で叩いた。逆に本船の速度を速めるという案です、と松川が言った。

「台風の進行より先に、南九州、鹿児島沖を抜け、博多へ向かうということです」

「君はどちらを選ぶべきだと？」

志布志湾に寄港するべきだと考えます、と松川がうつむいた。

「気象庁からの情報では、相当に勢力の強い台風です。今後、風雨は更に激しさを増すでしょう。リスクを考えると、通過を待つべきではないでしょうか」

「どれぐらい待つことになる？」

海図を頭に思い浮かべながら、山野辺は質問した。そこは何とも、と松川が声を潜めた。

「気象庁は、台風の速度がかなり遅いと言っています。完全に通過するまで待つ必要はないと思いますが、三、四時間といったところではないでしょうか。今、八時半過ぎですから、深夜十二時まで待てば台風は通過すると思われます」

それは駄目だ、と山野辺は強く首を振った。

「四時間足止めを食らえば、今後の予定をすべて変更しなければならない。客が不満を言うだろう」

「ですが、安全のためには――」

速度を速めたらどうなる、と山野辺は聞いた。どうでしょう、と松川が外国人のように肩をすくめた。

「単純計算で、夜十時前後までに鹿児島県佐多岬沖南東付近へ進めると思います。ただし、その場合台風の直撃を受ける可能性が僅かながらあります」

頭に浮かべた海図に、山野辺は船の現在位置をピンで留めた。今、レインボー号は宮崎沖を航行している。

鹿児島県佐多岬まで約四十キロ、船の速度は十五ノット。計算は簡単だった。

「スピードを上げれば、十時過ぎに佐多岬付近に着く。私の計算では、台風があの辺りを通過するのはその一時間後だ。万一、直撃を受ける危険があるとわかれば、鹿児島港に避難すればいい。種子島に向かうかどうかは、その時点で判断する」

どうしても種子島へ向かわなければならないのでしょうか、と松川が顔を伏せたまま言った。

「やはり危険だと思います。通常の天候ならともかく、台風が接近している現状での航路変更は……」

仕方ないだろう、と山野辺は腕を組んだ。

「石倉議員からの強い希望なんだ。希望と言っているが、実際には命令だよ。会社は従えと言ってる。拒否はできない」

「しかし……」

断れるわけがない、と山野辺は乾いた笑い声をあげた。

「危ないですから、台風の通過を待ちましょうとは言えんよ。そもそも危険はないんだ。

話はそれだけだな?」

サブコンを頼んだぞ、と背を向けた山野辺を松川が呼び止めたが、振り向かずにその場を離れた。臆病な素人の言葉に、これ以上耳を貸す気はなかった。

PM08:41

客室のドアを細く開け、長田は左右に目をやった。通路には誰もいなかった。三時間近く様子を窺っていたのは、この瞬間のためだった。

いつも着ている作務衣姿のまま、通路に出た。誰も来るなと念じながら、外デッキに繋がっている扉をそっと開けた。

激しい雨が全身を濡らしたが、構わずデッキの外通路を進んだ。一メートルほどの屋根があるが、横殴りの強風のため、雨を防ぐことはできない。当然だが、誰もいなかった。

投身自殺するつもりで、船に乗った。博多湾出港後、日本領海を抜けたところで海に身を投げようと考えていたが、予定を変更したのはしばらく前から降り続いている雨のためだ。今なら、外通路を歩いていて、足を滑らせたとしても不自然ではない。

ワッチと呼ばれる当直が巡回しているのはわかっていたが、この雨では視界も利かないだろう。誰にも気づかれないまま、死ぬことができるはずだ。

冷静に考えれば、この豪雨の中、デッキに出ること自体が不自然なのだが、死ぬことしか頭にない長田に、そこまで考えを巡らす余裕はなかった。今しかない、と頭の中で囁く声が聞こえていた。

デッキの外通路には、二メートルおきにライトが灯っている。死は怖くなかったが、海に飛び込む瞬間を誰かに見られることが怖かった。

自ら身を投げたとわかれば、自殺と見なされる。それでは保険金が下りない。何のために死ぬのか、わからなくなってしまう。

身を屈めながら、前に進んだ。船の舷側には一・五メートルほどの柵がある。乗り越えなければ海に飛び込めないが、手掛かり足掛かりが何もないので、難しいだろう。

事前に下見をして、船首側と船尾側は柵が低いとわかっていた。どちらでも構わなかったが、前ではなく後ろに向かった。罪の意識がそうさせていた。

途中で巡回をしているワッチに見つからないか、それだけが心配だったが、ようやく船尾が見えるところまで進むことができた。あと五メートルだ。

気づくと、長田は口の中で念仏を唱えていた。僧侶としての習慣なのかもしれなかった。

「どうしました」

横合いから声がかかり、長田はその場で立ち止まった。首だけを曲げると、赤いブレザーを着た男が非常階段の陰から見つめていた。

「……眼鏡を落としてしまって」とっさに言い訳が口をついて出た。「昼間にこの辺りを散歩していたので、たぶんここだろうと……」

　お困りでしょう、と男が外通路に出てきた。胸のプレートに北条とあったが、客室係のようだ。

「一緒に捜しましょう。私も近眼で、眼鏡がないと大変なのはよくわかります。どんな眼鏡です？　色は？」

　茶色で、こんな感じの、と手で形を作った。長田は四十八歳だが、視力は良く、過去に眼鏡をかけたことはない。

　自分の手があやふやに動いているのはわかっていたが、どうにもならない。強い風が吹き、よろめいた長田の体を北条が支えた。

「かなり風雨が強くなってきましたね。これでは眼鏡を捜すといっても……そうだ、懐中電灯を持ってきますよ。それまで、中でお待ちください」

　慌てて長田は北条の手を摑んだ。この男に迷惑をかけるわけにはいかない。

「そこまでしていただかなくても結構です。眼鏡は諦めます。鞄に予備もありますから、気にしないでください」

　部屋は四階ですか、と北条が尋ねた。その言い方で、自分が何をしようとしていたか気づかれていると長田は悟った。

戻りますと頭を下げた長田を、北条が非常階段に引き入れた。全身が濡れそぼっていたが、背中を濡らしているのは雨ではなく、冷や汗だった。

PM09:00

バスルームから出てきた琴江がドレッサーに向かっている。疲れてないかと鏡越しに声をかけると、振り向いた琴江がパックをつけたまま微笑んだ。

苦笑を浮かべたまま、石倉は手を伸ばしてスマホのボタンに触れた。ワンコールで出たのは、同じ鹿児島県出身の県議会議員、岩崎寿郎(いわさきとしろう)だった。

年齢は同じだが、地元に残った岩崎は石倉の後援会を結成するなど、協力者としての立場を取っていた。石倉にとって、誰よりも重要な同志だ。こんばんは、と岩崎が陽気な声で言った。

「今、船ですか?」

そうだ、と石倉は答えた。便利な世の中ですな、と笑う声がした。丁寧語で話すのは、岩崎の習慣だった。

「そっちはもう種子島に着いてるんだな?」

「昼から来てますよ」準備は万端です、と岩崎が得意げに言った。「島民一同、先生をお待ちしております」

大袈裟だな、と石倉は笑った。種子島は日本で十番目の面積を持つ島で、人口は約三万人と鹿児島県では奄美大島に次いで多い。

最も有名なのは種子島宇宙センターだが、それ以外にも法務省、財務省、厚生労働省などの出先機関、出張所などもある。島民一同というのは、さすがに表現として極端過ぎるだろう。

そんなことはありませんよ、と岩崎の声が高くなった。酒を飲んでいるようだ。

「先生こそが種子島の希望なんです。いや、本当の話ですよ」

そんなことはないと石倉は首を振ったが、否定しきれないところがあった。島民の期待は常に感じている。

衆議院議員選挙に初出馬した時から、種子島へカジノを誘致すると公約していた。当時、鹿児島県出身の政治家で、カジノについて言及した者はいなかったから、先見性があったと言えるだろう。

それ以外に鹿児島県、そして種子島の経済的疲弊をくい止める道はない、というのが石倉の持論だった。初当選以来、カジノ法案推進に一身を賭してきたのは、鹿児島県の県益のためだ。

鹿児島県種子島にカジノを誘致すれば、その経済効果は計り知れない。カジノ建設に始まり、ホテルその他リゾート施設運営のための雇用が必要になる。カジノ誘致に成功すれば、石倉は鹿児島県の英雄になるかもしれなかった。

「船が種子島に近づくのは、十二時ぐらいになりそうだ」船長の山野辺から聞いた時間を伝えた。「私の側に問題はないが、そちらの準備はどうかと思ってね」

もう全部終わってますよ、と大声で岩崎が笑った。

「先生がカジノ視察のためにシンガポールへ行かれる以上、我々としてもお見送りしなきゃならんでしょう。先生あっての鹿児島県、そして種子島なんですから」

たまには地元に顔を出してくださいよ、とそこだけ真剣な声で言った。国会議員になってから、種子島に帰ったことはほとんどなかった。

多くの政治家が地元での活動を妻や秘書、後援会などに任せきりになるのはやむを得ないが、島民から不満の声が上がっているのは、石倉も聞いていた。

今回、石倉は個人の立場でシンガポールのカジノを視察すると決めていた。妻の琴江を同行させたのはそのためだ。自費なのだから、誰に遠慮する必要もない。

釜山までクルーズ船で行き、そこから空路シンガポールに入るという変則的な日程は、イルマトキオ社からの強い要望を受けたためだった。種子島のカジノへ客を運ぶためのフェリーが必要なのは、計画書にも盛り込んでいたが、早い段階でイルマトキオ社から全面協力の申し入れがあり、石倉も了解していた。

試乗を兼ねてレインボー号での釜山行きを受け入れた石倉の頭に、種子島近海を通過できないかという考えがあった。船を停泊させ、石倉自身が下船することはできないにしても、お互い視認できる場所まで近づくことができれば、島民たちの不満をいくらかでも解消させることができるだろう。

クルーズツアーの日程、時間帯などから、種子島付近を航行するのが深夜とわかり、一度はその考えを諦めたが、逆にイルマトキオ社から提案があった。

航路を変更して種子島付近を通過する事は可能なので、種子島と船の上でそれぞれ花火を打ち上げてはどうか、というプランだった。

イルマトキオ社としては、何としてもカジノ誘致とフェリー就航のキーパーソンである石倉の機嫌を取っておきたかったのだろう。

検討するよう地元後援会に伝えると、即日返事があった。ぜひやりましょう、と力強い声で岩崎が言ったのを、はっきりと覚えている。

問題はレインボー号の側にあった。船も飛行機同様、燃料を搭載(とうさい)している。基本的に火気厳禁だし、大量の火薬など危険物の持ち込み自体が禁止されていた。

だが、定められた法律に則り、安全の確認さえ取れれば、問題はないとイルマトキオ社は回答した。クリスマス、ニューイヤーなどのイベントで、花火を使用した例は過去にもあったという。

現在、レインボー号の十階空中庭園に、百発の打ち上げ花火がセットされている。尺クラスは一発だけで、イルマトキオ社は火薬類取扱保安責任者の資格を持つ専門家を一名乗船させていた。空に向かって打ち上げるが、落ちるのは海だから安全面の問題はない。

我々の方はそんなもんじゃありません、と岩崎が叫ぶように言った。

「先生、型物花火はご存じですか？　先生の似顔絵が夜空に浮かび上がるんです。苦労しましたが、任せてください。派手にやりますよ」

「台風が近づいてるらしい。船の花火は機械で点火するから問題はないが、そっちはどうなんだ？」

雨なんか気にしませんよ、と岩崎がまた笑った。赤ら顔が目に浮かぶようだった。

「型物花火はもちろんですが、千人の島民が手に花火を持って、船に向かって打ち上げます。届きはしませんから、心配なさらんでください。雨天決行です」

張り切ってるね、と石倉は冷やかすように言った。当たり前でしょう、と岩崎が何かを叩く音がした。

「先生、何としてもカジノを島に誘致してください。島民全員、いやすべての鹿児島県民が先生を応援しております」

わかってる、と石倉は答えた。点火スイッチは十階空中庭園にもあるが、悪天候に備えて十一階ヴィラ内にもセットされていた。スイッチを押せば、花火が打ち上がることになっている。

すべて準備は整っていると、しばらく前に船長の山野辺から説明を受けていた。後はその時が来るのを待つだけだ。

よろしく頼むと言って、石倉は電話を切った。パックを剝がした琴江が、窓から外を見つめた。

「雨が少し……強くなっているみたいですね」

「本降りになると困るな」

石倉は立ち上がった。最悪の場合、花火の打ち上げを中止せざるを得なくなるかもしれない。

せっかく島民が総出で準備を整えているのだ。中止になれば、誰もが落胆するだろう。

「岩崎さんなら、中止にしないでしょう」

琴江が口に手を当てて笑った。後援会の活動を通じて、岩崎とは親しい。そうだな、と石倉はうなずいた。

「お茶でも飲もう。まだ時間はある」

インターフォンでコーヒーを二つオーダーした。レインボー号は順調に進んでいた。

Wave 2　ネプチューンの怒り

PM09：40

ブリッジから山野辺は前方に目を向けた。レインボー号は十六ノットで航行しており、予定より早く志布志湾沖を通過し、鹿児島県沖五キロの海域にいた。

雨と風が激しくなっていたが、これは想定内だった。気象庁から刻々とファクシミリで送られてくる情報によれば、台風は現在鹿児島県南東三百キロ地点を北上中だ。愛媛県と大分県の間にある豊予（ほうよ）海峡を抜けて北上し、日本海をロシア方面へ向かうと気象庁は予想していた。

現在、レインボー号は巨大台風の暴風域の端を進んでいることになる。風雨が強くなっているのは当然だった。

サブコンの松川副船長から連絡が入っています、と長岡が横に並んだ。臆病（おくびょう）な男だ、と山野辺は口の端を歪めて笑った。この十分間で三度目だ。

鹿児島県の港へ避難するべきだ、と意見具申（いけんぐしん）するつもりなのだろう。具体的には鹿児島港を指しているのだろうが、電話に出るつもりはなかった。

山野辺の計算では、このまま種子島へ航路を向ける方が安全だった。北上してくる台風より先に、西へ進めばいい。

レインボー号のスピード、台風の速度、その他あらゆる状況から判断を下している。問題はなかった。

「あの男は海をわかっていない」頭でっかちのエリートは困る、と山野辺は肩をすくめた。「港へ避難しろと言うが、台風は南九州方向に進んでいる。港に入っても、波が凄まじい勢いで打ち付けてくるだろう。貨物船ならともかく、千五百人の客を乗せたクルーズ船だ。船酔いする者が続出する。あの男はそういう現実を知らないんだ」

予定通り、種子島へ向かうということですね、と長岡が確認した。

「今からでもオートパイロットの入力を変更すれば、志布志湾に戻れますし、宮崎の港に入ることも可能ですが」

変更の必要はない、と山野辺は操舵スタンドのクルーに目をやった。

「本船は種子島へ向かう。実のところ、石倉議員にはもう決定したと伝えてある。今さら中止するわけにはいかない」

長岡が小さくうなずいた。速度、十八ノットに変更、と山野辺は命じた。

「スピードを落とすと、台風と交わる危険性が高くなる。客も不安だろう」

速度十八ノットと復唱した長岡が、携帯電話が圏外になりますね、と思い出したようにつぶやいた。

外洋を航行中のクルーズ船にも、通常使用している携帯電話、スマートフォンの電波は届いている。多少ばらつきはあるが、陸から十キロ前後なら、クリアな音声での通話が十分に可能だ。

ただし、携帯電話は基地局を経由しないと、通話が繋がらない。南九州沖はどの基地局からも遠く、一時間から二時間の間、携帯電話は使用できなくなるだろう。

あと三十分ほどで、しばらくの間携帯電話は使えなくなると伝えた、と山野辺はうなずいた。

「石倉議員もそれは了解している。いずれ海中に基地局を建てるとか、そんなことを言ってたよ」

国会議員ジョークですか、と長岡が笑った。船は前進を続けていた。

PM09:59

シャワーを浴びてから、夏美は雅代と客室を出た。まだ十時前で、眠るには早すぎたし、クルーズ船はナイトタイムの方が飲食店、エンターテインメント施設も充実している。多少寝不足だったが、せっかくの休みを満喫したいという気持ちの方が強かった。

晴天であれば、外のデッキに出て星空を眺めることもできたが、あいにくの大雨だった。すべての乗客がそうであるように、船内で過ごすしかない。

いくつか店を覗いて廻り、結局八階のクールブルーという八〇年代カフェバーを思わせる内装のバーに入った。カウンター席に座り、フローズンダイキリとキールをオーダーすると、ようやく落ち着いた。

二人の会話はいつもと同じだった。勤務している消防署、ギンイチへの不満、上司の悪口、男性消防士に対する愚痴。

消防署は完全な男性社会だ。特に消火の現場に立つ消防士は、圧倒的に男性が多い。やむを得ないところもあり、体力、体格ではどうしても女性は男性に劣る。適性が低いと考えられているのは、仕方なかった。

東京一巨大な消防署、ギンイチでもそれは同じだ。消火の最前線に出動している女性消防士は夏美と雅代だけだった。

体育大出身で男性並みの体格の雅代はともかく、百六十一センチ、四十九キロしかない夏美がギンイチに所属しているのは、消防士だった父親が火災現場で殉職していたためで、上層部にしてみればある種の償いということなのだろう。

一年前の銀座の超高層ビル火災で、夏美の消火活動が功を奏し、鎮火に成功したため、それ以降表立って悪口を言う者はいなくなったが、どこかで差別されているという認識があった。それは雅代も同じだろう。

どこまで努力しても認められない悔しさが常にあったが、それでも消防士を続けているのはプライドがあるからだ。それだけに、愚痴は止まらなかった。

三杯目のカクテルが届いた頃になると、夏美は折原の悪口を言い、世の中の男たちは見る目がない、と雅代がいつもの呪文を唱え始めていた。この辺りは、女性同士の会話のルーティンかもしれない。

「これじゃ、東京にいるのと変わらないじゃないですか」

話題の変わり映えのなさに呆れている夏美に、そうでもないと雅代が首を振った。

「緊急招集が入ることはないから、それだけでリラックスできる。非番日はもちろんだけど、あたしは公休日でも三杯目を飲んだことがない。いつ何があるかわからない仕事だから」

目の前のグラスが、ほとんど空になっていた。ちょっと哀しくなってきました、と夏美は自分のグラスに口をつけた。

飲みに行くことはある。女友達とのガールズトークが盛り上がり、朝までカラオケで騒ぐこともあったが、どこか醒めている自分がいた。自分で自分にブレーキを掛けてしまう。

どんな店に入るにしても、まず最初に確認するのは、携帯の電波が入るかどうかだ。決して深酔いはしないし、心のどこかが緊張している。消防士とは、そういう職業だ。

雅代も同じだとわかっていた。名前も顔も知らない誰かを救う仕事に就く者として、心が、体が、意識が、常に緊張状態にある。そこまでの代償を払わなければ、消防士という仕事は務まらない。

ただ、それが嫌ではなかった。だから二人とも、女性消防士として現場に立ち続けているのだろう。

年齢が違うこともあり、べたついた関係ではなかったが、バディだという意識があった。似た者同士ということなのかもしれない。

気づくと、雅代がカウンター席の隣に座っていた老夫婦に話しかけていた。今まで一度もそんな社交的な姿を見たことはなかったが、旅先という解放感がそうさせているのだろう。

作家の大竹先生と奥様、と雅代が耳打ちした。品のいい白髪の老紳士と、銀髪の小柄な老女が笑みを浮かべながら、それぞれ挨拶した。

大竹英一郎の名前は、夏美も知っていた。時代小説作家で、雅代はギンイチのデスクにも文庫本を山のように積み上げている読書家だから、大竹の顔を知っていたのだろう。

もう小説を書くのは止めました、と大竹がピーナッツを口にほうり込んだ。いいんですよ、と横から妻の房子がビールを注いだ。

「もう七十四なんですから、のんびりしてもいい歳です」

だから新作が出なかったんですね、と雅代がバーテンにペリエを頼んだ。

「残念です。『独眼剣シリーズ』とか、『花吹雪お吟』とか、まだまだ続くと思ってたんですけど」

もう飽きました、とつまらなそうに大竹が言った。読者は待ってますと雅代が言ったが、肩をすくめるだけだった。

「どうも我々の世代は働き過ぎるところがありますからな……これからは旅行とかグルメとか温泉とか、隠居暮らしを楽しませてもらいますよ」

それは構いませんけど、と房子が苦笑した。

「今回は急過ぎましたよ。昔からあなたはそうでしたけど、いきなり船旅がしたいと言われても……」

「旅とはそういうものじゃありませんか」

手配するのはあたしですよ、と房子が不満を口にした。

「女には支度があるんです。船室だって、一番下のクラスしか残ってませんでしたし」

夏美たちと同じ四階フロアの部屋しか取れなかったという。贅沢はいかんですよ、と大竹がビールの泡を唇ですくった。

「もう我々もいい歳です。どうせ寝るだけなんだから、部屋なんてどうでもいいでしょう」

それは違う話です、と房子が横を向いた。知らん顔で大竹がピーナッツを齧っていた。

PM10：02

ベッドサイドテーブルに置いていたスマホが大きく動いた。船のスピードが上がっているのは、しばらく前から石倉も気づいていた。三十分ほど前まではゆっくり進んでいたはずだが、振動が激しくなっている。

不快には思わなかった。多少の揺れがあった方が、船に乗っている気分を味わうことができた。

「幹事長は何と言ってる？」

スマホに呼びかけた。来月の衆参ダブル選挙に向けて、民自党内ではさまざまな対策会議が始まっている。

問題はないということでした、とスピーカーフォンから秘書が答える声がした。

「結局、久米山前鹿児島市長は出馬を……やめたそうです。そうなると先生に敵らしい敵は……幹事長はむしろ拍子抜け……ようでした」

電波状態が悪く、ところどころ秘書の声が聞こえなかったが、だいたいのところはわかった。

「久米山さんはもう八十だろ？　そりゃ出ないさ」

「……先生、何ですか？　よく聞こえ……ですが」

秘書の声も途切れがちだった。携帯電話が圏外になり、使用できなくなると、船長の山野辺から聞いていた。

「聞こえるか？　しばらくスマホが使えなくなりそうだ。もう夜の十時だし、何かあるとも思えないが、緊急の時は留守電にメッセージを残しておいてくれ」

「……そうしますが……特に何も……」

部屋の電話が鳴った。部屋着姿の琴江が受話器を差し出した。

「山野辺船長ですけど、どうなさいます？」

スマホに呼びかけたが、返事はなかった。電波が届かなくなったのだろう。

石倉は手を伸ばして受話器を受け取り、そのまま耳に当てた。現在位置をお伝えします、と山野辺の張りのある声がした。

「本船は鹿児島沖十キロ地点を通過、このまま種子島沖合三キロ地点を目指します。到着時刻は深夜十二時前後の予定です」

石倉はコードレスの受話器を握ったまま立ち上がった。琴江がベッドに座って、ペディキュアを塗(ぬ)っている。

「さっきより、雨が強くなっているようだな」

夜だったが、照明に照らされている雨粒がはっきり見えた。台風が接近しています、と山野辺が言った。

「種子島に近づく頃には暴風域とかなり接近しているので、風は強いかもしれません。例の花火は、部屋のスイッチで点火していただく方がよろしいでしょう」

「部屋からでも外の景色は見えるから、こっちはそれでいいんだが」参ったな、と石倉はつぶやいた。「風雨が強いようだと、種子島の後援会の人達も外にはいられないだろう。さっき聞いたところでは、大掛かりな花火を準備しているということだったが、中止になるかな」

そこは何とも、と山野辺が声を低くした。

「陸のことはこちらでも判断できません。現場に任せるしかないでしょう」

君の責任じゃないのはわかってる、と石倉は窓ガラスを指で叩いた。

「ただ、待ってくれてる人達に申し訳なくてね」

天候が変わったら連絡を頼む、と言って通話を切った。今のは何でしょう、と琴江がペディキュアを塗っていた手を止めた。

「何のことだ?」

変な音が聞こえたような気がして、と琴江が外に目を向けた。気がつかなかったな、と石倉はコードレスの受話器を戻した。

PM10:04

そっちは今何時なんだ、と折原が眠そうな声で言った。カウンター席から下り、店のドアを出たところで、夜十時と夏美は答えた。

「こっちは朝六時だよ」

折原の声が遠くに感じられた。アリゾナからかけているのだから、当然かもしれない。

「便利な時代だよね。アリゾナの砂漠と、日本の海の上で電話が繋がるんだもんな」

年寄りのようなことを言うところが、折原にはあった。発掘は進んでるの、と夏美はスマホを手で覆った。

ノイズがうるさく、声がよく聞き取れない。順調だよ、と折原が答えた。

「半月後には日本に帰れると思う。大発見だよ、ジョーンズ教授がオラキオザウルスの……」

ストップ、と夏美は制した。恐竜の化石に興味はないし、折原はいつまでも話し続けるだろう。少年のようなといえば聞こえはいいが、要するにオタクなのだ。

「とにかく、忘れずに電話をかけてきたことは誉めてあげる」

「ありがとう」

でも、と夏美は声を高くした。

「折原くんが一方的にキャンセルしたせいで、危うく一人旅になるところだった。雅代さんが一緒に来てくれたから良かったけど、そうじゃなかったらどうなってたと思ってるの?」

それは謝ったじゃないか、と折原が早口で弁解した。

「悪かったって思ってる。だけど、ジョーンズ教授といえばコロンビア大学のトップだよ? そんな人から名指しで呼ばれて、断れると思うかい?」

男の人はいつもそればっかし、と夏美はため息をついた。

「仕事だっていえば何でもありだと思ったら、大間違いだからね」

こんなことは二度とない、と折原が更に早口で言った。

「それでね、夏ちゃん聞いてる? どうなってるんだ、これ……とにかく、帰ったらぼくの両親と会ってほしいんだ」

「両親?」

いろいろ考えたんだ、と折原が声を上ずらせながら言った。

「つまり、その、そろそろもろもろいろいろきちんとした方がいいと思うんだ。もう親には話してあるし、了解も取れてる。ぼくも夏ちゃんのお父さんとかお母さんにご挨拶を――」

もしもし、と折原が言ったのがわかったが、それ以上何も聞こえなくなった。たっぷり一分待ったが、何も変わらなかった。

かけ直そうかと思ったが、スマホの画面に小さく、圏外という文字が浮かんでいた。船に乗っていることを、改めて思い出した。

バーに戻ると、雅代がからかうように顔を覗き込んだ。

「何かいいことあった？　笑い皺、凄いよ」

そんなことありません、とスツールに座り直した。いよいよ最終コーナーに入ったとわかっていたが、まだ話す段階ではない。

雅代には真っ先に報告するつもりだったが、今言うのはもったいない気がしていた。

「さっきの音というか、揺れは何だったんですかな」部屋に戻ろう、と房子に声をかけた大竹が立ち上がった。「何かこう、腹にずしっと来るような……」

気になりますね、と雅代が足元に目をやった。

「台風が近づいているそうですから、何かが落ちたのかもしれません」

あたしは気がつきませんでしたよ、と房子が言った。夏美も音には気づいていたが、折原の声を聞き取るために神経を集中していたので、それどころではなかった。

お先に失礼しますよ、と大竹が片手を挙げた。お休みなさい、と夏美と雅代は笑顔で頭を下げた。

PM10：11

ブリッジの内線電話が鳴った。話していた長岡が、少し待てと言って受話器を差し出した。

「どうした」

山野辺の問いに、ボースンの矢口からです、と長岡が囁いた。私だ、と山野辺は受話器を耳に当てた。

甲板長の矢口は六十歳近いベテランだ。独特のしわがれた声が響いた。

「船長、さっきの音ですが……、どうも気になります」

そうかな、と山野辺は外に目を向けた。相変わらず、雨が降り続いていた。勢いはますます激しくなっているようだ。

「君は四階だな？　音は私も聞いた。気になるというが、何があった？」

わからんのです、と矢口が不安そうな声で言った。

「甲板の機材類が落ちたのではないかと思ったのですが、この雨です。探照灯を使っても、何も見えません。確かではありませんが、どうもそういうことではないような気がします」

「そういうことじゃない？　どういう意味だ」

「何かが、船にぶつかったんじゃないですかね」

隣で耳をそばだてていた長岡の表情が一瞬曇った。

「何とも言えませんが、どうもそんな気がしてなりません。航行に支障はないと思いますが……」

あるはずないだろう、と山野辺は受話器を握っている手に力を込めた。

「君が言ってるのは、船底に何かが衝突したということだな？　だが、海図とソナーで確認している。この辺りに岩礁などはないし、他の船舶は出港を中止しているから、衝突もあり得ない。仮に漂流物などがぶつかったとしても、傷ぐらいはつくかもしれないが、穴が空くようなことはない。万一そんなことがあったとしても、二重底構造だ。問題はない」

その通りなんですが、と矢口が咳払いをした。

「確認しておくべきでは？　現在位置は鹿児島沖約十キロです。志布志湾に入って、調べた方がいいと思いますが」

その必要はない、と山野辺は操舵スタンドを叩いた。

「石倉議員の要請で、本船は種子島に向かっている。島では大勢の島民が待っている。志布志湾に戻り、船底の確認をしているような時間はない。君が言うように、何かが船底の当たったからといって、それがどうしたというんだ」

自分もそう思いますが、と矢口がもう一度咳払いをした。

「どうも気になります。何もないとは思いますが、やはり――」

必要ない、と山野辺は受話器を長岡に渡した。

「進路は変更しない。このまま種子島を目指す。余計なことはしなくていいと矢口に言っておけ」

了解しました、と受話器を受け取った長岡が、ひとつだけよろしいでしょうかと上目遣(うわめづか)いになった。

「台風のコースですが、まっすぐ北上すると予想されていましたが、九州手前で進路が西に変わるというのが、最新の情報です」

「西？　鹿児島方面か？」

方向としてはそうなります、と怯えたように長岡がうなずいた。

「現在、本船は鹿児島沖を種子島に向かって航行中ですが、台風に追尾される形になります。最悪の場合、追いつかれるかもしれません」

そんな馬鹿なことがあるか、と山野辺は怒鳴った。ブリッジにいた全員が振り向いた。

「野球のボールじゃないんだぞ。そんな簡単に台風がカーブするわけないだろう」

そうは言い切れません、と長岡が首を振った。世界的な異常気象の影響ということなのか、近年、台風のコースが異様な形となる例が多い。

今年は八月末になっても残暑が続いていたため、秋に強まるはずの偏西風がまだ弱いのかもしれない。そのため、台風が西に転進する可能性があった。

平成二十八年の台風10号は、当初西に進んだ後、東に進路を変え、更に北西に向かい、カーブを二度繰り返すという過去一度もなかったコースを進み、岩手県大船渡に上陸した。

昭和二十六年に気象庁が統計を取り始めて以来、東北地方の太平洋側に上陸した台風はこれが初めてだった。甚大な被害が北海道でも発生している。自然現象に絶対はない。

「そうであるなら、なおさら志布志湾には引き返せない」追いかけてくる台風に突っ込むことになる、と山野辺は顔をしかめた。「種子島へ急ぐべきだ。台風の直撃を受けたとしても、港に入れば危険はない」

念のため、海上保安庁と本社に連絡を入れますか、と長岡がVHF無線電話装置に視線を向けた。駄目だ、と山野辺は強く首を振った。

「石倉議員が知ったらどうなる？　本船の性能に疑問を持つかもしれない。そうなったら、フェリー航路の契約どころじゃなくなるぞ」

確かにこの段階では早いですね、と長岡がうなずいた。山野辺は制帽を取って、額の汗を拭った。

PM10：42

夏美は雅代と共に部屋に戻っていた。バーにいたのは一時間足らずで、まだ飲んでいてもよかったのだが、どちらからともなく店を出ていた。

寝不足ということもあったし、船の揺れが激しくなっていたため、気分が悪くなっていたのも本当だ。

ただ、席を立ったのはそれだけが理由ではない。説明できない不安を二人とも感じていた。

だが、お互い口には出さなかった。言葉にすれば、それが現実のものになるかもしれない。そして、これだけ巨大なクルーズ船に、何かが起こるはずがないという思いもあった。

客室は二人部屋だが、洗面台はひとつしかない。まず雅代が顔を洗い、メイクを落とし始めた。その間夏美はベッドに座って歯を磨（みが）いていたが、手の動きが止まった。

「……今、揺れませんでした？」

クレンジングをコットンに含ませながら、揺れたね、と雅代が床に目をやった。かすかな物音、そして不規則な振動。

船だから、常に多少の揺れはある。壁は防音ということだが、すべての音を遮断できるわけではない。

バーにいた時にも妙な感じがしていたが、今感じた振動には、それまで以上の何かがあった。

雅代も同じことを感じているのだろう。目の奥に、不安の色が浮かんでいた。

「何か、下の方から変な音が聞こえたような……」

つぶやきが漏れた。耳を澄ませていた雅代が、今は聞こえないと小声で言った。

「考え過ぎだよ。何でも気になるのは、消防士の悪い癖だ」

日常生活の中でも、些細な違和感が気になることがある。消防士という職業に就く者なら、誰でもそうだ。周囲の微妙な変化に神経質になってしまうところがあるのは、夏美もよくわかっていた。

火災は常に僅かな火種から始まる。煙草一本、たき火の消し忘れ。

その時に気づいていれば、火を消すのはコップ一杯の水で十分だ。子供でも消せるだろう。

かすかな兆候を見逃すことが大惨事に繋がった例は、数限り無くある。消防学校でも、初期消火の重要性は口が酸っぱくなるほど言われていたし、ギンイチに配属されてからは、上司の村田がくどいほど同じ言葉を繰り返していた。

一年前、夏美と雅代が経験した銀座の超高層ビル火災も、初動が早ければ被害は最低限に留められたかもしれない。

「火災が起きてから火を消すのは、消防士なら当たり前だ。本物のプロフェッショナルなら、その前に気づかなければならない。消防士の本当の仕事は防火にある」

村田は常にそう言っていたが、かすかな匂いや異音だけで、火災かどうか判断するのは困難だ。しかも、九十九パーセント以上の場合、それは杞憂に終わる。

煙草の火を消し忘れた者がいても、ほとんどの場合その火は自然に消える。何かに燃え移ることもない。さまざまな条件が合致しない限り、簡単に火災は起きない。

気にすることない、と雅代が鏡に向かった。ですよね、と答えて夏美はまた歯を磨き始めた。

目を閉じ、耳を澄ませ、鼻に神経を集中させて匂いを嗅いだが、何も感じなかった。

PM10：59

四階フロントで電話を取ったコンシェルジュの桑田(くわた)は、相手が何を言っているのか、最初のうちわからなかった。悲鳴混じりの女の叫び声は聞き取りにくかった。

「お客様、いったいどのような――」

何なの、と女が怒鳴(どな)った。

「寝てられないわよ！」

「どういうことでしょう。何か不手際(ふてぎわ)でも……」

「こんなの初めてよ、何とかしてちょうだい！」

内線電話をかけてきたのは九階９０７号室の渡会(わたらい)という女性だった。夫は製薬会社の重役で、この数年レインボー号のツアーに参加していたから、桑田もよく知っている。

「トイレが臭(くさ)いのよ」

トイレですか、とおうむ返しに尋ねた。レインボー号のトイレはすべて水洗式だ。各フロアに汚水槽があり、それを一階に流す仕組みになっている。

「大変申し訳ございません。すぐにお部屋へ伺います。あの……状況はいかがでしょうか？」

過去に一度だけだが、排水口が詰まってトイレの水を流せなくなった客が無理にレバーを操作したため、汚物が溢れてトイレそのものが使えなくなったことがあった。結局、便器ごと交換せざるを得なくなり、臭いが籠もった部屋から客を出し、別の部屋を用意することになった。

トイレの便座には、万一流れが悪くなった場合、すぐ客室係に連絡するようにと記載がある。どうして無理やり流そうとするのかと桑田は苛立ちを感じていた。後始末をするのは船のスタッフなのだ。

「状況って言われても困りますけど……とにかく、凄く臭うんです」落ち着きを取り戻したのか、女の声が低くなった。「本当に困るの。主人も起きてきて、どうしたんだって……」

「トイレが逆流したのでしょうか」

そうじゃないんです、と女が言った。後ろで、参ったなという男の呻き声が聞こえた。

「とにかく、すぐ来てもらえません？　これじゃとても眠れませんし、臭いが酷くて気分が悪くなって……」

「すぐに担当者を伺わせます。清掃と修理に多少お時間をいただくことになるかもしれません。もしご希望でしたら、四階ラウンジに席をお取りしますが」

そうしてくださいという返事と共に、通話が切れた。桑田は客室係のスタッフルームの直通番号を押した。

五分ほど待っていると、客室係ですという男の声が、ようやくスピーカーフォンから聞こえた。なぜこんなに時間がかかるのかと思いながら、桑田は状況を説明した。

「すまないが、907号室へ行って、何が起きたのか調べてくれ。渡会さんはリピーターだし、早急に対処しないと――」

待ってください、と声がした。何を待つんだ、と桑田は尖った声で言った。

「いや、それが……対応できる者がいないんです」

「冗談じゃない、時間が遅いのはわかっているが、放っておけないだろう。至急、誰か行かせるんだ」

そうじゃないんです、と慌ただしい声がした。

「六階と七階のお客様からも、同様のクレームが入っています。トイレやバスルームから、変な臭いがすると……調べているんですが、原因がはっきりしません」

「六階と七階？　どの部屋だ？」

客室係が言ったルームナンバーを確認すると、いずれもフロアの端に近い部屋だった。907号室も客室エリアの最奥部だ。

「パイプが汚水槽に接続している場所と近いが、何か関係があるのか？」

今調べています、と悲鳴のような声が上がった。

「汚水槽が汚物で溢れているとすると、その他の客室でも同じことが起きるぞ」

それは考えられません、と客室係が言った。確かにそうだ、と桑田はうなずいた。

出港前、汚水槽はすべて空になっているのを確認していた。出港初日なのだから、汚物で一杯になるはずがない。

「それじゃ、どういうことなんだ?」

「調べています。清掃部にも連絡してもらえますか? 機材の損傷が原因だと、客室係では対処できません」

その方が良さそうだ、と桑田はうなずいた。トイレが汚物で汚れているだけなら、客室係か清掃部に任せておけばいいが、もっと大きな問題が起きているのではないか。そうなると、海の上ではどうすることもできない。

いずれにしても、フロントの手に余るトラブルだ。報告の必要がある。桑田はブリッジ直通の内線ボタンを押した。

PM11:00

客室係の北条は合羽を着たまま四階外デッキを巡回していた。激しく降りつける雨と強風のため、ほとんど視界は閉ざされていた。

伸ばした指の先すら見えない。吹き付ける雨で、目を開けていられないほどだ。

マーシャル諸島沖で発生した熱帯低気圧が台風に変わって近づいているのは、出港前に聞いていたが、これほど急激に天候が変わるとは思っていなかった。

一時間ほど前まで、風こそ強かったが雨量は決して多くなかった。海上では天気が変わりやすいが、ゲリラ豪雨レベルの激しい雨が銃弾のような勢いでデッキに降り注いでいた。

客室係である北条に、デッキを巡回する義務はない。それでも外へ出たのは、異音を聞いたからだ。

鈍い、何かを引きずるような不快感を伴う音。機械音やエンジンから発する音ではない。

休憩室で雑誌を読んでいた同僚は、顔さえ上げなかった。あの音を聞いたことがないから、気にならないのだろう。

航海中の船はさまざまな音を立てる。そのひとつだ、という程度の認識しかないのだ。

北条は違った。五年前、同じ音を聞いている。忘れたことはない。その記憶は、恐怖と共に体の奥に刻み込まれていた。

ただ、絶対とも言い切れなかった。船で発生する音にはさまざまな種類がある。たとえば船体に当たる波ひとつ取っても、船の速度、角度、波の大きさ、水位、その他の要因により、どんな音が発せられるかは状況次第だ。

同じことは機械類にも言えた。エンジンについても、スピード、燃料の重量、方向、メンテナンス、出力、さまざまな状況によって、音は変わっていく。

偶然、自分の記憶と重なる音だったのかもしれない。似ている、というだけでは何も断定できなかった。

デッキに出たのは、確認のためだ。船内で聞こえなかった音が、明瞭に聞こえるかもしれない。何かの予兆を発見することも有り得る。

だが、何も聞こえなかった。激しい風雨のため、音どころではない。目視で確かめようにも、辺りはほとんど闇だ。船体に設置されている照明以外、光源はない。月や星も見えないのだから、どうにもならなかった。

わかったのは、船の航行に問題はないということだった。大きな波を切り裂くように、レインボー号は進んでいる。

多少のローリングはあるが、この天候では当然だし、むしろ揺れは小さい方だろう。レインボー号はフィンスタビライザーによって、航行時の揺れを最小限に抑えることが可能になっている。

考え過ぎだ、と手摺りを摑みながら北条は空を見上げた。雨は更に激しさを増していた。

PM11：10

桑田は四階フロントから階段で六階へ上がり、６０１号室をノックした。クレームを入れてきた中で、一番近い客室だ。すぐにドアが開き、そこに太った女が立っていた。

どうなってるの、とメイクを落とした中年女が大きな口を開けて怒鳴った。そう怒るなトシエ、となだめたのは短パンにＴシャツ姿の中年の男だった。

申し訳ありませんと頭を下げながら、桑田は不快な臭気を感じていた。下水の臭いのようだ。客が怒るのも無理はない。

トイレから作業着を着た若い男が出てきて、わからないですと首を振った。胸のプレートに清掃部・大月（おおつき）という名前があった。

いったいどうなってる、と桑田は聞いた。おそらくなんですけど、と大月が鼻と口を手で覆った。

「下水パイプが詰まってるんでしょう。ただ、どうしてそんなことになったのか、原因がわからなくて……ぼくも上の指示待ちなんですけど、汚水槽の点検が必要になるかもしれません」

それはまずい、と桑田は呻いた。汚水槽の点検となれば、一日がかりの作業だし、パイプの点検、修理だけで済むとしても、数時間はかかる。

夜十一時を回っているから、客もベッドに入っているだろうが、この状況では眠ることなどできない。ツアー初日からクレームが殺到しかねない事態だ。

それは何とかなるとしても、と大月が声を潜めた。

「問題なのは、この異臭騒ぎが他の部屋でも起きていることです。ぼくが直接聞いたのは七階と八階ですが」

八階もか、と桑田は大きく息を吐いた。六階から九階まで、各フロアの客室から苦情が入ったことになる。四階、五階、十階の部屋でも、同じことが起きているかもしれない。

十室程度なら、娯楽室やキッズルームにベッドを移動させるか、船員居住区を空けて対処することも可能だが、それ以上となるとどうにもならない。

世界中すべてのクルーズ船がそうであるように、レインボー号も徹底したサービスを最大のセールスポイントにしている。顧客満足度は常に高く、客室の居住性については最大級の評価を得ていた。電気、水道、バス、トイレなど、客室で快適に過ごすためのインフラは万全だ。

トイレが故障したことは何度かあったが、問題なのは臭気だった。下水の臭いは誰にとっても不快であり、部屋で過ごすことはできない。そして、臭気の除去にはどうしても時間がかかる。

とにかく状況を確認しよう、と桑田はトランシーバーで四階フロントに連絡を入れた。

「他にどれだけクレームが入っているか、それによって全室のチェックを……もしもし？」

戻ってください、という押し殺した声が聞こえた。フロントで待機している女性フロアマネージャーだった。

「どうした、またクレームか？」

違います、と女性が声を詰まらせた。

「警告アラームが、鳴っています。何かトラブルが起きているようですが、わたしではどうしていいか……」

顔を上げると、制服のポケットから取り出したタブレットの画面を大月が怯えた表情で見つめていた。清掃部員は担当エリアの状況を把握するため、全員がタブレットの携行を義務づけられている。インターネット回線で船内Ｗｉ－Ｆｉに繋がっているため、タブレットは使用可能だった。

大月が指さしたタブレットの画面に、緊急、という文字が浮かんでいた。船内のコンピューターが何らかの異常を感知し、船員とスタッフに伝えている。

すぐに戻りますと微笑を浮かべて、桑田は部屋を出た。何が起きてるんですか、と後ろ手でドアを閉めた大月が囁いた。わからん、と桑田は首を振った。その時、船が大きく揺れた。

PM11:25

十一階ヴィラで、山野辺は石倉夫妻に花火打ち上げの手順を説明していた。想定していたより、雨が勢いを増している。この天候では、デッキに出ることができないだろう。

二台ある点火用の無線スイッチのひとつをヴィラ内に引き込んでいたが、待機している島民が花火を打ち上げたタイミングに合わせて、船の花火に点火しなければならない。妻の琴江がコードレスの電話機を差し出したのは、説明が一段落した時だった。

「お電話が入ってます。副船長の松川さんからです」

飲みかけていた紅茶のカップを置いて、山野辺は子機を受け取った。船長、という松川の大声に、思わず顔をしかめた。

「そんな声を出さなくていい。聞こえてる……何かあったのか」

エンジンの警告アラームが点灯しています、と松川が言った。

「今、僕はサブコンにいますが、エンジンの回転数が落ちていると、機関部から連絡がありました。その影響で船が減速しています」

意味がわからない、と山野辺は立ち上がって石倉夫妻との間に距離を置いた。

「警告アラームが点灯？　減速とはどういうことだ？　オートパイロットで航行中なんだぞ。そんなはずがない」

「長岡オフィサーとも話しましたが、スピードが落ちているのは確かです」

「今、何ノットだ」

十四ノットです、と松川が答えた。遅いな、と山野辺は首を傾げた。

船の速度は、自動車のようにスピードが即時表示されるわけではない。波の大きさなどによっても、多少の変化がある。

それにしても、十四ノットというのは明らかに遅い。オートパイロットには十八ノットと入力している。速度計が故障しているのではないかと言ったが、その可能性はありませんと松川が答えた。

「機器類は確認しました。トラブルの原因を現在調査中ですが、このままではエンジンが停止すると機関長は言っています」

コンピューターの故障だろう、と山野辺は子機を手で覆った。

「それ以外、警告アラームがつくなどあり得ない」

山野辺には自信があった。エンジンは船の心臓であり、メンテナンスを含め、出港前のチェックにも立ち会っている。

他の機関に故障が起きたとしても、エンジンが停止することはあり得ない。警告アラームが点灯しているのは事実だろうが、それはコンピューターエラーだと断言できた。

コンピューターも確認中ですが、と松川が声を潜めた。

「今のところ、故障箇所は発見されていません。もしエンジンが停止すると、船内の全電源がロストします。そんなことになったら――」

落ち着け、と山野辺は顎に人差し指をかけた。

「考え過ぎだ。全電源ロストというが、非常用ジェネレーター、バッテリーもある。もしもの時はそちらに切り替えるだけのことだ」

通常ならそうですが、と松川が抗うように言った。

「台風が接近中です。非常用ジェネレーターは、非常灯や通信機器など、最低限のレベルの発電しかできません。操船も不能になります」

声が震えていた。臆病な男だ、と山野辺はつぶやいた。

「状況はわかった。とにかく私はブリッジに戻り、長岡や他のオフィサーと対応を検討する。君はサブコンで指示を待て。安心しろ、エンジン停止などあり得ない」

ですが速度が落ちています、と松川が叫んだ。

「サブコンの計器でも、十四ノットと表示されています。やはり何かエンジンにトラブルが起きたとしか……」

それもコンピューターの故障だ、と山野辺は首を振った。

「いきなりスピードが落ちるはずがない。それも含めて、長岡たちと話す」

松川が何か言ったが、無視して通話を切った。どうかしたのか、と石倉が首を傾げた。

たいしたことではありません、と山野辺は子機をサイドテーブルに置いた。

「最近の若い連中は、小さなトラブルでも大袈裟に報告しがちです。たまには自分で解決してほしいものですが」

わかるよ、と大声で笑った石倉が、ロレックスの盤面に目を向けた。

「種子島に到着するのは、予定通り十二時前後と考えていいんだね？」

問題ありません、と山野辺はティーカップをソーサーごと持ち上げた。

「ただ、この雨ですので、長時間沖合に停泊するのは難しいでしょう。島から先生の花火が見えなければ意味はありません。あと三十分ほどで携帯電話が使用できる海域に到達しますので、岩崎県議に連絡を取り、お互いにいつ花火を打ち上げるのか、タイミングを決めたいと思います」

細かいことは任せる、と石倉が肩を叩いた。了解しましたとうなずいて、山野辺はカップの紅茶を飲み干した。

「では、私はブリッジに戻ります。何かありましたら、いつでもお呼びください」

頭を下げてヴィラを出た。ドアが閉まるのと同時に、確かに遅いとつぶやきが漏れた。

ベテランの船乗りなら、計器を見なくても速度はわかる。十五ノットを切っている、と体が感じていたが、そんなはずがないと苦笑を浮かべて、山野辺は階段へ向かった。

PM11：27

木本武はベッドの中で目を開け、毛布から顔を出して部屋を見回した。サイドテーブルの室内灯がぼんやりと光っている。薄暗かったが、室内の様子はわかった。

船は動いている。だが、エンジンの回転音が今までと違っていた。

ベッドに入ったのは一時間ほど前だが、眠ってはいなかった。ずっとエンジン音を聞いていた。木本にとって、それは子守歌に等しかった。

小さい時から、船のエンジン音や汽笛などの音源が入っているCDを寝る時に流すのが習慣だった。三十歳になった今でも、それは変わっていない。だから、エンジン音の変化はすぐにわかった。

三十分ほど前から、リズムが違っていた。回転数が落ちているようだが、理由がわからなかった。

十時頃に聞いていた異音のこともあった。あれは何の音だったのか。過去にさまざまな音源を聞いていたが、今まで一度も聞いたことのない音だ。

わからない、と首を傾げた。何とも言えない嫌な感じが、胸の中で広がっていた。

PM11：28

十階ブリッジに降りた山野辺の目に入ったのは、右往左往しているクルーたちの姿だった。

何があったと声をかけると、眉間に皺を寄せた長岡が、こちらへと操舵スタンドを指さした。

コントロールパネルを確認すると、エンジン停止と表示があった。どういうことだ、と山野辺は長岡を見つめた。

「なぜこんな表示が？」

コンピューターによる自動停止です、と長岡が首を振った。

「原因を調べていますが、機関部からの回答はまだです。どんなトラブルが起きたのか……」

考えられん、と山野辺は肩をすくめた。

「エンジン停止などあり得ない。本船の機材は最新式だ。松川にも言ったが、コンピューター自体の故障じゃないのか」

確認中ですと長岡が答えた時、ブリッジの扉が開いて松川が飛び込んできた。サブコンに留まるよう命じられていたが、不安になって上がってきたのだろう。

現状を報告せよ、と山野辺は言った。エンジンは完全停止、ただし船は惰性で進んでいます、と長岡が答えた。

「速度、約十二ノット。このままですと、船は三十分以内に停止します」

馬鹿なことを言うな、と山野辺は計器を拳で叩いた。

「本当にエンジンが停止しているなら、どうして機関部員は気づかなかった？ 当直はいなかったのか」

いません、と長岡が顔を伏せた。山野辺はもう一度計器を強く叩いた。

イルマトキオ社はコストカットのため、人件費の削減を進めていた。レインボー号の場合、乗員五百名となっていたが、その八割、約四百名は事業部のスタッフだ。

船内のカフェ、レストラン、ショップなどの店員、客室係、各種エンターテインメント施設関係者、その他が含まれている。

実際に操船に関わっているのは、船長以下数人のオフィサーと甲板部のクルー四十名、機関部のエンジニアとクルー五十名だけだ。これは他のレインボー号クラスの巨大クルーズ船と比較して、二割以上少ない。

かつて、機関部は甲板部と同様に、二十四時間体制の当直が一般的だったが、高度な技術革新が進み、夜間の当直なしで航行可能な船が現在では主流になっている。

Mゼロ船と呼ばれるこの方式を、レインボー号も採用していた。夜十時以降、機関制御室は無人になっている。

とにかくコンピューターの確認だ、と山野辺は長岡に向き直った。

「エンジンにトラブルが起きるはずがない。コンピューターによる自動停止だというが、それならコンピューターに故障があるんだ。大至急調べて、報告しろ。このままでは、深夜十二時までに種子島に着かないぞ」

待ってください、と松川が口を開いた。

「現時点で、エンジンが停止状態にあるのは間違いありません。コンピューターの故障より、エンジン停止の原因を調べるべきではないでしょうか」

話にならない、と山野辺は怒鳴った。

「いいか、コンピューターが故障しているだけなら、航行は可能なんだ。本当なら深夜十二時までに、種子島沖合三キロ地点に到達していなければならなかった。あと三十分しかない。島では県議会議員や後援会の人たちが待っている。君は石倉議員に恥をかかせたいのか？　とにかく、今はコンピューターの確認が先だ」

睨み合う二人の間に入ったのは長岡だった。

「こうしてはどうでしょう。コンピューターの故障はブリッジで調べられますから、機関部員を一階のエンジンルームに向かわせるんです。自分もコンピューターの誤作動でエンジンが止まっているのだと思いますが、念のため調べておいた方がいいのではありませんか？　エンジンに問題がないとわかれば、再起動して種子島に向かうことも可能です。その間にコンピューターを徹底的に調べて、トラブルの原因を突き止めれば、今後の航海に支障はなくなります」

誰にやらせる、と山野辺は左右を見た。大人数を向かわせる必要はないが、知識のない者が現場を調べても意味はない。

機関部の佐野オフィサーが適任だと思います、と長岡が二等機関士の名前を言った。

「彼は機材に詳しいですし、仕事の早い男ですから、任せても問題ないでしょう」

いいだろう、と山野辺はうなずいた。

「至急、機関部に連絡して佐野を呼べ。五人で班を組み、エンジンルームを調べさせるんだ。速やかな報告を求める」

なるべく多くの人数で調査するべきではないでしょうか、と松川が言った。

「その方が短時間で済みますし、対処も早くなるかと――」

君は黙っていろ、と山野辺は低い声で言った。松川に対する苛立ちがあった。

優秀な成績で大学を卒業していても、経験がなければわからないことがある。知識だけで務まる仕事ではない。わかったような顔で意見を言う松川が腹立たしかった。

余計な口を挟むなと怒鳴りつけたいぐらいだったが、さすがにそれはできなかった。松川にも副船長という立場がある。代わりに長岡を睨みつけた。

「佐野に調べさせろ。その結果によって、今後の対策を考える。いいな」

山野辺の命令にうなずいた長岡が、機関部直通の内線電話を取り上げた。

PM11：33

船乗りには独特の感覚がある。第六感ということではないが、船に何が起きているのか、連絡や情報がなくても察知できる能力だ。

アラームが点灯する前の段階で、多くの船員が異常事態の発生を悟っていた。ただ、何が起きているのかまでは不明だ。何かが起きている、というだけの認識に過ぎなかった。

自発的に原因を調べ始めた者もいたが、それは少数だった。レインボー号は巨大であり、自分が担当している部署以外は調べようがない。

ブリッジに連絡を入れ、確認をするクルーもいたが、ブリッジも現状を正確に把握していなかった。船体に異常が発生しているのか、エンジンなどの機械的なトラブルなのか、それさえわかっていない。

悪天候によって、船体に何らかの損傷が出たという可能性もある。他にもさまざまな状況が想定できた。ひとつに絞ることはできない。

漁船のような小型船ならともかく、レインボー号はある意味でひとつの町だ。町で起きているあらゆる事象を把握できる者などいない。

直感的に不測の事態を察知した船員もいたが、何が起きているのか、互いに未確認の情報しか持っていなかった。それが余計に彼らの中にある不安を増幅させていた。

ブリッジは異変の正体を知っていて、隠しているのではないか。それほど大きな問題が発生しているのか。何が起きているにしても、連絡がないのはおかしい。

彼らの中にあるのは、イルマトキオ社に対する不信感だった。会社の経営状態が悪化しているのは、誰もが知っていた。ある程度の人員削減や省力化はやむを得ないだろうが、既に限界を超えている。

どれだけ高水準のコンピューターを搭載していても、最終的に船を動かしているのは人間だ。経営効率を優先すれば、安全基準はどうしても低くなってしまう。

誰もがそれをわかっていながら、目をつぶっていた。今まで事故は起きたことがない。だからこれからも起きるはずがない。彼らにとって、海難事故はリアルに感じられないものだった。

イルマトキオ社も、常にそれを強調していた。安全は保証されている。なぜなら、危険な事態は生じないという前提で船が設計されているからだ。だから事故は起きない。

今まではそれで納得していた。だが、前提が間違っていたとしたらどうなのか。

想定していなかった何かが起きる可能性は、本当にゼロなのだろうか。あるいは、何かが起きた場合どう対処するべきなのか。それについて、会社からの回答はなかった。

現在位置は佐多岬沖南東約二十四キロ、鹿児島県南端と種子島のほぼ中間だ。風雨は更に激しさを増している。ここで大きな事故が発生したら、どうすることもできない。

疑心暗鬼の影が、彼らの心を覆っていた。何かが起きたら、他人のことに構ってはいられない。自分の安全が最優先となる。そのためなら、何をしても許される。

暗闇の中、彼らは何かを待っていた。決定的な何かが起きる、その時を。

PM11：35

夏美はベッドの上で体を起こした。気分が悪くて、とても寝ていられなかった。

横を見ると、雅代も起き上がっていた。気持ち悪い、という囁きが漏れた。

「揺れが酷くない？」

枕元の照明をつけると、部屋の中がぼんやりした明かりに照らされた。何も変わった様子はなかった。

「台風になったんじゃないですか」

「それにしても揺れ過ぎじゃない？」苦笑した雅代がベッドから降りて、窓の遮光カーテンを開いた。「見てよ、すごい。斜めになってる」

夏美は後ろから近づき、雅代の肩越しに外を見た。雨が真横に流れていた。

正確な意味で真横ではないが、ベランダとほぼ水平になっているのは本当だ。それほど風が激しいのだろう。

ベランダにあった二脚の椅子(いす)とテーブルが、左の隅に押し付けられている。海は真っ暗で見えないが、ベランダの手摺りが大きく傾(かたむ)いていた。

「やっぱり海は怖いですね……こんなに揺れるなんて……」

そりゃ気分も悪くなる、と雅代が寝癖のついた髪の毛に手を当てた。

「酔い止め、今からでも飲んだ方がいいのかな」

もう遅いです、と夏美は肩をすくめた。

「朝までには、落ち着くんじゃないですか？ あの薬、結構強いって聞いてます。今飲んだら、起きられなくなりますよ」

我慢しますか、と雅代がベッドに戻った。

「この船、引っ繰り返ったりしないよね」

そう言われても、と夏美は外に目をやった。

「でも、これだけの大きさの船ですからね。転覆なんて考えられません」

そう答えたが、急に不安になった。よく考えてみると、クルーズ船に乗るのは生まれて初めてだ。

もっと言えば、手漕ぎのボートや旅行中にフェリーなどで移動した経験を除けば、船に乗ったことはなかった。乗船している客たちのほとんどが、似たようなものだろう。

レインボー号にはリピーターが多いと聞いていたが、彼らにしても船について詳しい知識があるとは思えない。何か変事(へんじ)が起きた場合、対応できるのだろうか。

「柳さん……起きてください」

どうしたの、と雅代が顔を上げた。何となくですけど、と夏美は外を指さした。

「船のスピードが落ちてるような気が……」

見えているのはベランダだけで、海も空も真っ暗だから、何がわかるというわけではない。それは直感だったが、間違いなく速度が落ちていた。

こんな場所で停まる理由はないだろう。何かが起きているのだ。

雅代が着ていた長袖のシャツを、無言で脱ぎ始めた。夏美と同じように、何らかの異常を感じたのだろう。着替えておいた方がいい、とつぶやいた。

「嫌だ嫌だ。消防士は心配性で……我ながら嫌になる」

夏美も同じ想いがあった。町を歩いていて、不意に足が止まることがある。ガスの臭いを嗅いだためだと気づくのは、しばらく経った後だ。

結局、それは通り過ぎていったタクシーの排気ガスであったり、汚れたエアコンから漏れた冷却ガスの臭いを勘違いしていただけに過ぎない。馬鹿馬鹿しいと苦笑して立ち去る。いつもそうだった。

それでも、確認するまで気が済まない。職業病だと自分でも思うことがある。だが、無意味だと考えたことはなかった。

百回、勘違いを繰り返したとしても、百一回目も確認するだろう。無駄でも構わない。百一回目に火災を発見するかもしれないからだ。

考え過ぎだと周囲から言われても止めないのは、自分がプロの消防士だからだと夏美はわかっていた。断言できるが、日本全国の消防士全員が火災を憎んでいる。

絶対に火災を起こさない。そのためならどんなことでもする。

プロとしてのプライドがあった。何かが起きているという可能性があるなら、確認しなければならない。

雅代も同じことを考えているのが、表情でわかった。無意識のうちに鼻が動いていたが、自分も同じことをしているとわかって、思わず苦笑が漏れた。

ただ、自分たちは乗客として船に乗っているだけだ。海と船について、何もわかっていない。今できるのは、何かが起きた場合に備えることだけだ。

お茶でも飲もうか、と雅代が言った。緊張していても始まらない。了解、と夏美はうなずいた。

PM11:38

何かあったのか、という石倉の声がした。いいえ、と山野辺は受話器を握ったまま頭を何度も下げた。

「別に問題ありません」

「それならいいが……種子島に着くのが遅くないかと思ってね」

予定では深夜十二時前後とお伝えしました、と山野辺は答えた。それはわかってるが、と石倉が舌打ちした。

「着くのは十二時なんだろうが、どうしてスマホが通じないんだ？　島で待っている岩崎県議と連絡を取りたいんだが、圏外のままじゃないか」

僅かに非難の響きがあった。少し遅れていますが、と山野辺はもう一度深く頭を下げた。

「電車とは違います。多少の遅延はやむを得ないとお考えください。スマホの電波についても同様です。場所や波によって、どうしても通信状態は悪くなります。もうしばらくお待ちいただければ――」

遅れるというが、どれぐらいなんだと石倉が何かを叩いた。

「三十分ぐらいならともかく、それ以上となると迷惑がかかる。もう十一時半過ぎだ。向こうだって、どうしていいかわからんだろう」

横で長岡が唇をすぼめていた。申し訳ありません、と山野辺は口を動かした。

「台風の進行方向が変わりつつあるという情報が入ってます。このままですと、本船は台風に追いつかれる形になり、危険が予想されます。実は……少し前から本船は停止しております。台風の通過を待って、種子島を目指したいと考えています」

聞いてないぞ、と石倉が不機嫌な声で言った。

「どうしてもっと早く言ってくれなかったんだ。台風の通過を待つ？　どれぐらい時間がかかるんだ？」

「今の段階では何とも言えませんが、わたしとしては十二時から一時前後の到着を予定しています。ただ、何しろ相手が自然現象なもので、絶対かと言われますと……」

「まずいな……岩崎県議に伝えなければならんが、どうしたらいい？」

「ブリッジにＶＨＦ無線電話装置がありますので、こちらから県議には連絡しておきます。もうしばらくお待ちください」

船は不便だなとつぶやいた石倉が電話を切った。長岡が無線電話の端末を差し出したが、その必要はない、と山野辺は額の汗を拭った。

「遅れると伝えれば、遅延の原因を問われる。故障のために停船しているとは言えない」

今、種子島の岩崎に事実を伝えれば、いずれ石倉も何が起きていたか知ることになる。イルマトキオ社とレインボー号について、不信感を抱く可能性が高い。フェリー航路の独占について、再検討すると言い出しかねなかった。そんなリスクは冒せない、というのが山野辺の本音だった。

「佐野の報告はまだか」

山野辺は辺りを見回した。エンジンの故障ではないとわかれば、種子島を目指すことができる。それなら、石倉の不興を買うこともない。

「コンピューターはどうなってる？　松川、君がここにいる必要はない。四階のサブコンに降りて、待機していろ」

コンピューターの確認が済み次第降ります、と松川が答えた。横顔に不安の色が浮かんでいる。使えない男だ、と山野辺の口からつぶやきが漏れた。

PM11：40

二等機関士の佐野は三十八歳だが、経験は二十年近かった。船員としてだけではなく、三年間新海重工に出向していたため、エンジンの構造にも詳しい。

山野辺の命令で四人の部下を率い、二階の機関制御室から一階へ降りていたが、エンジン停止の原因について予感があった。排水パイプに損傷があったのではないか。

一階に降りる直前、いくつかの客室でトイレ、バスルームなどから悪臭が発生しているという連絡を客室係から受けていた。レインボー号にそのような事態が生じているとすれば、原因は船底後部に設置されている排水パイプの損傷以外考えられない。

山野辺の命令はエンジンの損傷を調べることだったが、佐野は独断で部下と共に排水ルームへ向かった。排水パイプは排水ルームから船外に突き出される形で設置されている。海底の岩などに接触しても、損傷することがないように保護されていたが、想定以上の衝撃があった場合、保護カバーそのものが壊れてしまうことは十分に有り得た。剝き出しになった排水パイプに損傷があれば、そこから海水が逆流する可能性がある。

悪臭とコンピューターによる警告を重ねて考えると、結論はそれしかなかった。山野辺や長岡がなぜその可能性を考えなかったのかと、佐野は首を捻ったが、ブリッジが混乱しているのは内線電話の長岡の声からもわかっていた。

エンジン停止の原因が、排水パイプからの海水の逆流にあるのではないかと佐野が直感したのは、過去に外国船が沈没した同様の事例について、聞いたことがあったためだ。

海上保安庁の統計では、日本国内の船舶海難事故は年間約二千件、世界というスケールで見れば、その千倍以上起きている。大きな事故はともかく、小型船の衝突、沈没、難破などはそれこそ数知れない。佐野が覚えていたのは、新海重工製のエンジンを積んだ船の事故だったためだ。

排水ルームに近づくにつれ、異常な臭気を感じた。下水と海水が入り混じったような、独特な臭いだ。

まずいな、と佐野はつぶやいた。予感通りだとすれば、最悪の事態も考えられる。率いていた部下の中から二人を指名して、隣を調べろと命じた。

「エンジン冷却システムに浸水していないか、見てきてくれ」

そのまま自分は排水ルームに向かった。後ろからついてくる二人の男の表情に、怯えの色が浮かんでいる。ドアと壁を調べろ、と佐野は短く命令を発した。

「気をつけろ、水が出るかもしれない」

左側の壁を調べていた男が、異常ありませんと怒鳴ったが、右側の壁に手を当てていた佐野は明らかな湿気を感じていた。どこからか水が漏れている。

可能性が高いのは排水ルームだ。それ以外考えられないと言ってもいい。

全員後退と叫びながら、佐野は携行していたトランシーバーのチャンネルをブリッジに合わせた。

「ブリッジ、聞こえますか？　佐野です。船長、排水ルーム周囲の壁に浸水の可能性があります。排水パイプに損傷があったと思われます」

「可能性では対処できない。確認しろ」

確認するためには、排水ルームのドアを開かなければならないが、不用意に開けば何があるか予測できなかった。危険です、と佐野はトランシーバーを強く握りしめた。

「ここにいる人数では対処できません。至急応援を――」

その余裕はない、と山野辺が怒鳴る声がした。

「こっちだって手が足りない。君の責任で調べろ。排水パイプの損傷など考えられん。応援は出せない」

急げ、と命じた山野辺が通話を切った。やむを得ない、と佐野は全員を下がらせ、一人で排水ルームのドアの前に立った。

ドアはスイッチとハンドルのダブルロック構造だ。スイッチで電子錠を解錠し、その後ハンドルを回せば開く。

「排水ルームに水が充満しているかもしれない」ハンドルを摑んだまま、後方に向かって叫んだ。「その場合、ドアを開ければ、大量の水が通路に流れ込んでくる。その時はすぐブリッジに知らせろ」

佐野さんは、という声が飛んだが、俺は大丈夫だと笑った。

「何かあったらすぐ逃げろ。わかったな」

左手でスイッチを押した。鈍い電子音と共に、点灯していた赤いランプが青に変わる。ゆっくりとハンドルを左に回すと、数センチ開いたドアの隙間から、中の様子が揺らいで見えた。

揺らいでいると感じたのは、水が排水ルーム一杯に溜まっていたからだとわかったが、気づいた時には遅かった。ドアの隙間から凄まじい勢いで水が溢れ出してきた。

横にスライドしたドアが開ききるまで、一分かかるはずだったが、一瞬で全開になった。強烈な水圧が、ドアを押し開けたのだ。

頭から大量の海水を浴び、佐野はその場に倒れた。逃げることなどできない。圧倒的な水量だ。

呼吸はおろか、指一本動かすこともできない。勢いよく流れ込んでいた水が、一分ほど経ったところでようやく収まった。

大量の水を飲んでいたが、咳き込みながら立ち上がった。水が通路に溜まっている。水位は膝まであった。

「大丈夫か？」

叫んだ佐野に、全員無事です、という返事があった。トランシーバーを摑んだが、水に浸かっていたため使用できないとわかり、その場に捨てた。

「ブリッジに連絡。排水パイプの損傷が原因で、排水ルームに溜まった水がエンジン冷却システムに流れ込んでいる。エンジンが停止したのはそのためだ」

どういうことですかと若いクルーが叫んだが、説明は後だと怒鳴った。排水パイプを直せばいいのでは、という声が上がったが、佐野は首を振った。

「そういうレベルじゃない。大至急、海上保安庁に救援要請が必要だ」

誰かトランシーバーを寄越せ、と手を伸ばした。指先が小刻みに震えていた。

PM11：42

表情を強ばらせた長岡が差し出したトランシーバーを受け取った山野辺の耳に、船長、という悲鳴に近い叫び声が聞こえた。

「落ち着け。状況を報告しろ」

排水ルームに浸水あり、と佐野が叫んでいる。背後で数人の声が交錯しているため、よく聞こえない。馬鹿なことを言うな、と山野辺は怒鳴った。

「排水ルームに多少の浸水があるのは、構造上当然だ。わかりきったことじゃないか」

そうではありません、と咳き込みながら佐野が言った。

「排水ルーム一杯に水が溜まっていました。異常事態です」

排水ルームは船の最下部に位置している。主にバス、トイレなどの生活用水、レストランなどで使用する調理用水、そして雨や波などによって船内に入り込んだ水を船外に排出するために設置されていた。

レインボー号の各フロアにはパイプが通っており、生活用水、調理用水はそこから船内十六カ所にある汚水タンクに一度集められ、順次一階の排水ルームに流される。その後、大型ポンプによって船外に排出される仕組みだ。

逆流を防ぐため、排水量が多くなると、パイプの弁が自動で開き、少量ずつ汚水を排出していく設計になっている。だが、排水ルームは占有面積約百平方メートル、汚水漕内におよそ千立方メートルの水量を溜めておくことが可能だ。

ポンプの処理能力は更に大きい。排水ルーム一杯に水が溢れるような事態は起こり得ない、と山野辺は顔をしかめた。

「現在も浸水は続いているのか？」

排水ルームから溢れた水が、通路に流れ込んでいます、と佐野が答えた。

「自分たちの膝（ひざ）まで、水に浸かっているんです。水位が上がっているのも、間違いありません」

「ポンプが故障してるのか？」

「今、調べていますが、そうではないと思います」

「なぜだ？」

水の状態です、と佐野が壁を叩く音がした。

「排水ルームに流れてくる水は、トイレなどの汚水ですが、そうではなく、船外の海水が入り込んでいます。排水パイプに損傷があったと考えるべきです」

だから何だと言うんだ、と山野辺はトランシーバーを持ち替えた。排水ルームの隣に何があるかわかってますか、と佐野が叫んだ。

山野辺は目の前のパソコンで船内図を開いた。エンジン冷却システムです、と隣に立った長岡が囁いた。

排水ルームとエンジン冷却システムは、壁の上部が空いていますと佐野が言った。

「排水ルームに充満していた汚水と海水が、エンジン冷却システムに流れ込んだんでしょう。そのためにエンジン冷却水の供給がストップしたと考えられます。エンジンが停止した原因はそれです」

まさか、と山野辺は眉間に皺を寄せた。レインボー号のエンジンが停止している原因が、エンジン冷却水供給の途絶によるものとは、想像もしていなかった。

「コンピューターの故障じゃないのか」

つぶやいた山野辺に視線を向けた長岡が、ゆっくりと首を振った。

「全チェック完了しましたが、コンピューターに故障はありません」

では、エンジンが停まっている原因は、冷却システムがダウンしたためなのか。冷却水の供給停止など、マニュアルにも載っていない。

エンジン本体に故障がなくても、冷却水の供給が止まれば、オーバーヒートによる火災が発生する危険性があるため、コンピューターがエンジンを自動停止する。エンジンの全停止は、全船の機能停止を意味していた。

「照明、空調、コンピューター、通信。あらゆる施設、機材に電源を供給しているのはエンジンです」佐野との通話を聞いていた松川が怯えた顔で叫んだ。「船長、すぐに救援連絡をするべきです」

待て、と山野辺は松川の肩を強く摑んだ。

「救援連絡と簡単に言うが、どうしろと言うんだ」

海上保安庁に救援を要請しましょう、と松川が山野辺の腕を振り払った。

「まだ辛うじて非常用ジェネレーターは生きてますが、時間の問題です。操船不能状態のまま浸水が続けば、いずれ沈没するしかなくなります。そうなる前に、手を打ちましょう」

手は打つ、と山野辺は松川に背を向けて、トランシーバーを強く握り締めた。

「佐野、聞こえるか。排水ポンプ及びパイプの損傷を調べて、至急修理しろ。浸水をストップし、船内の水を外に排出すれば、エンジン冷却システムが復旧する。それでエンジンは動くはずだ。本船の航行は予定より遅れている。故障が直り次第、種子島へ向かう」

修理など無理ですと佐野が叫んだが、急げと繰り返して、トランシーバーのスイッチを切った。

長岡が紙を差し出した。気象庁から送られてきた最新の気象情報だ。そこには刻々と変わる台風の情報が記されていた。

『……台風10号の規模は拡大しており、更に別の熱帯低気圧から発生していた台風11号と一部で暴風域が重なる模様……』

この十年で最大規模、最低気圧八九〇ヘクトパスカル、最大風速四十六メートル、最大瞬間風速七十メートル、直径七百キロ、という文字が目に飛び込んできた。見間違いではないかと何度も見直したが、記載されている数字は変わらなかった。

日本は台風大国だ。毎年平均十回前後、発生した台風が日本列島を襲う。時として、その被害が甚大なものになる場合もあった。

だが、最低気圧八九〇ヘクトパスカル、最大瞬間風速七十メートルにもなる巨大台風など、聞いたことがなかった。

一般に、気圧が低ければ低くなるほど台風は強くなるが、日本列島を直撃する場合、地理的な要因から、九〇〇ヘクトパスカルを下回る例はほとんどなかった。長い経験から、山野辺はそれを知っていた。

海を航行している船の最大の敵は風だ。強風によって起きる激しい波に叩きつけられると、どんなに頑丈に造られた船でも、損傷を受ける可能性がある。

レインボー号は超大型クルーズ船だから、小型船のように波に呑（の）まれるような事態はあり得ないが、操船に機動性を欠くため、簡単に進路変更はできない。大きな波が接近しているとわかっていても、船体の方向を即時修正することは不可能だ。

巨大な波に叩きつけられ、船体の一部が破損した場合、そこから浸水が始まる。レインボー号には各フロアに排水ポンプが設置されているから、あるレベルまでは対応できるが、第二波、第三波が続けざまに船を襲ったらどうなるか。

既に一階で浸水が始まっている。どんなに大型の船でも重心があり、バランスが崩れれば、いつ転覆しても不思議ではない。

山野辺はパノラマウインドウに目をやった。台風の直撃を受けても、レインボー号は十分に耐えられる。だが、この台風は危険だ。巨大過ぎる。

震える手でプリントアウトをめくっていくと、最後の一枚に進行方向が記されていた。台風10号は種子島と鹿児島県のちょうど中間を通過して、済州島(チェジュとう)から朝鮮半島方面へ抜けるというのが、気象庁の最新予想だった。それは、まさに今レインボー号がいる地点だった。

「これはいつ送られてきた?」

震える手で、ファクス用紙を突き付けた。五分ほど前です、と長岡が答えた。

「現在、台風の位置は本船から約二百四十キロ南東ですが、既に暴風域に入っています。このままですと、直撃を受けることになると思われます。すぐ鹿児島湾に退避するべきでは――」

長岡の口がゆっくりと閉じた。エンジンが停止しているのだ。鹿児島湾にせよ、種子島にせよ、どちらへ向かうこともできない。

凄まじい音に、山野辺は顔を上げた。パノラマウインドウに大粒の雨が叩きつけられていた。何も見えない。

近づこうと踏み出した足がよろめいた。操舵スタンドに手をつかなければ、体を支えられなかった。何が起きているのかわからないまま、山野辺はその場に膝をついた。

PM11：49

船体が大きく傾いたのは、進行方向から接近していた三角波（さんかくなみ）に、右舷が衝突したためだった。

どれほど巨大な船であっても、自然の猛威には抗えない。現役クルーズ船として最大規模を誇るレインボー号でさえ、海の上では木の葉と変わらなかった。十階建てビルと同じ容積の水が船体に叩きつけられれば、傾くのは当然だ。

船には復原力があり、船体が傾いても元に戻す力が働くが、連続して波が押し寄せてくれば、バランスを取るのは難しくなる。結果として、船体は左右に激しく揺れることとなった。

混乱が大きかったのは、各フロアにある施設だった。営業中の店は、テーブルが傾いたりグラスや食器が落ちるようなことがあっても、スタッフが対処できたが、深夜十二時近い時間のため、クローズしている店舗も多数あった。

カウンターやメインテーブルのように固定されている物以外は、客の人数などによって移動可能にしている店舗も多い。四人掛けのテーブル、あるいは椅子などが、船体の傾きと共にフロア中を行き交うこととなった。

想定より遥かに船体の傾斜はきつく、椅子が宙に放り出されることもあった。その中のいくつかが照明、電気調理器などにぶつかり、多くの機材が壊れていった。

被害が最も激しかったのは、四階フードコート、〝グレートガーデン〟のセントラルキッチンだった。同時に四百人の客に食事を提供できる能力を持つ船内一巨大な調理場だが、オーブンレンジや電子レンジが次々に棚から落ちていった。

それだけではなく、ＩＨ製品などを囲っている保護カバーもすべて外れ、照明機材にも被害が及んだ。朝食の準備を開始するのは午前四時からだったため、無人だったことが状況を悪化させていた。

他の専門店では、ガスによる調理も行われていたが、〝グレートガーデン〟ではすべての料理をＩＨ製品で調理する。普通のキッチンと比較して、常にコンセントが不足し、配線が複雑になっていた。

しかも、電線には保護カバーがついていなかった。その必要はない、というのがイルマトキオ社の判断だった。

重量のあるオーブンレンジ、電子レンジ、あるいはその他の機材が次々に落ち、それが電気コードを直撃した。劣化しているコードなどは、その衝撃で断線した。全部ではなかったが、少なくない数だ。

通電状態のまま断線したコードは熱を持っていた。数箇所では火花も出ている。そしてキッチンには、ペーパータオルや紙ナプキンなど、紙類が大量にあった。

いくつかの火花が、意思を持っているかのように、ゆっくりと広がり始めていた。通常なら、ひとつやふたつの火花が紙ナプキンに当たったとしても、火災は発生しない。だが、何度も続けば、その限りではなかった。

更に、調理用コンロのカセットボンベも割れていた。ボンベ内のＬＰガスは、火花が触れるだけで発火の危険性がある。セントラルキッチンで火災が起きるのは、時間の問題だった。

Wave 3 セイレーンの叫び

PM11：54

どうなってるんだ、という低い声に山野辺は体を固くした。部屋がめちゃくちゃだぞ、と石倉が電話越しに怒鳴った。

「いきなりアイスペールが倒れて、床が水浸しになった。こんなに船が傾くのは変じゃないか？　いったい何なんだ、これは！」

落ち着いてください、と山野辺は辺りを見回しながら頭を何度も下げた。他のクルーたちが見つめていたが、体裁を整える余裕はなかった。

「先刻からお伝えしておりますように、巨大台風が接近しています。現在、安全を確認中ですが、レインボー号の航行に支障はありません」

なくはないだろう、と石倉が何かを叩く大きな音がした。

「台風の通過を待って種子島に向かうと君は言っていたが、揺れはますます酷くなってる。どれだけ待てばいいんだ？」

「まもなくです、先生。今しばらくお待ちください。海では台風、豪雨、大雪など、天候が急激に悪化することもあります。現在、台風の進行を見つつ、エンジン再起動の準備をしています。台風の被害を最小限に抑えるために、やむを得ない措置です」

船は本当に安全なんだろうな、と石倉が大声を上げた。

「これ以上時間がかかるようなら、私も考え直さなければならなくなるぞ」

「お待ちください。どういう意味ですか？」

山野辺は受話器を強く握りしめた。返事の代わりに、耳元で大きな音が鳴った。石倉が通話を切っていた。

顔をしかめたまま、山野辺は静かに受話器を置いた。近づいてきたのは松川だった。

「船長、意見を申し上げてよろしいでしょうか」

背後に渋い表情を浮かべた長岡が立っていた。二人の顔を見比べながら、山野辺は肩をすくめた。

たった今、最新の気象情報が入りました、と松川がファクス用紙を広げた。

「台風のコース予想図ですが、鹿児島沖で西に進路を変え、韓国方向に向かっています。しかもスピードが上がっており、このままだと二時間以内に本船は暴風域に入ることになります」

悪意があるとしか思えません、と長岡が下唇を突き出した。

「台風がレインボー号を追って、後ろから攻撃を仕掛けてくるような動き方です。こんな馬鹿なことがありますか？」

ですが事実です、と松川が予想図の中心を指で押さえた。どうしろというのか、と山野辺は腕を組んだ。

今すぐ、海保に救援要請をするべきです、と松川が手の甲で予想図を強く叩いた。

「本船のエンジンは停止し、航行不能状態にあります。自力で台風を回避することはできません。しかも、浸水が始まっています。このままでは台風の直撃に遭い、沈没しかねません」

それはない、と山野辺は大きく首を振った。

「悲観的に考え過ぎだ。エンジンが止まっている原因は、冷却システムの機能停止だ。それなら排水ポンプとパイプを修理すればいい。台風が本船に向かっているというのも、気象庁の予測に過ぎない。彼らは数時間前まで、台風のコースを豊予海峡と予想していたんだぞ。信用できるか？　また台風が進路を変えるかもしれない。情報に踊らされていては、操船指揮などできない」

「しかし、この状態で本船の機能を回復するのは、難しいと思います」

すぐにでも冷却システムが直るかもしれない、と山野辺は二人の顔を交互に見つめた。

「今、無用に騒いでどうなる？　海保の巡視船がここへ来て、本船の乗客を救助するようなことになったら、石倉議員がどう思うかわかってるのか？　レインボー号の性能に不安があると、ＩＲ議連で報告するだろう。そうなったらフェリー航路の話などなかったことになる。君は会社を潰す気か？」

　そういうつもりではありませんと口元を歪めた松川に、素人は黙っていろ、と山野辺は大声を上げた。ブリッジが沈黙した。

「軽挙妄動（けいきょもうどう）が最も危険だとわからんのか。現段階で海保への連絡は不要だ」

　しかし、と言いかけた松川に、下がってろと命じた。

「君には四階のサブコンでの待機を命じたはずだ。いつまでブリッジにいるつもりだ？　必要があると判断すれば、船長の私が直接海保に連絡する。船長命令に従えないというのなら、今すぐ船を降りろ」

　不気味な音がして、船体が左に傾いた。波が激しいな、と山野辺は大きく口を開いて笑った。虚勢を張ったに過ぎなかったし、ブリッジの誰もがそれに気づいていた。

　松川の意見を却下したのは、海保に連絡しても無意味だとわかっていたためだ。救援要請は可能だが、この悪天候下、しかも真夜中という時間では、二次災害の危険があるため、海保も救援要請に応じることはできない。

　救援ヘリは原則的に夜間の飛行を禁じられている。台風が接近している今、飛行を許可する指揮官はいない。そして、ヘリが百機飛んだところで、乗客乗員合わせて二千名を救助することは不可能だ。

巡視船や救難艇も同じだった。海保は日本の海を十一の管区に分けており、現在レインボー号のいる海域に最も近いのは鹿児島県志布志湾の海上保安署だが、最新の高速高機能型巡視船、救援強化巡視船でも、台風が発生している海に出ることはできない。迅速な救援活動は期待できなかった。

そして大時化の海では、どんな船もフルスピードで進むことができないという大きな問題があった。レインボー号は現在種子島まで約二十四キロ地点にいる。これは志布志湾から二十ノットで一時間弱かかる場所だ。

高速巡視船でも、この荒れた海で二十ノットというスピードは出せない。それこそ自殺行為だ。速度を落とさなければ、安全を確保できない。

半分の十ノットまで落とせば二時間だが、それも厳しいだろう。五ノット以下ということも有り得る。四時間かかる計算だ。遭難信号を発し、救援を要請しても、それでは遅すぎる。

自力でこの危機を脱するしかない、と山野辺は知っていた。エンジンさえ動けば、すべてのトラブルは解決する。そして、その可能性はある。

そうだろう、と辺りを見回した。ブリッジにいた全員が目を逸らした。

AM00：00

痛い、と悲鳴が上がった。大丈夫ですか、と夏美は声をかけた。雅代がベッドの下で膝を抱えていた。

「どうしたんです？」

トイレに行こうと思ったら、と雅代がベッドの縁に手を掛けて立ち上がった。

「いきなり大きく揺れて、膝をぶつけちゃって……」

夏美は上半身を起こした。眠っていたわけではない。横になっていただけだ。

しばらく前から、船が大きく左右に揺れ始めていたが、そういうレベルではなくなっていた。はっきりと船体が傾いている。目に映る船室全体が、斜めになっていた。

夏美はベッドから下り、窓に近づいた。床そのものが傾いていて、歩くのも難しい。窓枠に手をかけて遮光カーテンを開くと、凄まじい量の雨が降り注いでいるのがわかった。

ゲリラ豪雨については何度も経験があったが、その比ではない。滝のような、と陳腐な表現をするしかないような雨だ。大きな雨粒がガラス窓に叩きつけられ、機関銃のような音を立てている。

「外は見える？」

雅代の問いに、いいえ、と首を振った。暗いからではなく、雨の勢いが激し過ぎて、何も見えない。

ただ、ベランダの手摺りだけが辛うじて視認できた。夏美から見て、左側に傾いたままだ。傾斜角度は約五度。

船についてまったく知識はないが、間違いなく危険な状況だ。そのままベッドサイドに戻り、フロントへの直通ボタンを押したが、話し中だった。

向かいのベッドに座った雅代が、どうなってると囁いた。わかりませんと首を振って、もう一度ボタンを押した。一瞬の間があって、呼び出し音が聞こえた。

受話器を強く耳に押し当てた。十回、二十回。呼び出し音だけが続いたが、誰も出ない。更に十回待ったが、それでも応答はなかった。

出ません、と唇だけで言った。まずい、と雅代の唇からつぶやきが漏れた。

「今、夜中の十二時。他の部屋でも、客が目を覚ましているはず。その人たちも、状況がおかしいと気づいて、どうなっているのか、フロントに問い合わせている」

五十回呼び出し音を鳴らしても、誰も出なかった。諦めて夏美は受話器を置いた。

「この時間、フロントに何人も人がいるとは思えません。いても一人か二人か……定員千五百人、ほとんど満室だって言ってましたよね」

五百部屋全室の問い合わせに、対応できるはずもない。雅代が枕元に置いていた腕時計を手首にはめた。

二人はお互いを見やった。夏美はジーンズにブルーのブラウス、雅代はチノパンにヨットパーカー姿だ。何があってもいいように、着替えは済ませていた。

一度、部屋から出よう、と雅代が低い声で言った。

「まず現状確認。状況を調べて、どうするかはその後決める」

了解、と夏美は立ち上がった。壁に手を当ててドアに近づくと、気をつけて、という雅代の声が後ろから聞こえた。

小さくうなずいて、ドアを開けた。アナウンスが聞こえたのは、その時だった。

AM00：01

ガラスが砕(くだ)ける音がして、冬木は目を覚ました。椅子(いす)に座ったまま酒を飲んでいて、そのまま寝入ってしまったようだ。全身が強(こわ)ばっていた。

足元に目をやると、グラスの破片が床に散らばっていた。テーブルから落ちたのだ。

室内履きのスリッパを履いていたので、踏んでしまうことはなかったが、このままにしておくわけにはいかない。拾い上げようと屈んだが、足元が定まらなかった。

酔っているのか、と苦笑しながら床を手で探った。そんなに飲んだつもりはなかったが、体がふらついている。割れたガラスの破片に当たった人差し指の先に血が滲んだ。

違う、と頭を振った。酔ってはいない。アルコールには強い方だ。

ウイスキーの水割り二杯で酔うはずもない。体がふらついているのは、自分ではなく船が揺れているからだ。

どうなってる、とテーブルに手をついて立ち上がった。部屋の明かりはつけっ放しだ。

辺りを見回すと、部屋の中にあった備品が壁に押し付けられていた。

揺れではない、と直感した。船体そのものが傾いている。尋常ではない角度だ。

揺れに備えて、客室のテーブルは高さ五ミリの枠で囲われていた。にもかかわらず、グラス、ボックスティッシュ、筆記用具、本やパンフレット、何もかもが床に散乱していた。

ラックにかけられていたハンガーまで落ちている。考えられない状況だった。

顔を上げると、窓が見えた。それもまたおかしな話だ。夜、食事を終えて部屋に戻った時、カーテンは閉めていたはずだが、今は開いている。

カーテンはマグネット付きで、磁力でくっついていた。多少揺れたぐらいで、外れるわけがない。

激しい雨が窓ガラスにぶつかっている。何も見えなかったが、強い風の音が聞こえた。

部屋は防音仕様のはずだ。それでもこれだけの音が聞こえるのだから、よほどの強風が吹いているのだろう。

立ち上がろうとした膝(ひざ)が崩れた。部屋全体が傾いている。いったい何が起きているのか。

不意に、窓の外が明るくなった。雷が落ちたようだ。一瞬見えた水平線が、大きく右に傾いていた。

冬木は無言でバスローブを脱ぎ捨て、ベッドサイドのテーブルに置いていた紺のスラックスに足を突っ込んだ。タンクトップの上からワイシャツを身につけ、床に落ちていた革のジャンパーを拾い上げて、素早く腕を通した。体の奥で警報が鳴っていた。

ドアに目を向けた時、頭上のスピーカーから声が降ってきた。冬木はショルダーバッグを肩に通した。

AM00:02

ドアを開けて通路に出た夏美の袖(そで)を雅代が掴んだ。アナウンスの声が聞こえていた。

「乗客の皆様、船長の山野辺です」

部屋の中、そして通路に男の声が流れ出していた。何度か船内ですれ違った長身の男の顔が、夏美の頭に浮かんだ。

乗客の皆様、と山野辺が落ち着いた声で繰り返した。

「ただ今午前〇時二分、本船の現在位置は鹿児島沖合約二十四キロ地点です。現在の状況について、数名のお客様からお問い合わせをいただきました。結論から申し上げますが、本船の航行に危険は一切ありません」

夏美は左右に目をやった。狭い通路に、ジャージやパジャマを着た十人ほどの乗客が立っている。その他にも、いくつかの部屋から人が顔を覗かせていた。

異変に気づいた客たちが、何が起きているのかわからないまま、周りの様子を調べるために、部屋の外に出てきたようだ。

「現在、本船は航行を停止しています」冷静な声で山野辺が言った。「気象庁から強風波浪警報が出たための措置です。台風10号が接近中です。大型の台風で、暴風域も広く、直撃を避けるために現在位置で停止しています」

通路の客たちが不安そうに目を見交わしていた。問題はありません、と山野辺の声が続いた。

「航行に支障はありませんが、万が一の危険を考慮しての措置です。ご安心ください」

いくつかの部屋のドアが、音を立てて閉まった。船長の説明に納得したのだろう。通路にいた者たちも、同じように安堵の表情を浮かべていた。

「繰り返します。本船の航行に一切問題は生じておりません」山野辺の声は低く、静かだった。「台風の通過を待ち、安全が確認され次第、再出航致します。船体が傾いているのではないかとのご指摘も何件かありましたが、台風の影響で波が高くなっているためです。ご心配の必要はありません」

夏美と雅代の前を通って部屋に戻っていった中年の夫婦が、なるほどとうなずき合っていた。

「台風通過にしばらく時間がかかります」その後は快適な旅をお約束します、と山野辺の声が高くなった。「どうか皆様、部屋にお戻りになって、ごゆっくりお休みください」

通路のあちこちから拍手が起こった。

「再出航後のスケジュールは予定通りですが、遅延などあれば、その都度アナウンス致します。本船は絶対に安全です。ご安心ください」

アナウンスが終わるのと同時に、通路から人々が散っていった。

どう思う、と雅代が目だけで尋ねた。夏美はひとつ肩をすくめて、ドアを大きく開けたままストッパーを下部に押し込んで固定させた。

ドアが開きっ放しになるが、構わなかった。何らかの非常事態が起きても、こうしておけば部屋から脱出することが容易になる。

うなずいた雅代が、クローゼットからライフジャケットを出して、ベッドの上に置いた。

AM00:03

そんなはずはないとつぶやいて、北条は五階の通路に出た。山野辺船長とは、話をしたこともなかったが、今の船内放送には違和感があった。その理由は、エンジンが停止していることだった。

台風の通過を待つためという理屈は正しいように聞こえるが、そうだとしてもエンジンを停める必要はない。レインボー号はモーターボートではないのだから、再起動のためには時間も手間もかかる。少しでも経験のある船長なら、そんな指示をするはずがない。

船長の判断でエンジンを停止したのではなく、停まってしまったと考えるべきだろう。何らかのトラブルが起きているのだ。

その原因についても、心当たりがあった。一時間ほど前から、いくつかの客室でトイレの異臭騒ぎが起きていたが、客室係として北条はその処理に当たっていた。

単純に排水口が詰まったのだろうと最初は考えていたが、異臭騒ぎのクレームはひとつのフロアに留まらず、苦情の電話は増える一方だった。

レインボー号の排水施設は各フロアごとに独立しているから、たとえば五階のトイレが全部詰まるという事態はあり得るが、全フロアのパイプが同時に故障する確率はゼロに近い。あるとすれば、一階フロアの排水ルームに何らかのトラブルが起きているとしか考えられなかった。

悪天候、トイレの異臭、そしてエンジン全停止。その三つの事態が意味することはひとつだ、と北条は直感していた。五年前、乗船していたトルコ船ターコイズ号の遭難事件の記憶が脳裏をよぎった。

あの時も、始まりはトイレの異臭騒ぎだった。後に理由が判明したが、原因は排水パイプの損傷にあった。航行中、漂流物とパイプが接触したため、割れた排水パイプから海水が船内に逆流したのだ。

大量の海水が船倉に溢れ、エンジン冷却機能をダウンさせた。エンジンそのものは何重もの防御壁があったが、冷却水が廻らなくなったために火災の危険性が生じ、コンピューターが全エンジンを強制停止したのだ。

自家発電装置は備えられていたが、あくまでも非常用であり、船全体の電力を賄えるはずもない。船内の連絡が不通になり、命令系統が寸断された。

そのために避難指示が遅れ、犠牲者が出た。あの時と同じ状況だ。

ただ、ターコイズ号の事故において幸運だったのは、天候が穏やかであり、時間も夕刻だったことだ。ほとんどの乗客は、自分の判断で避難することができた。

今は違う。この十年で最大の台風が付近海域を襲っている。しかも真夜中だ。スムーズな避難指示など、できるはずもない。

最悪なのは、海が大時化になっていることだった。今も波が左右から打ちつけている。レインボー号は海に浮かぶ木の葉のようなものだ。

最悪のタイミングで、最悪の方向から巨大な波が襲ってくれば、一気に船体が傾き、横転、あるいは転覆する可能性もある。

レインボー号の船体には、法令で定められている通り、九階両舷に定員百五十名の救命ボートが十艇と、定員百名の乗員用非常筏五艇が設置されていた。今回のツアーにおいて、船には約千五百人の乗客、加えて船員、船内施設スタッフなど五百人が乗っている。

全部で二千人だから、船内にいる人間すべてを収容できる計算だが、左右どちらかに大きく傾くと、片側の救命ボート、筏は使えなくなる。

どちらも左右舷側に固定されており、海面へは電動ウインチで降ろさなければならないが、船体角度が二十度を超えると、ウインチが動かせなくなるためだ。

単純計算で半分の千人がボートに乗れなくなるが、今なら間に合う。北条は通路に設置されていた内線電話を取り上げた。

今、レインボー号は傾いてこそいるが、角度は五度前後だ。この状態なら、左右両舷のボートをすべて下ろして使用できる。乗客乗員全員を救えるはずだ。

電話がブリッジに繋がった。船長を出せと何度も叫ぶと、しばらく経ってから、山野辺だという声がした。

「五階、客室係の北条です。船長、至急乗客乗員全員に避難を呼びかけてください」

君は誰だ、と舌打ちする音が聞こえた。

「客室係と言ったな。何を言ってる？　君に何がわかる？」

危険な状況です、と北条は受話器を握ったまま怒鳴った。

「このままでは船体が傾き、救命ボートは使用できなくなります。今なら間に合います。船長、大至急避難命令を出してください！」

ふざけるな、と山野辺が唸り声を上げた。

「客室係の立場で何がわかる？　素人は黙ってろ。本船は安全だ」

「船長、自分は五年前のターコイズ号海難事故の際――」

通話が切れた。無駄だ、と北条は受話器を架台に叩きつけた。

船長は判断を誤っている。今は自分にできることをするしかない。

通路を走った。客室係として、何がどこにあるか知悉している。ドアを開き、五階フロアに駆け込むと、目の前に中央通路があった。

壁のプラスチック板を押し割り、赤いボタンを押した。通路に設置されていた火災報知機のアラームが、凄まじい音を立てて鳴った。

そのまま、手前右にあった客室の扉を拳で強く叩いた。非常ベルが鳴り響いている。いくつかの客室から、数人の客が顔を覗かせていたが、動こうとはしていなかった。

困惑しているのだろうし、それ以上に深夜十二時という時間帯が悪かった。客のほとんどは早朝からツアーに参加している。睡眠不足に加え、肉体的、精神的な疲労が重なり、深く寝入っていたため、非常ベルの音に気づかないのだろう。

いきなり目の前の扉が開き、寝ぼけ眼の中年男が出てきた。下はパジャマだが、上はランニングシャツ一枚だった。

「何なんだ、うるさいな……あんたは？」

客室係です、と北条は天井のスピーカーを指さした。今は目の前の男を納得させなければならない。

「危険はありませんが、お着替えになった上で、手荷物はそのまま部屋に残し、大至急九階へ上がってください。ライフジャケットはクローゼットの棚にあります」

「待ってくれ、何を言ってる？」男が首を突き出し、周りに目をやった。「何だ、この音は……非常ベルか？」

急いで九階に上がってくださいと怒鳴って、その場を離れた。隣の客室に向かおうとすると、既に客が外に出てきていた。様子を窺っている客も増えている。さすがに異変に気づいたようだ。

意外に客たちは静かだった。騒ぎになっていないのは、あまりにも突然のことで、意識がついていかないのだろう。

部屋から出てください、と北条は手をメガホンにして叫んだ。

「本船の航行に支障が生じています。今すぐ避難してください。落ち着いて、冷静に行動してください！」

船が沈没する、などと言うつもりはなかった。事実確認ができていないし、客たちに与える心理的なショックも考慮しなければならない。パニックに陥(おちい)り、危険な行動を取る者が続出する可能性があった。

何が起きているのか明確にすることも重要だが、今は安全な避難が優先される。焦(あせ)った客たちが、一斉に階段やエスカレーターに殺到すれば、何が起こるかわからない。

「皆さん、落ち着いてください」冷静になれ、と北条は強く手を握った。「本船のエンジンにトラブルが生じたようです。危険ではありませんが、念のためライフジャケットを着用の上、部屋を出て九階デッキにお集まりください。エレベーター、エスカレーターは使用せず、階段でお上がりください！」

走らないでください、と繰り返した。客の中には高齢者も多い。車椅子の者や、歩行が不自由な者も少なくなかった。

誰かが走りだせば、その瞬間パニックが起きる。高齢者を突き飛ばしてでも、逃げようとする者が出るだろう。

ターコイズ号の海難事故の時もそうだった、と額に滲んだ汗を拭った北条の肩が背後から強く叩かれた。立っていたのは五十代の大柄な男だった。

「あんた、船員か？　何なんだ、これは。どういうつもりだ。責任者を呼べよ！」

落ち着いてください、と北条は男の腕に手をかけた。

「危険なことはありません。ただ、万が一ということもあります。指示に従って、階段で九階へ上がってください。その後は別のスタッフがいますので――」

背後で怒鳴り声がした。振り向くと、外通路から甲板員が飛び込んできていた。

「誰が非常ベルを鳴らした？」

自分です、と答えた。何をしてるんだ、と甲板員が舌打ちした。

「馬鹿か、お前は。客室係が何でそんな勝手なことを――」

わからないんですか、と北条は甲板員の顔を正面から見つめた。

「明らかな異常事態です。通路自体、こんなに傾いてるじゃないですか。理由はわかりませんが、トラブルが起きているんです。非常ベルを鳴らして客に知らせるのは乗員の義務でしょう」

客室係にそんな権限はない、と甲板員が北条の肩を突いた。船は階級社会だ。厳然と身分差がある。

操船に関わる甲板部のオフィサー、機関部のエンジニア、クルーは、客室係のスタッフに過ぎない北条より立場が上だという意識を持っている。甲板部のクルーが居丈高な態度になるのは、やむを得ないところがあった。

「ブリッジに確認もしないで非常ベルを鳴らすなんて、どうかしてるぞ」甲板員が北条の胸倉を摑んだ。「どう始末をつけるつもりだ？　訴えられてもおかしくない。いいか、こっちにブリッジから連絡は入っていないんだ。船に危険なんてないんだよ！」

お客様にお伝えします、という声がスピーカーから響いた。山野辺だった。

「本船の一部で、非常ベルが鳴っていますが、機械の誤作動によるものです。就寝中、大変ご迷惑をおかけして申し訳ありません。心よりお詫び申し上げます」

いきなり非常ベルの音が止んだ。ブリッジが強制停止したのが北条にもわかった。

「皆様、落ち着いて部屋にお戻りください」山野辺のアナウンスが続いた。「外は台風のため、強い風雨が続いております。外に出ると大変危険です。指示に従ってください」

唐突にアナウンスが終わった。通路に出ていた客たちが辺りを見回しながら、部屋に戻っていく。

九階に上がってください、と北条は声を張り上げた。

「ライフジャケットを着用の上、九階へ――」

黙れ、と甲板員が壁に北条の体を押し付けた。

「客を怯えさせてどうするつもりだ？　お前に何がわかる？　船長に報告して――」

北条は無言のまま甲板員の腕を捩（ねじ）った。床に倒れ込んだその頬を上から張ると、悲鳴が上がったが、続けてもう一発殴（なぐ）りつけた。

「わかっていないのはあんただ。それでもプロの船員か？　この状況で船長のご機嫌を伺ってどうするつもりだ」

助けてくれ、と弱々しい声で甲板員が叫んだ。駆け込んできた若い船員が腰にしがみついたが、振り払って通路を走った。

「待て！　どこへ行く？」

はいつくばったまま、甲板員が怒鳴った。北条はドアを開けて外通路に飛び出した。

AM00：07

非常ベルが、と夏美は耳に手を当てた。遠くで聞き覚えのある音が鳴っていた。消防士なら誰でも聞いたことがある、火災報知機の警報音だ。

止まった、と窓から外を見ていた雅代が顔を向けた。船は安全です、と船長のアナウンスが始まっていた。

小さくうなずいた雅代が、着ていたライフジャケットの紐（ひも）を絞るようにして結んだ。

「何かが起きてる。ここにいるのは危険よ。出よう」

夏美はドアに向かった。雅代も自分と同じことを考えているとわかっていた。

今の船長のアナウンスはおかしい。強いて言えば声の調子や抑揚だが、理屈ではない。プロとしてのプライドを懸けてもいいが、何か異常事態が起きている。絶対の確信があった。経験も長く、消防士としての能力が高い雅代は、夏美以上に強い危機感があるのだろう。

通路に出て左右を見回すと、明らかに船体は傾いていた。船の進行方向に向かって左側が下がっている。

その傾斜は五度程度だろう。壁に手をつかなければならないほどではないが、歩くのが難しくなっていた。

半分以上の客室のドアが開いていた。見える範囲で二十室ほどだが、通路に出ている者もいる。再びスピーカーから声が流れ出した。

「繰り返します。先ほどの警報は誤作動によるものです。事情が判明し次第、アナウンスを通じてご説明させていただきますので、それまで客室でお待ちください」

どうなってるんだ、という声が通路のあちこちから聞こえてきた。船長が安全だと言ってるんだぞ、と怒鳴っている者もいた。半分ほどの客がその場に留まり、他は客室へと戻っていった。

何かがおかしい、と雅代がつぶやいた。消防士として、何度も修羅場をくぐり抜けてきた。死と隣り合わせの仕事だという意識がある。最後に信じられるのは、自分の直感だとわかっていた。

船には救命ボートがある、と雅代が耳元で囁いた。九階です、と夏美はうなずいた。

船内の防災設備に関してはチェック済みだった。火災報知機、防火扉、消火栓、スプリンクラー、消火器、非常口、そして救命ボートの設置場所。

上がろう、と雅代が前を見た。

「焦ることはない。階段を五つ登ればいいだけよ」

大きく船体が揺れ、夏美は手摺りに摑まった。そのまま前へ進みながら、やっぱりおかしい、と改めて思った。

船が傾くのは当然だ。陸とは違い、水面に浮かんでいるのだから、海が荒れて波が高くなれば、傾かない方が不思議だろう。

だが、傾きが戻らないというのは、どう考えても異常だった。船に復原力があるのは、素人でもわかる。左に傾いたとすれば、右へ戻らなければならない。

前方を見ると、左に傾いたままの状態が続いていた。何らかの形で、船にトラブルが起きているのは確実だった。

他の客に避難勧告するべきでしょうか、と夏美は振り向いた。考えてた、と雅代がうなずいた。

無闇に避難を呼びかければ、パニックになりかねない。船員ではない二人が避難勧告をしても、従わない者も多いだろう。船側の指示を待つべきかもしれない。

立ち止まった雅代が、客室に視線を向けた。その目は消防士のものだった。

「自力で逃げられる人はともかく、高齢者は放っておけない。このフロアの客室を回ろう。無理に説得はできないけど、避難を呼びかける。手分けしよう。左側の客室はあたし、神谷は右側を頼む」

消防の現場では、指揮系統の確立が最も重要になる。大きくうなずいて、夏美は一番近くにあった客室のドアをノックした。

AM00：08

いったいどうなってる、とブリッジで山野辺は怒鳴った。

「北条とか言ったな。客室係と言ってたが、いったいどういうつもりなんだ！」

コントロールパネルを両の拳で強く叩いた。

「何を考えてるんだ。こんな夜中に非常ベルを鳴らすなんて、どうかしてるぞ。うちの社員なのか？」

誰か知ってるか、と山野辺は辺りを見回した。答える者はいなかった。馬鹿が、と振り上げた腕を長岡が押さえた。

「客室係といっても、イルマトキオ社の社員だけではありません。他社との契約で、雇用している者もいます。名前だけ言われても、そこは何とも……」

それはそうだが、と山野辺は額の汗を拭った。これも松川が推進している人件費カットの弊害だ、と怒りが込み上げていた。

北条をここへ連れてこい、と山野辺は怒鳴った。直接責任を問い、場合によっては処罰するつもりだった。

「オフィサーやクルーならともかく、客室係が勝手な判断で非常ベルを鳴らすなど、明らかな越権(えっけん)行為だ。命令があって初めて動くべき立場だろう」

船内で起こっているトラブルを考えれば、航行に大きな支障があると判断せざるを得ないが、船体に異常が生じているとしても、船の構造から考えて、即時沈没するわけではない。船全体が海面下に没するまでに、数時間はかかる。

だからこそ、北条の行動が許せなかった。非常ベルを鳴らすような軽挙(けいきょ)は慎(つつし)むべきだ。パニックを誘発すれば、その方が危険だろう。

冷静な対処が必要な局面だ、と山野辺はつぶやいた。今は船全体のトラブルについて、把握することが優先される。

今後の状況を確認した上で、最善の手を打たなければならない。焦って動けば、取り返しのつかないことになる。

本船の責任者は船長である私だ、と山野辺はブリッジを見回した。

「最も重要なのは、命令系統の確立と遵守だ。それぞれが勝手な判断で動けば、統制は取れない。そんなことになったら最悪だ。わかってるだろうな」

確かにそうです、と長岡が一歩前に進み出た。何が起きているにせよ、最終的には船長の判断に従う。それが船の絶対的な鉄則だった。

レインボー号のような巨大クルーズ船では、各部署の責任者に権限が委譲されているが、非常時において各自の判断で動くことは厳重に禁じられていた。安全確保のためには、命令系統の一元化が絶対に必要だ、と山野辺は周囲を見渡した。その場にいた全員がうなずいた。

AM00：09

ねえ、と美由紀は敦司の肩を揺すった。夕食の時にグラス一杯のビールを飲んだだけだが、真っ赤な顔で寝入っている。子供みたいな男だ、と美由紀は思った。

しばらく前から、船の様子がおかしいことに気づいていた。いくら台風といっても、ここまで揺れるだろうか。船体の傾きも尋常な角度ではなくなっている。

敦司を起こしたところで、どうなるものでもない。陸ならともかく、海の上なのだ。それでも不安にかられて、肩を揺さぶり続けた。

「何だよ、うるせえな」敦司が上半身を起こした。「頭痛え……今、何時だ？」

夜中の十二時過ぎ、と美由紀は答えた。馬鹿じゃねえのか、と敦司が毛布を頭から被った。

「ちょっと、起きてよ。何かおかしいの」

何がだよ、と敦司が毛布の下で呻いた。

「勘弁してくれ……気持ち悪い、どうなってんだ、船ってこんなに揺れるのか？」

それどころじゃない、と美由紀は毛布を剥がした。

「照明は消えてるし、外で叫び声もしてる。何かあったんじゃないかって……」

真夜中だぞ、と敦司が枕に顔を押し付けた。

「電気つけてどうすんだ。寝てろって、酔っ払いが騒いでるだけだ、気にすんな」

お願いだから起きて、と美由紀は敦司の腕を引っ張った。

「絶対、何かあったんだって。どうしてわかんないの？　着替えて、部屋から出よう。そうじゃないとヤバいって」

どうでもいいよ、と敦司が頭をがりがり掻いた。駄目な男、とつぶやいて美由紀はクローゼットから敦司の着替えを取り出した。別れると決めているのに、どうしてここまでしなければならないのか、自分でもわからなかった。

AM00：10

クローゼットを開け閉めする音が聞こえた。敦司はうつぶせたまま、頭に枕を被せた。どうして素直になれないのか、と自分に腹が立っていた。

高校に入学した時、同じクラスだった美由紀に一目ぼれした。誰にでも優しく笑顔で接する美由紀は、天使のように美しかった。

すぐにでも告白したかったが、何も言えないまま、あっと言う間に三年が過ぎ去っていった。自分に限ったことではなく、男子高校生にはそういうところがある。カッコをつけて無視したり、わざと別の子を誘って遊びに行ったり、そんなことだ。同じクラスの女生徒にふられたら、カッコ悪いという意識もあった。

高校を卒業して、工務店に就職した。初めて一人前の男になれたような気がして、美由紀と付き合う資格ができたように思えた。

美由紀を食事に誘い、勢い余ってプロポーズした。笑われただけだったが、それでもアタックし続けた。

二年後、付き合ってもいいよ、と笑いながら美由紀がうなずいてくれた。あの時のことは忘れられない。

だが、その後悪い癖が出た。甘えることでしか、愛情を表現できない性格だ。何をしても許してくれると思い、迷惑をかけ続けた。自分が悪いとわかっていたが、どうしようもなかった。

闇カジノで多額の借金を重ね、どうにもならないまま美由紀に泣きついて尻拭(しりぬぐ)いをしてもらった。もう二度としないと心に誓った。

美由紀のために、真面目に生きる。やり直すと決めた。

その気持ちを形にするため、クルーズツアーに誘った。ここからすべてをやり直せると思っていた。

だが、うまくいかなかった。美由紀の顔を見ると、どこかで甘えが出てしまう。

何を言われても、反抗的な言葉を返す自分がいた。馬鹿じゃないのか、と呆れるほどだった。

ごめん、と枕の下で何度もつぶやいた。そんなつもりじゃないんだ、美由紀と幸せに暮らしたいだけなんだ。お前を守り、守られ、笑い合って生きていきたい。

お前を幸せにする。だから、あの頃みたいに笑ってくれよ。頼む、お願いだ。

その声は届かなかった。枕元のサイドテーブルに着替えを置いた美由紀が、背中を向けたままベッドに入ってきた。

畜生、とつぶやいて、敦司は海老のように体を丸めた。

AM00：11

北条は階段を駆け上がり、六階フロアに通じるドアを開けた。傾斜がきつくなっていると感じたのは錯覚なのか、それとも実際にそうなのか、わからなくなっていた。

レインボー号の船員たちのほとんどが、自分の担当部署に関することしか詳しい知識を持っていない。たとえば船内巡回ひとつ取ってもそうだ。

四階フロアの担当者は、他のフロアの巡回をしない。単純に、担当エリア面積が広すぎるからだ。

自分の担当エリアについては詳しいが、それ以外については、客と変わらないレベルでしか把握できていない。やむを得ないことだったし、その必要はないと考えている者がほとんどだろう。

北条は客室係として船に乗っている。レインボー号では、部屋の掃除、寝具の交換、ルームサービスなどが主な仕事だが、人数が少ないのは、イルマトキオ社の方針によるものだと聞いていた。目的は人件費のカットだろう。

そのためにフロア単位ではなく、時間単位で働くことを命じられていたが、他の船員と違い、北条は全フロアについて詳しい知識を持っていた。六階にある施設についても知っていた。

通路に出てきていた大勢の客をかき分けるようにして中央部に進み、そこにあったドアを開いた。デスクに座っていた若い小柄な女性が振り向いて、驚きの表情を浮かべた。

「……どうしたんですか?」

こっちの台詞だ、と北条はドアを閉めて壁で体を支えた。六階、アナウンスルーム。デスクの高坂理佐(たかさかりさ)の仕事は船内放送だった。

船には劇場やホール、映画館など各種の娯楽施設がある。それ以外にも、さまざまなイベントが催されるが、時間や場所を知らせるためにも船内放送は必要だ。

それだけではなく、たとえば迷子案内であったり、天候や船の遅延情報、あるいはニュースなどを伝えることもあった。アナウンスルームはそのために設置されている。

理佐は北条と同じ、旅行代理店ホワイトテンプル社の社員だ。年齢は二十歳近く離れているが、兄妹のように仲が良かった。この時間、理佐がシフトについていることは知っていた。

「何をぼんやりしてる。客に避難を呼びかけろ」

待ってください、と理佐が訝しげに見つめた。わからないのか、と北条は壁を平手で叩いた。

「船が沈みかけている。客を九階に集めて、救命ボートに乗せるんだ」

マイクを貸せ、と伸ばした手を理佐が払いのけた。

「本当なんですか？　本当にこの船が――」

間違いない、と北条はうなずいた。

「ターコイズ号の時と、状況が同じだ。前に話したことがあっただろう？」

「五年前のあの事故ですよね。でも……」

おそらく排水パイプに何かがぶつかったんだ、と北条は顎に指をかけた。

「港に係留されていた小型ヨットが、この台風で外洋に流されたのかもしれない。珍しいことじゃないんだ。流木ってことも有り得る。とにかく、何かがこの船の排水パイプを破損させた。そのために海水が船内に逆流している」

「まさか、そんなこと……」

あるんだ、と北条は顔をしかめた。

「船底に水が流れ込み、溢れた海水がエンジン関係の機能を損傷させた。このままだと、レインボー号は沈没する。その前に客を避難させるんだ」

もう一度北条はマイクに手を伸ばした。待ってください、と理佐が首を振った。

「そうかもしれません。でも、確証があって言ってるわけじゃないでしょう？」

俺は客室係に過ぎない、と北条は床を強く踏みつけた。

「船底に降りて、浸水の状況を調べることなんてできない。だが、経験がある。あの時と同じなんだ」

信じてくれ、と理佐の肩に手を置いた。信じてますけど、と理佐が唇を尖らせた。

「でも、勝手にアナウンスなんてできません。あたしは船の航行に関わる立場じゃないし……」

越権か、と北条は苦笑を浮かべた。そうは言いませんけど、と理佐が落ちてきた前髪を直した。

「だって、下手したら客がパニックを起こすじゃないですか。救命ボートを争って、海に落ちる人が出るかもしれません。この船の九階って、三十メートルはありますよね？　その高さから落ちたら、いくら海でも骨折ぐらいするし、場合によっては死んでしまうかも……」

三十メートルの高さから落下すれば、海面はコンクリートも同然だ。しかも、巨大台風のために海は荒れている。怪我しなかったとしても、溺死するだろう。

安全に乗客を避難させるためには、誘導できる人間が必要です、と理佐が言葉を続けた。

「千五百人の乗客、船員やそれ以外のスタッフ五百人、トータル二千人が乗船しています。高齢者や子供だっているし、歩行が不自由な人もいますよね。ただ逃げろというだけでは、何の解決にもならないし、かえって危険な状況を招くことになるかもしれません」

冷静だな、と北条は感心したように言った。そうでもないです、と理佐が手を組んだ。指先がかすかに震えていた。

「何か変だって、ずっと思ってました。だけど、ブリッジからは何の指示もないし……」

どうするべきだと思いますか、と理佐が言った。船内放送の準備だけはしておこう、と北条は顔を上げた。

「何があるかわからない。恐怖心を煽るのはまずいが、避難誘導ができるのはここだけなんだ」

ため息をついた理佐がマイクのスイッチに触れた時、いきなり照明が落ちた。外からいくつもの悲鳴が重なって聞こえた。

北条は振り向いた。ガラスの細い窓に、グリーンの非常灯が灯っている。あの時もそうだった、とつぶやきが漏れた。

「ターコイズ号の時も、電気が消えた。それが始まりだった」

北条は理佐の手を握った。間違いない。あの時と同じだ。

AM00：12

メインの電源が落ちたのは、午前〇時十二分だった。数十秒後、それまでの五分の一程度の明度で再び照明がついたが、船内は薄暗く、数メートル先も見えなくなっていた。

すべてのフロアで、多くの客たちが異変に気づき、部屋の外に飛び出した。いきなり照明が落ちたことが、彼らを瞬間的にパニックに陥らせていた。

誰の心の中にも、潜在的な恐怖があった。刻々と船は傾斜を増していたが、何が起きているのか、具体的な情報は一切なかった。台風のためだと考える者も少なくなかったが、それにしても異常な状況だった。

フロントに問い合わせが殺到したが、スタッフも指示を受けていなかったため、その場しのぎの答えを返すしかなかった。それが客たちの恐怖と混乱を増幅させていた。

それでも彼らがパニックに陥らなかったのは、船に対する信頼があったからだ。小舟やボートではない。日本最大級のクルーズ船だ。何も起きるはずがない、と誰もが信じていた。

だが、電源が落ち、最低限必要な場所以外の照明はすべて消えていた。人間は闇に本能的な恐怖を抱く。彼らが怯えるのは当然だ。

にもかかわらず、船からの説明はなく、指示も出ていなかった。船について詳しい知識を持っている乗客はほとんどいない。どうすればいいのか、誰も判断できなかった。

客室には人数分のライフジャケットが準備されている。その説明は乗船前に受けていたが、覚えていた者はほとんどいなかった。

ライフジャケットがあるはずだと考えた者はいたが、部屋の明かりが暗く、場所の確認をしていなかったため、見つけることはできなかった。

客たちのほとんどが、着の身着のままで部屋の外に飛び出したが、出たところで何をどうしていいのかわかっているわけではない。各フロアの通路に、悲鳴と怒鳴り声、叫び声が充満している。誰もが冷静さを失っていた。

「――船内のお客様に申し上げます」

突然スピーカーからアナウンスが流れ出し、全員が天井を見上げた。聞こえてきたのは、船長の山野辺の声だった。

「現在、船の総合電気室でトラブルが起き、一時的にメイン電源をシャットダウンしています」ご心配の必要はありません、と声が続いた。「マニュアル通りの措置です。漏電による火災を防ぐため、メイン電源を停止しているだけで、本船の航行には一切問題ありません。非常灯もついています」

船が静寂に包まれた。誰も行動の指針を持っていない。何をどうしていいのか、見当もつかない状況だった。

「ご迷惑をおかけしていることは、十分に承知しております。現在、修理を急いでおりますが、機器類がオーバーヒートしていると考えられます。安全のために、一度全電力をシャットダウンし、すべてをチェックしなければなりません。ご理解ください」

そういうことか、と客が口々に言い合った。安堵のため息を漏らす者もいた。

今、一番重要なのは、と山野辺の声が高くなった。

「慌てず、冷静に行動することです。繰り返しますが、本船は安全な状態を保っております。大型台風のため、外洋は荒れておりますが、船長である私が皆様の安全を保証いたします。どうか皆様、落ち着いてください」

確かにそうだ、とうなずく者がいた。苦笑して部屋に戻る者、よくわからないと肩をすくめる者。

「船内のエレベーター、エスカレーターは現在動いておりません」アナウンスが続いていた。「階段にお客様が殺到しますと、大変危険な事態が生じます。部屋にお戻りになり、指示をお待ちください。電気設備は三十分以内に回復します。その後、台風が通過次第、本船は再出航します。もうしばらく、客室でお待ちください」

アナウンスが終わった。通路に残った客もいたが、半分以上は指示通り客室へ戻っていった。そうするしかない、というのが彼らの認識だった。

AM00:15

アナウンスルームの天井のスピーカーを睨みつけながら、船長はどうかしてると北条は顔をしかめた。

「まともじゃない。自分で何を言ってるのか、わかってないんじゃないか」

でも、と理佐が辺りを見回した。

「照明が消えたのは総合電気室にトラブルが生じたためだと、船長は言ってました。その場合は、一度発電機を全停止するしかありませんよね？」

そうじゃないんだ、と北条は大きく息を吐いた。

「いいか、船のエンジンはしばらく前から止まっていた。台風の通過を待つために航行を停止したというのは、わからなくもない。状況にもよるが、船と台風の進行方向がまったく同じなら、安全のために停船するというのは妥当な判断だ」

それなら、と言いかけた理佐を手で制して、北条はもう一度天井を睨みつけた。

「船長が船を停めてるんじゃない。エンジンが動かなくなったんだ」

確信があった。船に浸水があり、そのためにエンジンが機能を喪失（そうしつ）したのだろう。停電したのがその証拠だ。

船の電気は一階の総合電気室に設置されているバッテリーから、全フロアに送られているが、レインボー号が消費する電力量は巨大デパートに匹敵する。

船のエンジンの回転と連動することで、必要な電力を生み出しているが、エンジンが停止すれば、バッテリーに溜まっていた電気がすべて放出された段階で、全電源が停止する。車のバッテリーが上がるのと同じ理屈だ。今まで電気がついていたのは、バッテリー内に電気が残っていたためだろう。

全電源停止がどれだけ危険な状態か、船長もわかっているはずだが、船は安全だと虚偽の情報を客に与え続けている。パニックが起きるのを恐れているのだろうか。

客の半分は女性だし、子供もいる。乗客の四割は高齢者だ。冷静な行動を呼びかけるのは当然だし、そのためにあえて安全だと強調するのは、理解できなくもない。

だが、もうそんな状況ではないだろう。正確な情報を伝え、その上で避難を指示するべきだ。パニックを防ぐためにも、そうするしかない。

どんな事情があるにせよ、乗客に虚偽の情報を伝え、誤った指示を下しているのであれば、船長を信じることはできない。やるべきことはひとつしかなかった。

ライフジャケットを着ろ、と北条は理佐に命じた。

「万一のためだ。俺はこのフロアの人間を避難させる」

「あたしは？　どうすればいいんですか？」

アナウンスだ、と肩を強く叩いた。

「それが仕事だろう。いいか、船内放送で避難を呼びかけるんだ。客室のクローゼットにはライフジャケットがある。それを着用した上で、九階へ上がるように伝えろ。冷静に、落ち着いて行動しろと言うのを忘れるな」

理佐が北条とマイクを交互に見つめた。

「本当に、そんなアナウンスをしてもいいんですか？」

まずいのはわかってる、と北条はうなずいた。

「乗客は混乱するだろう。だが、このままじゃどうにもならない。船の傾きが二十度を超えたら、通路を歩くことさえ難しくなる。老人だって子供だって、今なら九階フロアへ上がることは可能だ。避難が遅れたら、全員が客室で溺（おぼ）れ死ぬことになる」

アナウンスしたら九階へ逃げろと理佐の背中を叩いて、北条はアナウンスルームのドアを開いた。通路に何人かの男女が立って、落ち着きなく辺りを見回している。

最後に振り返ると、理佐がマイクのセッティングを始めていた。

AM00：16

夏美は額の汗を拭いながら腕時計を見た。蛍光の文字盤に00：16という数字が浮かんでいた。

五分ほど前、いきなり四階フロアの照明が消えた。通路には非常灯しか明かりがない。足元は暗く、ゆっくり進むしかなかった。

雅代と共に、四階フロアの客室を回り、避難勧告を始めたのは十分前だ。全部で五十室ほどだとわかっていたが、二手に分かれていたため、夏美が回ったのは三十弱の客室だった。

ドアを叩くと、ほとんどの者が起きていた。何か起きていると感じていたのだろう。ライフジャケットを着用して九階に上がってくださいと言うと、誰もが指示に従った。思っていたより避難勧告はスムーズだった。非常ベルが鳴ったこともあり、細かい説明をする必要はなかった。

その間、船長のアナウンス、そして女性のアナウンスが交互に続いた。船長は客室での待機を命じ、女性は九階へ上がるよう指示していたため、混乱はあったが、それでも四階の客たちは夏美の避難誘導に従った。恐怖の感情が彼らを突き動かしたのだろう。

残っている客室は五つだった。このタイミングで停電になったのは最悪だが、五部屋だけだと自分を励(はげ)ました。

夏美の中に、怯えがあった。消防士として、数え切れないほど多くの火災現場に出動した経験があったが、それとはまったく違う。

出動に際しては、防火服をはじめ、さまざまな装備で身を護ることができたし、バックアップを含めチームで動くため、予想外の事態が生じたとしてもお互いに助け合える。絶対の信頼感があった。

だが、ここは船だ。過去の経験が通用するはずもないし、どこに何があるのかさえわからない。

もちろん、装備など何もない。頼れるのは自分と雅代だけだ。

火災が起きていれば、消火すればいい。目的はひとつで、そこに集中できる。

だが、船が沈んでいくとすれば、何ができるのか。沈没を止められるはずもない。

それでも、客室を回ってドアを叩き続けた。それが消防士としての義務であり、責任だからだ。

通路の奥まで進んだところで、見覚えのあるドアの前に立っていることに気づいた。何のことはない、自分たちの客室がある区画だった。

目の前のドアが開き、そこから雅代が出てきた。怯えた表情を浮かべた大竹と、妻の房子が後ろにいた。

夏美と雅代は左右に分かれてフロアの客室を回っていたが、互いに半周する形で、同じ場所に出ていた。いつだってあたしたちは最後だ、と雅代が苦笑した。

「この区画を確認したら、九階へ上がろう。奥に階段がある。そっちの方が近い」

うなずいた時、傾斜が更に増した。とても立っていられない。非常灯が異常な勢いで点滅を始めていた。

「これは……」

大竹がつぶやいた瞬間、非常灯が突然消えた。周囲が完全な闇になった。

同時に、背後が明るくなった。嫌な予感を抱きながら、夏美は振り向いた。天井から火花が降っていた。

電気系統のトラブル、と雅代が囁いた。

「断線している。急に船が傾いたからかもしれない」

あるいは漏電、と夏美はつぶやいた。可能性はある、と雅代が口元をすぼめた。

火花自体に危険はない。それは二人ともわかっていた。

避ければいいだけだし、多少体に当たっても、火傷することはない。切れた電線に接触すれば、感電の恐れがあったが、注意していれば問題ないだろう。

だが、火花が何かに引火したらどうなるか。最悪だ、と雅代が辺りを見回した。

「船で火災が起きたら、逃げ場はない」

急ぎましょう、と夏美は壁の手摺りを使って立ち上がった。残っている数室を回って、人命検索をしなければならない。

すぐ横にあったドアを叩くと、うるせえなという声と共に男が出てきた。顔に見覚えがあった。通路で他の客と口論していた敦司という男だ。

「何だよ、こんな夜中に……うるさくて眠れねえじゃねえか」

九階へ上がってください、と夏美は言った。

「船にトラブルが起きたようです。万が一のために――」

問題ねえって船長がアナウンスしてただろうが、と敦司がスニーカーの踵を踏み付けたまま横を向いた。

「女はどいつもこいつもヒステリーだよな。何でもないのに、すぐ騒ぎやがる」

敦司の背中を押すようにして、若い女性が通路に出てきた。両手にライフジャケットがあった。

「だから早く着替えてって言ったのに……」

わかったよ美由紀、と敦司が顔をしかめた。

「言われた通り、着替えたじゃねえか。まだ文句あんのか？」

急いでくださいと促した夏美に、右の客室を頼むと雅代が足を踏み出した時、一番奥の部屋から若い男が飛び出してきた。

「助けて！」

男の背中が燃えていた。反射的に夏美は前に突っ込み、男に飛びついて床に倒した。背中の炎は小さく、転がっているうちに消えた。

「危ない、逃げて！」

雅代の叫び声に、夏美は顔を上げた。振り向くと、開いたままになっていた男の部屋のドアから、炎が噴き出していた。

「何があったんですか？」

男を抱え起こすと、わからないとつぶやきが漏れた。

「いきなり天井が割れて、上から炎が降ってきて――」

男の体を引きずって後退した。隣の部屋から大柄な男が出てきて、無言のまま周りを見つめた。敦司と喧嘩していた男だ。逃げてください、と夏美は叫んだ。

突然、若い男の部屋から、爆発音と共に凄まじい勢いで炎が廊下に溢れ出した。もう一人、別の部屋から作務衣姿の中年男が飛び出してきた。顔が真っ青だった。

「下がって！　下がって！」

叫んだ夏美を見つめていた大柄な男が、若い男の腕を摑んで強く引いた。天井に設置されていたスプリンクラーから自動放水が始まっていたが、火勢の方が強かった。スプリンクラーの水量で消すことはできない。

炎が迫ってくる。腰を抜かしたのか、中年男はその場でへたり込んだままだ。

若い男を大柄な男に託して、飛び出そうとした夏美の横に駆け込んできたのは雅代だった。手に消火器が握られていた。

ノズルを中年男に向けてレバーを引いた。体が泡まみれになり、背後の炎が一瞬勢いを止めた。夏美は中年男の腕を摑んで力いっぱい引きずり、もつれるように後退した。

「逃げて！」

消火器を持ったまま雅代が叫んだ。大柄な男が若い男を、夏美は中年男の肩を支えて通路を戻った。振り向くと、炎が廊下に広がっていた。

AM00：17

流れ出した理佐の声を聞きながら、北条は通路を進んだ。進行方向にあるドアの上にある非常口のサインが、左に傾いて見えた。

アナウンスルームに入った時より、船体の傾斜がきつくなっている。壁の手摺りを摑んでいなければ、歩を進めることもできない。

「お客様にお伝えします」

「……レインボー号客室には、ライフジャケットの準備がございます。室内クローゼット、下段の棚に入っています」

それでいい、と北条はうなずいた。声のトーンは一定で、落ち着いている。これなら、無用な混乱を招くことはないだろう。

歩きながら、客室のドアを叩いて廻った。この状況で迷惑も何もない。客が起きているのはわかっていた。

顔を出した客に、ライフジャケットを着用の上、九階へ上がってくださいと声をかけた。北条が着ているのは赤いブレザーで、客室係の制服だ。それでも指示に従ったのは、何かがおかしい、と感じているためだろう。

理佐のアナウンスが続いている。命じたのは北条で、越権行為だとわかっていたが、すべての責任は自分が負うと決めていた。

五年前、ターコイズ号の海難事故で犠牲者が出たのは、不可抗力の部分もあった。遭難時の対処について、責任が問われることもなかった。だが、救えた命があったとわかっていた。

何もしなかったわけではない。船が沈没する可能性が高いとわかってからは、率先して客の避難誘導に当たった。手順に間違いはなかった。やるべきことはすべてやった。

それでも、もっとできたことがあったと、自分だけは知っていた。避難誘導が遅れたのは、上からの命令がなかったためだが、それは言い訳に過ぎない。

誰に責められたわけでもない。だから、自分で自分を責めるしかなかった。

船を降り、航海士という職を捨てた。子供の頃から憧れ、船乗りになることがすべてだった。その仕事を辞めることが、自分への罰だった。

海から離れた暮らしを始めた。それでも、逃げることはできなかった。記憶が薄らいだこともない。ターコイズ号で起きた悲劇が、頭から離れなかった。

後悔だけの毎日が続いた。五年間、毎日だ。酒を浴びるように飲み、現実から目を逸らすことで何とか精神のバランスを保っていたが、それも限界だった。

二度と間違うことはできない。絶対に乗客を救う。それが自分との約束だった。

客室のドアを叩き、声をかけながら、通路の先の階段へ向かった。客に不安を与えないため、意思の力だけで顔に笑みを浮かべていたが、背中には冷や汗が伝(つた)っていた。

乗客を救いたいという気持ちに嘘はない。だが、怖かった。ターコイズ号の海難事故の際、悲惨な姿の溺死体を見ている。海で死にたくなかった。

レインボー号は巨大で、フロア面積も広い。だが、フロア間移動のためのアクセスは整っていなかった。

送電が停止しているため、エレベーターもエスカレーターも使用できない。階段を使うしかないが、千五百人の客が一斉に殺到したらどうなるかは、想像するまでもなかった。

秩序ある行動など、望むべくもない。誰もが我先にと階段を駆け上がるだろう。

その時、老人、子供、あるいは女性たちがどうなるか。誰か一人でも転倒すれば、船が沈む前に犠牲者が出る可能性もあった。

元船員で、船に慣れている自分でも、通路を進んでいくのが難しくなっている。これ以上船の傾斜が大きくなれば、立っていることさえできなくなるかもしれない。一般客なら、なおさらだろう。

今のうちに九階まで乗客を上げなければならない、と周囲を見渡した。待機するのであれば、九階で救援を待つべきだ。

判断が間違っていたとすれば、北条の責任は重大だ。客がどれだけ怒るか、想像もつかない。

イルマトキオ社には数多くのクレームが寄せられるだろう。会社を首になるのは当然だし、損害賠償を請求されるかもしれなかった。

それでも構わない、とうなずいた。どんなことでも責任を取る。その覚悟はできていた。

ゆっくり、落ち着いて、と北条は周囲の乗客に声をかけ続けた。まだ大丈夫だ。パニックさえ起きなければ。この人たちが無事に九階まで上がれば。

握りしめた手のひらが汗で濡れていた。近くにいた老人に手を貸し、北条は一歩ずつ階段を上がった。

AM00：20

沈痛な表情で長岡が差し出した内線電話の受話器を、山野辺は耳に当てた。

鼓膜を破りかねない石倉の凄まじい罵声が耳に飛び込んできた。

「どうなってるんだ、説明しろ、説明を！　今のアナウンスは何だ？　ヴィラの電気も消えてる。部屋だけじゃないぞ、十一階全体が真っ暗だ。何が起きてる？　一時間以内に種子島に着くと言っていたが、あれも嘘か？　ごまかしは利かんぞ、どう見たってこの船の状態は異常だ。いくら台風といっても、ここまで傾くはずがないだろう！」

落ち着いてください、と山野辺は頭を深く下げた。

「アナウンスについてですが、あれは担当者が勘違いしただけのことです。私は訂正のコメントを出しましたし、何も起きていないという事実に間違いはありません」

「それなら、なぜ電気が消えた？　照明だけじゃない、電源そのものが落ちてるんだぞ！」

それもアナウンスしました、と山野辺は汗で濡れた顔を平手で拭った。

「総合電気室にトラブルが発生したことは確認済みです。現在調査中ですが、原因は台風による断線と思われます。漏電による火災発生の危険があるため、全電源を停止しなければばなりませんでした。十一階ヴィラには非常用発電機がありますので、そちらをお使いいただければと」

本当のことを話してくれ、と疲れた声で石倉が言った。僅かにだが、冷静さを取り戻したようだ。

「携帯は繋がらないし、岩崎県議や後援会の人たちと連絡も取れない。この船は危険な状況にあるんじゃないのか？」

そうではありません、と山野辺は受話器を強く握った。

「ただ、台風が接近しており、安全のために停船して通過を待っていた際、最悪のタイミングで電気系統のトラブルが重なっただけのことです。お約束していた時間内に種子島に到着できないのは、大変申し訳ないと思っていますが、それも悪天候やコンピューターの故障など、私の責任外のことで……」

もういい、と石倉が吐き捨てた。怒りが再び込み上げてきたのだろう。声が震えていた。

「とにかく、今は私と妻の安全を第一に考慮するように。これは要請ではなく命令だ。大至急、一番近い港に戻れ。鹿児島湾か志布志湾だろう。どちらでも構わないが、大至急だ！　海保にも連絡を取って、救援を要請しろ。すべて君の責任だからな」

すぐ海保に連絡を取ります、と山野辺は命乞いをするような声で言った。

「ただ、これは不可抗力で、あらゆる悪条件が重なったために――」

通話が切れ、山野辺は受話器をクルーに渡した。ここまで海保に連絡を取らなかったのは、事故が起きたことを石倉に対して隠蔽しなければならなかったためだが、もうその必要はなくなった。

大きくため息をつき、状況はどうだと尋ねた。よくありません、と長岡が青い顔で答えた。

「一階への浸水が広がっています」十分ほど前から、佐野以下四名は二階で待機しています、と長岡が時計を見た。「排水パイプの修理のため、機関部員、一部甲板部のクルーも一階へ降りていますが、今のところ連絡はありません。船長、海保への救援要請、並びに会社にも状況報告を――」

何の意味がある、と山野辺は首を振った。

「会社に連絡しても、助けてはくれん。今は排水パイプ及びポンプの修理、浸水への対処が優先だ。何らかの目処がついた時点で、海保に連絡する。それまで待て」

無言のまま長岡が下がった。山野辺はパソコンで船内図を呼び出した。

AM00:25

北条が九階フロアに上がったのは、午前〇時二十五分だった。通路が人で溢れている。四、五百人はいるだろう。

人の波をかき分けるようにして奥へ進むと、外デッキに通じているドアの近くに、大勢の人間が重なるようにして立っていた。口々に何か叫びながら、外を指さしている。ドアにある円形の窓に目をやると、大雨と強風が縦横無尽に暴れ回っているのがわかった。

大粒の雨がデッキに叩きつけられている。強い横風のため、雨の勢いは凄まじく、ドアが外れるのではないかと思えるほどだった。

理佐のアナウンスが、とぎれとぎれに聞こえた。まだ船内放送を続けているようだ。もう十分だと思ったが、後は理佐の判断に任せるしかない。

通路を埋め尽くしている人々は、それぞれ上下のフロアから九階を目指して来たようだ。全室の客はトータル千五百人だから、約三分の一ほどだろう。船長の山野辺の指示を信じ、客室で待機している者もまだ大勢いるはずだった。

通路に人間の声が充満している。悲鳴、叫び声、泣き声。彼らが感じているのは、混じり気のない恐怖だった。

陸ではない。海の上にいる。車や列車の事故とは違い、この悪天候では、救助も期待できない。絶望感が全員を恐怖の淵に追い詰めていた。

強引にドアを押し開けると、一瞬で全身がずぶ濡れになった。デッキには日除(ひよ)けやスコールなどに備えて、一メートルほどの屋根がついている。通常の雨なら、ここまで濡れることはない。ゲリラ豪雨以上の降水量だ。

現在、レインボー号は九州の南沖にいる。夜になっても気温は三十度以上あったが、デッキに出ただけで冷気を感じた。強風のためだ。

風速一メートルで、体感温度は一度下がる。今、この風が風速三十メートルだとすれば、感じている温度は零度に近い。そして、風速は三十メートルどころではなかった。

北条が着ているのは、客室係の制服である赤いブレザーだ。夏服だから生地は薄いが、それでも長袖だった。下にはワイシャツを着ている。スラックスも穿(は)いていた。

だが、九階フロアにいた客のほとんどが薄着だった。彼らは基本的に夏物の服しか船内に持ち込んでいない。準備していたとしても、着替える余裕などなかっただろう。

深夜十二時過ぎ、寝入りばなを起こされたのだ。そこまで頭が回る者など、いるはずもない。

大人はまだ耐えられるだろうが、子供、老人はどうか。外のデッキで待たせるわけにはいかない。速やかに救命ボートのセッティングをしなければならなかった。

「誰かいるか！」

闇に向かって叫ぶと、懐中電灯の強力な光が左右に動いた。合羽を着た二人の船員が甲板に立って、空を見上げていた。

「何をしてる！」駆け寄って、前にいた男の腕を摑んだ。「救命ボートを下ろせ！　時間がないぞ！」

虚ろな表情の男が振り向いた。あまりにも風雨が激しいために、何も考えられなくなっているようだ。三十代後半だろう。胸のプレートに、酒井という名前があった。

ここにはおれたちと、あと二人しかいない、と酒井が顔を歪ませた。

「ブリッジの命令で、甲板部のクルーも機関室に降りている。どうしろっていうんだ？」

あらゆる船舶は海上衝突予防法、海上交通安全法、港則法のいわゆる海上交通三法で、航走中、錨泊中を問わず、全時間帯の見張りが義務づけられている。レインボー号もこれを遵守していた。

ただし、海難事故原因のトップは、今も昔も不十分な見張り体制だ。レインボー号はレーダー、船舶情報表示装置、暗視装置など、高性能の航海用機器を搭載しているため、常に見張りの人数が最小限に抑えられていた。

本来、レインボー号規模のクルーズ船なら、乗組員は七百人以上必要だが、コストカットのため、五百人という数しかいない。しかも、その八割は事務部員で、甲板部、機関部のオフィサー、クルーはトータル百人を切っている。

エンジン停止に伴い、多くの甲板員がブリッジの指示で船底に向かい、故障箇所を調べていた。船が航行を停止していることもあり、各フロアにクルーを残しておく必要はないと山野辺が判断したのだろう。

だが、今はそれを言っても始まらない。少人数であっても、適切に動けば救命ボートを降ろせる。急げ、と北条は酒井の腕を摑んだ。

「おれも手を貸す。以前は船員だった。あんたより経験があるつもりだ」

「事故が起きたらどうする？　誰が責任を取る？」

酒井がまばたきを繰り返した。極度の緊張で、パニックに陥っているようだ。落ち着け、と北条は酒井の両肩に手を置いた。

すべての乗客を救わなければならないという義務感に縛られて、身動きができなくなっているのだろう。あの時、自分もそうだった。

「いいか、このままだと全員が死ぬ。おれもあんたもだ。すぐに他の船員が九階デッキへ来る。とにかく、一艇だけでも救命ボートを降ろそう。誰もあんたに全乗客を救えと言ってるわけじゃない。責任はおれが取る」

怖いんだ、と酒井が雨で濡れた顔をこすった。

「このままじゃ、本当に死んじまう。女房はガキを産んだばかりで……」

大丈夫だ、と北条は大声で泣き出した酒井の肩を強く抱いた。

「必ず生きて帰れる。仲間がいるんだ。船員同士の絆は、あんたもわかってるだろう。助け合うんだ」

わかった、と酒井が頬を伝う涙を拭った。駆け込んできた若い船員が、大変ですと息を切らしながら叫んだ。

「救命ボートを降ろす電動ウインチのロックが外れません」

どういうことだと北条は怒鳴った。ロックが錆び付いて、レバーが下がらないんです、と若い船員が顔を引きつらせた。

「このままでは、救命ボートを降ろすことができません。どうすればいいのか……」

「全基か？　すべての電動ウインチのロックが錆び付いてる？」

そこまでは、と若い船員が目に飛び込んでくる雨粒を指で払った。来い、と北条は酒井と若い船員を連れてデッキを走った。

AM00:30

夏美は目の前の炎を見つめた。炎には意志がある。火災現場で殉職した父親の声が脳裏をよぎった。

意志というより、悪意というべきかもしれない。炎は常に人間を狙っている。貪欲に命を喰らい尽くそうとしている。

今のところ、通路の炎はさほど大きくない。消火器一本でも消すことが可能だが、騙されてはならない。いつ牙を剝いてくるか、わからなかった。

夏美は視線を戻した。その場に膝をついたまま頭を抱えていた若い男の顔に、汗が滲んでいた。

いったいどうなってる、と大柄な男が奥を指さした。

「何でお前の部屋から火が出た？」

お前って誰のことだ、と若い男が立ち上がった。

「ぼくには木本って名前がある。木本武だ。あんたは？」

名乗る必要があるのか、と男が睨みつけた。止めてください、と夏美は二人の間に割って入った。

「わたしは神谷夏美、消防士です。火災が起きています。今後はわたしと柳雅代司令補の指示に従ってください」

冬木だ、と男が短く答えた。冷静な声音だった。

木本という若い男は着の身着のままといった格好だが、冬木は革ジャンにワイシャツ、そしてスラックス姿だ。肩からは小さなバッグを下げている。

私は長田といいます、と作務衣姿の中年男が虚ろな声を上げた。

「これはいったい……何が起きてるんです？」

通路の奥にノズルを向けて、消火液を撒いていた雅代が戻ってきた。

「とりあえず延焼はしないと思う。でも、いつ、どこから出火するかわからない。避難した方がいい」

夏美たちがいるのは四階の客室エリア最奥部だ。通路の端に上層階に繋がっている階段がある、と木本が叫んだ。

「そこから九階へ上がればいい。避難用の救命ボートがある」

走り出そうとした木本の腕を雅代が摑んだ。

「走らないで。どうなっているのかわからない。周りの様子を見て――」

あんた何なんだ、と木本が叫んだ。

「指図するな。客だろ？　船のことなんか、何も知らないくせに」

お前は何を知ってるんだ、と冬木が苦笑した。何だって知ってる、と木本が胸を張った。

「レインボー号のことは全部調べた。構造だって詳しい。あんたたちに教えてもらうことなんて何もない！」

ヒステリーか、と冬木がつぶやいた。逃げた方がいいのでは、と長田が周りに目をやった。

「今のところ、火は小さいようです。何が原因で出火したかわかりませんが、ここにいるのは危険でしょう」

神谷、と雅代が肩に手を置いた。

「この三人を頼む。あたしは大竹先生と奥様、それとあのカップルを連れていく。階段は狭い。前が神谷、後ろはあたしが守る」

了解、と夏美はうなずいた。避難誘導には秩序が必要だ。特に、狭い階段では整然と行動しなければならない。

通常なら、先発するのは誘導の指揮を執る雅代だが、背後の炎の状態が不安定なため、後ろにつくと決めたのだろう。

来てください、と夏美は通路に沿って歩を進めた。振り返ると、雅代が床の炎に消火器のノズルを向けていた。

「避難路は確認済みです。でも、何があるかわかりません。協力して、九階へ上がりましょう」

ぼくだって道は知ってる、と前に出た木本が数十メートル先の通路を指さした。

「遠いわけじゃない。あそこの角を曲がれば――」

待って、と夏美は木本の肩を押さえた。予感ではなく、確信があった。このまま進んではならない。

「何をしてる」背後から冬木が声をかけた。「さっさと行け」

いえ、と夏美は首を振った。角の向こうで何が起きているかわかっていた。下がってくださいと三人を制したが、振り切るようにして木本が飛び出した。

「何言ってんだ！　階段を上がるだけで――」

角を曲がった木本の足が止まり、そのままよろめくように数歩後退した。

夏美は木本の肩越しに前を見た。四階から五階へ繋がっている階段の途中で、切れた電線が火花を散らしながら、蛇のようにのたうちまわっていた。

どうなってるんです、と長田がつぶやいた。下がって、と夏美は電線を見つめたまま言った。

階段の上で、青い炎が静かに蠢（うごめ）いていた。火災が起きている。上がれない。

理由はわからないが、五階フロアの電線が断線したのだろう。照明器具かもしれない。

船内の電源は落ちていたが、非常灯は生きている。その火花が何かに燃え移ったのではないか。

炎の色が不気味だった。激しく燃えているわけではないが、通常と違って青白い。ガスが発生している際の特徴だ。

柳さん、と叫んだが、返事はなかった。消火に手間取っているのだろうか。

「戻ってください。別の階段から上がりましょう」

遠いよ、と後ずさりしながら木本が悲鳴を上げた。

「階段は通路の逆側にある。停電しているから、近くのエレベーターやエスカレーターは動いてないし——」

いきなり船体が大きく揺れた。五階で爆発が起きたのがわかった。階段から噴出する炎が膨れ上がり、熱風が四人を襲った。

走って、と夏美は命じた。遠くても、もうひとつの階段へ行くしかない。他に逃げ道はなかった。

だが、既に通路で延焼が始まっていた。天井や客室から、炎が壁や床に燃え移っている。どうするんです、と長田が立ちすくんだ。

判断は一瞬だった。夏美は火災が発生していない客室に飛び込み、遮光カーテンを無理やり引きちぎった。

頭からすっぽり被り、火の中に足を踏み込んで壁を探ると、消火栓の扉があった。手に触れたホースを延ばし、バルブを開くと放水が始まった。

周囲から水蒸気が立ちのぼった。大量の水を浴びせかけられた炎が消え、燃えていた床や壁が断末魔の悲鳴をあげた。

ホースを構えたまま、バルブを全開にした。天井のスプリンクラーからも水が降り注いでいる。一分も経たないうちに鎮火した。

「神谷！」

叫び声に、夏美は顔を上げた。雅代が目の前に立っていた。後ろに四人の顔が見えた。大竹夫妻、そして敦司と美由紀の二人だ。

手からホースを奪い取った雅代が、燻っていた遮光カーテンに水を浴びせかけると、白煙が上がった。無茶過ぎる、と長田がつぶやいた。

「カーテンなんかで火が防げると思ったんですか？　消防士と言ってましたが、本当に――」

消防士だから知ってるんです、と雅代が遮光カーテンを床に放った。

「船上火災は逃げ場がないため、非常に危険です。設計も消火より防火を前提にしています。そのため、天井や床、壁などの建材はもちろんですが、その他の備品も難燃性の素材を使うのが一般的です。遮光カーテンはそのひとつで、多少の炎なら包み込んで消すことも可能です」

知りませんでした、と長田が感心したように首を振った。五階はどうなってる、と雅代が顔を正面に向けた。階段から出火しています、と夏美は報告した。

「越えられません。ガスも発生しているようです。ガスの種類がわからないので、近づけませんでした」

後ろも燃えてる、と雅代が背後を指さした。

「炎の勢いが激しくて、鎮火できなかった。とても逃げられない」

ホースの口から出ていた水の勢いが弱まっていた。スプリンクラーからの放水は既に止まりつつある。

一旦衰(おとろ)えていた炎が、じわじわと周りに広がっていた。気づくと、通路の中央で炎に囲まれていた。どこへ逃げりゃいい、と敦司が喚いた。

「馬鹿野郎、どうしてくれるんだ!」

落ち着きなさいと言った大竹に、ジジイは黙ってろと罵声を浴びせた。そんなこと言ってる場合じゃない、と雅代が通路に目を向けた。

「途中にエスカレーターがあった。電気は止まっていても、階段としては使える」

間に合わない、と木本が叫んだ。雅代の背後で火の手が上がっていた。

夏美は振り返った。階段の火は大きくなっているだろうか。

有毒ガスの正体はわからないが、ワンフロア上がるだけだ。呼吸を止めていれば、吸い込むことはないだろう。強行突破するしかないのではないか。

駄目だ、と首を振った。五階フロアの状況がわからない。火の海になっているかもしれないし、有毒ガスが充満している可能性もある。

ルートを探せ、という声が聞こえた気がした。所属する消防署、ギンイチの村田司令長の声だ。

「最後まで諦めるな。消防士に必要なのは体力じゃない。絶対に生きて帰るという信念だ」

消防士は特攻隊じゃない、というのは父の口癖でもあった。諦めるな、考えろ。炎が出ている以上、階段は無理だ。前にも進めない。今、上に行くことはできない。

「それは何？」

無意識のうちに、木本の腕を引いていた。指さしたのは、壁にある大きな蓋だった。リネンシュート、と木本が答えた。

「リネンシュート？」

レインボー号には客室が約五百ある、と木本が早口で言った。

「でも客室係のスタッフは十人しかいない。部屋のシーツなんかは毎日替えなきゃならないだろ？　だから、フロアごとにシーツや枕カバーなんかを集めて、ここにまとめて放り込むんだ」

「下はどうなってるの？」

「リネンルームに繋がってるはずだけど」

夏美は蓋についていた鍵を蹴飛ばした。何をしてるのと叫んだ美由紀に、この中に入るんです、と蹴る足を止めずに答えた。

「他に逃げ場はありません！」

無言で前に出た冬木が、薄い鉄製の蓋に踵をめり込ませた。三回目で隙間ができた。太い腕で引っ張ると、蓋がそのまま外れた。

「飛び込んで！」

夏美と雅代が同時に叫んだ。背後に火が迫っている。

躊躇せず、冬木が頭から穴に体を突っ込み、すぐ見えなくなった。あなたも、と夏美は長田の腕を摑んだ。

「急いで、間に合わない！」

泣きそうな顔になった長田が足から穴に入った。すぐ後に木本が続く。

先生、と雅代が叫んだ。いやはや、と大竹がつぶやいた。

「どうも私は暗いところが苦手で……」

後ろから腰を押したのは妻の房子だった。落ち着いた表情で夏美と雅代に頭を下げ、自分も穴に体を押し込んだ。

あなたたちも、と雅代が叫んだ。火はもう目の前だった。

「勘弁してくれ」敦司が後ずさった。「高いところは平気だけど、こんなのは……」

あたしが先に行く、と美由紀が穴に飛び込んでいった。悲鳴を上げた敦司が穴に頭を潜らせた。

背後から熱風が吹き付けている。夏美は雅代の背中を押し、自分も飛び込んだ。真っ暗な空間を落ちていく感覚があった。

AM00：31

雨の勢いが更に激しさを増していた。ゲリラ豪雨が霧雨にしか思えないほど大量の雨が降り注ぎ、それが凄まじい横風に煽られ、全身を強く殴られているようだ。

船の主電源が喪失したため、非常灯以外ほとんどの照明が消えている。月や星明かりもない。酒井たちが懐中電灯を持っていたが、それが唯一の光源だった。

レインボー号の救命ボートについて、北条には正確な知識があった。ターコイズ号とメーカー、仕様が同じだったからだ。

全長十四メートル、幅三メートル、定員百五十名。荒天時でも転覆せず、損傷を受けても沈まないように、船内にウレタンフォームの浮力体を装備している。

最新式のカプセル型ではないが、簡易屋根がついているので、風雨からもある程度乗客たちを守ることができる。

エンジンがついているので、操船も可能だ。更に長時間の洋上漂流に備え、人数分の食料、飲料水、簡易トイレ、コンパス、各種工具類、応急医療キットなど救命用装備も積み込まれており、二十四時間航行可能な燃料も搭載されていた。

救命ボートは船の九階左右舷側に設置されている。装備品だけでも約一トン、ボート本体はＦＲＰ樹脂製で比較的軽量だが、それでも二トン以上の重量があった。

加えて、百五十名の乗客が乗り込むが、平均体重が五十キロだとしても七トン以上だ。トータル約十トンの重量になる救命ボートは、電動ウインチで海上へ降ろすしかない。

手順として、まずウインチにある二カ所のロックを解除しなければならないが、保護しているプラスチックカバーを壊し、レバーを下げることでロックが外れる。だが、若い船員の報告によると、そのロックが錆び付いて外れないということだった。

豪雨と強風が降り注ぐ中、二人の船員が呆然と立ち尽くしている。北条は電動ウインチのロックを懐中電灯で照らした。真っ赤な錆が浮いていた。

電動ウインチ本体に印字されている操作手順に従って、ロックを外そうとしたが、詰まっている錆のため動かなかった。人間の力では無理だ。

「点検していなかったのか」

馬鹿野郎と叫んだ口に、雨が飛び込んできた。レインボー号は船歴二十年を超える船だ。その間一度も事故は起きていない。救命ボートを実際に使用したことはなかった。

安全管理のため、出港時に救命ボートの点検が義務づけられているが、オフィサーもクルーもそれを怠たっていたのだろう。お決まりのチェックだけをして、安全だとサインしたのではないか。

半年以上かけて船のリニューアルをしたと聞いていたが、乗船した時から違和感があった。初めてレインボー号に乗り込んだ北条だから感じることができたのかもしれないが、外観を含め、目に見える部分はすべて完璧であるにもかかわらず、乗員用の設備には古い部品をそのまま使用している箇所も少なくなかった。

イルマトキオ社は最初から不要な部分に金を使うつもりがなかったのだろう。一度も使用したことのない電動ウインチのロックをリニューアルする意味などないと考え、調べようともしなかった。ロックを保護しているプラスチックカバーを外さなければ、錆び付いているかどうか、わかるはずもない。

今まで事故は起きなかった。だから、これからも事故は起きない。安全神話を信じ込んだ者たちの中に、危機感はなかった。

万が一という可能性を考えず、何か起きた場合の対処について考えることを放棄していた。そのつけが、今回ってきていた。

どうにもならん、と北条は電動ウインチを蹴った。

「他はどうだ?」

隣の救命ボートを調べていた西木（にしき）という船員が、こっちは大丈夫ですと怒鳴った。全部調べろと酒井が命じると、他の二人と共に駆け出していった。

この一艇だけならいいが、と北条は辺りを見回した。

「他にもロックが錆びているウインチがあるとまずい。百五十人乗りの救命ボートが十艇、そして乗客は千五百人。乗れない者が出てくる。乗員用の救命筏も調べておいた方がいい。あれは手動でも降ろせるが、救命ボートが使用できなければ、乗客を振り分けて乗せる必要がある」

本当にこれで客を避難させる気か、と酒井が救命ボートの横腹を叩いた。

「荒天時の救命ボート降下は、慣れた者でも難しい。電動ウインチの操作はクルーじゃなきゃできないし、最低一人はボートに乗り込まなけりゃならない。これ以上船が傾いたら、左舷側の救命ボートは使えなくなるぞ」

だから急げと言ってるんだ、と北条は静かな声で言った。

「おれたちにできるのは、今九階にいる乗客を誘導して、使用可能なボートに乗せることだ。その間に、必ず他の船員もここへ来る。一度にすべての救命ボートを降ろす必要はない。ひとつひとつ、順を追ってやればいいんだ」

どうやって客を誘導する、と顔にあたる雨粒を拭いながら酒井が叫んだ。

「優先順位は誰が決める？　女子供が先か？　あんたも見ただろ、客はみんな殺気立ってる。下手なことをすればパニックが起きるぞ。暴走したら止められない」

それを抑えるのがおれたちの仕事だ、と北条も顔を拭った。できるわけない、と酒井が肩を落とした。

「少なくとも、今ここにいる人数じゃ無理だ。内線でブリッジに連絡したが、誰も出ない」

トランシーバーを使えと言った北条に、苦笑した酒井が首を振った。豪雨のため、トランシーバーは水に浸かっているも同然だ。使用することはできない。

ほとんどのクルーが一階の機関室へ降りていた。八階、十階、そしてブリッジにも残っている者がいるはずだが、電話に出る余裕がないのだろう。

「乗客には俺から話す」あんたは八階か十階へ行け、と北条は指さした。「残っているクルーに状況を伝えて、九階に集めろ。ブリッジに連絡して、応援を要請するのも忘れるな」

うなずいた酒井が、八階へ続く外デッキの階段へ向かった。待て、と北条はその背中に声をかけた。

「船員たちに詳しい事情を説明しなきゃならないが、客たちに聞かれないようにしろ。ロックが外れないボートがあると知ったら、本当にパニックになるぞ」

わかったと叫んだ酒井が階段を下りていった。北条は顔に垂れてくる雨を拭いながら、九階フロアに戻った。

殺気立った目をした数百人の客たちが、どうなってるんだ、という怒声を浴びせかけた。

「いったい何があった？　何が起きてる？」

「明かりをつけろ！　これじゃどうにもならん！」

「子供を、子供を助けて！　お願いします！」

「早く救命ボートを出せ！」

皆さん、と北条は壁を何度も平手で叩いた。

「落ち着いてください。どうかお静かに」

わざとゆっくり発声した。意思の力だけで頰に笑みを浮かべていたが、そんなことができるのが自分でも不思議だった。背中が雨と冷や汗でぐっしょり濡れている。

「騒いでも意味はありません。わたしの指示に従ってください」

そのまま壁を叩き続けていると、次第に声が止み、全員の視線が集まった。お聞きください、と高くなりそうな声を抑えて、北条は微笑を濃くした。

「本船は厳重な安全管理の下、設計されています。危険はありません。ここからはわたしの指示に従ってください。今からデッキに出て、救命ボートに乗り込んでいただきますが、守ってほしいことがあります。まず、絶対に走らないでください。デッキは雨で濡れており、転倒すると大変危険です」

誰も何も言わなかった。このような場合、船には優先順位があります、と北条はもう一度壁を叩いた。

「まず子供、そして高齢者、その次は女性、最後が男性です。その順番は守っていただかなければなりません。繰り返しますが、本船は安全です。ゆっくり、落ち着いて行動してください」

子供だけで乗るんですか、と前にいた母親らしい女性が叫んだ。それは適宜指示します、と北条は説明を続けた。

「救命ボートは、お客様全員をお乗せすることができます。冷静に行動している限り、皆様の安全は保証します。約束します」

わたしから見て右側に女性、と北条は右手を上げた。客たちが一斉にお互いを見つめた。

「左側に男性ということで、分かれてください。まずそこから始めましょう。その後、お子様と高齢者の方を優先して、救命ボートにお乗せします。我々の誘導に従って、乗り込んでください。船員が指示しますので、一切危険はありませ――」

大きな音を立てて背後のドアが開き、西木が飛び込んできた。全身から雨の滴が垂れている。客たちが驚きの声を上げた。

二艇、電動ウインチのロックが外れません、と耳元で西木が囁いた。聞かれてはならないという意識が、西木にもあったのだろう。耳元に口を寄せてきたことからも、それは間違いない。

だが、動揺のためか、声が十分に低くなっていなかった。本人は囁いたつもりかもしれないが、その声は近くにいた客の耳にも届いていた。

西木が何を言ったのか、聞いていたのは数人だったが、それが九階フロア全体に広がるのは一瞬だった。伝播のスピードは異常に速く、話の内容ではなく、西木の声の調子、表情、そしてそれを聞いた客の様子で、何かが起きていると全員が悟ったということかもしれない。

次の瞬間、北条の体はドアの外に押し出されていた。抗う術はなかった。

殺到する客たちの圧力に、デッキに弾き出され、そのまま倒れた。男も女も老人も、誰もが豪雨のデッキに飛び出し、救命ボートに向かって走っている。

「止まれ！　走るな！」

通路からあふれ出してくる人の波に巻き込まれないように、壁を背にして北条は立ち上がった。

「危ない、止まれ！」

だが、足を止める者はいなかった。次から次へと通路から吐き出されてくる人々が、雨と強風を正面から受けながら、他人を押しのけるようにして前に進んで行く。

女を突き飛ばす男。転んだ老人を見捨てて走る女。叫びながら、闇雲に腕を振り回している者。怒鳴り声、悲鳴が九階デッキを埋め尽くしている。

人間のエゴが、生存本能が剝き出しになっていた。優先されるのは自分の、そして家族の命だけであり、他人を顧みる者は誰もいなかった。助け合うどころか、他人に暴力をふるうことも辞さず、殺しても構わないと考えているのだろう。

至るところで殴り合いが始まっていた。デッキに倒れ伏す者、鼻血を流してうずくまる者、老人を蹴り倒して前へ進む者。阿鼻叫喚の地獄が広がっていった。

「止めろ!」

北条は何人かの客をデッキに組み伏せたが、パニックに陥った数百人の群衆を制御することなど、誰にもできない。

辺りを見回すと、西木が頭から血を流して倒れていた。救命ボートの近くにいたはずの船員の姿もない。

何十人もの人々がボートに群がり、先に乗り込んでいた者が、こいつを降ろせと喚いていた。電動ウインチの存在など、誰もわかっていないのだろう。誰もが体を動かし、足を踏み鳴らして、強引にボートを海面に降ろそうとしている。

更に、そこへ新たな客が飛び込んでいった。定員百五十人のボートが、二百人以上の人間で埋め尽くされた。それでも乗ろうとする者を、既に乗っていた者が押し返している。

その表情は悪鬼そのものだった。

「もう乗れない！　別のボートに行け！」

「一人ぐらい乗れるだろうが！」

悪罵の応酬が続き、乗っていた者を引きずり下ろす者や、殴りかかる者もいた。激しい混乱は収拾がつかなくなっていた。

まずい、と北条はボートに向かって走った。定員を遥かに超えた人間が乗っている。重量制限はとっくに超えているだろう。

ボートは九階、そして十階の舷側と鉄管で繋がっている。鉄管そのものは頑丈だが、舷側が重量を支え切れず、壊れてしまうかもしれない。そうなればボートは傾き、中に乗っている者たちが海へ投げ出されるだろう。

「降りろ、命令だ！」

北条はボートにしがみついている男を引き離し、思い切り肩を突いた。腰から落ちた男が怯えた顔で後ずさった。北条の形相に恐怖を感じたのだろう。

「全員今すぐ降りろ！　定員を超えてる！」

腕を伸ばして、目の前にいた男の胸倉を掴んだ。降りないぞ、と男が絶叫した。

「こんなところで死ねるか！　何が命令だ！」

北条は胸ポケットに差していたボールペンを抜き取って、電動ウインチの鉄骨に叩きつけた。ボールペンが真っ二つにへし折れた。

「次はあんたの目玉だ」

ワイシャツを摑んで、引きずり下ろした。様子を見ていた十人ほどの客が恐怖の表情を浮かべて、我先にとボートから降りていった。

安全のためです、と北条は手の中にあったボールペンの軸を投げ捨てた。

「皆さん、落ち着いてください。救命ボートは他にもあります。この一艇だけじゃありません。冷静になってください。これだけの人数が乗っていては、ボートを降ろすことさえできません」

説得を受け入れた数人の男が、ボートから飛び降りた。まだですと手招きした時、人が落ちたという叫び声がした。

「どうした?」

血まみれの頭を押さえた西木が、足をふらつかせながら近づいてきた。

「デッキから人が……海へ……」

別の場所でボートを争っていた人間がいたのだろう。この人たちをボートから降ろせと西木に命じて、北条はデッキを駆けた。

AM00：34

大至急、九階に応援をお願いしますという悲痛な叫び声が聞こえた。山野辺は顔をしかめて、内線電話の受話器を僅かに耳から離した。

「甲板部の酒井だな？　いったい何をしていた？　誰が非常ベルを鳴らした？　あの北条とかいう客室係か？　奴は何を考えてるんだ？」

　それどころではありません、という酒井の悲鳴が耳を貫いた。

「九階デッキは大混乱しています！　上下フロアから乗客が続々と集まって、収拾がつきません！」

「君はどこにいる？」

　八階フロアです、と酒井が答えた。

「残っていた二人のクルーに状況を話して、九階に向かわせましたが、そんな人数ではとても足りません。九階に応援を寄越(よこ)してください！」

　エンジン停止の原因を調べるため、山野辺は機関部員の半数をエンジンルームに向かわせていた。その際、甲板部のクルーもサポートに回していたが、もともと四十人と人数が少ない上に、悪天候のため船首、船尾のワッチを増員する必要があった。

五階より上のフロアに残っている甲板部員は十人もいない。酒井の要請に応えることはできなかった。

「いいか、酒井。君は九階に戻れ。くれぐれもパニックを誘発するような——」

もう起きています、と酒井が叫んだ。声に涙が混じっていた。

「未確認ですが、船から転落した客がいるという報告がありました。至急停船を——」

もう停まってる、と山野辺は目をつぶった。九階デッキから海面に落下したとすれば、どうにもならない。救助しようにも、照明さえない状況だ。

無理だとわかっていたが、転落した客を救え、と山野辺は命じた。

「発見次第、報告しろ。救助の手筈を整える。だが、君が見つけてくれなければ、こちらとしては手の打ちようがない」

了解しました、とくぐもった返事があった。頼んだぞとだけ言って、山野辺は船内電話の受話器を置いた。絶望感が体中に広がっていくのを、止めることができない。

海保に連絡する、と山野辺は周囲に目を向けた。

一九九九年に廃止されたモールス通信に代わり、現在では遭難救助連絡システム（GMDSS）が使用されている。レインボー号はMF／HF無線装置、インマルサットC装置など、各種GMDSS機器が配備されていたが、中、短波帯の無線電話、あるいはテレックスによる救助要請では、詳細な状況を伝えきれない。山野辺が選んだのは、国際VHF

無線電話だった。

GMDSSの運用は海上保安庁の管轄だ。デジタル選択呼び出し機能で海保に連絡を取ると、こちら海上保安庁運用司令センター、という緊張した声が流れた。

「二等海上保安正、黒坂（くろさか）です。そちらはイルマトキオ社のクルーズ船、レインボー号ですね？」

他の船舶は航行を中止しているから、遭難連絡を発するのはレインボー号しかない。海保は状況を把握しているようだった。

山野辺は自分が船長であること、レインボー号の現在位置を伝えてから、詳しい状況を説明した。

排水パイプ損傷による冷却システムのダウン、そのためにエンジンが停止していること、一階部分に浸水が確認され、いくつかのフロアで火災が発生していることを伝えた上で、救援を要請した。

「本船には衆議院議員の石倉先生が乗船しています。大至急、救助を求めます」

張り詰めた空気が無線電話から伝わってきた。しばらくの沈黙の後、厳しい状況ですと黒坂が言った。

「レインボー号の後方約二百キロ地点に、台風10号が迫っています。非常に規模が大きく、既にレインボー号は暴風域に入っています」

山野辺は小さくうなずいた。気象情報を確認するまでもなく、ブリッジの窓に叩きつけられる雨の音と、横からの強風が入り交じり、高架線路の真下にいるようだった。

「レインボー号は乗客乗員合わせて二千人。もし沈没すれば、海難史上最大級の犠牲者が出るでしょう。海保としても至急救援に向かいたいと考えていますが、台風が今の状態ではとても無理です」

ヘリは飛ばせないでしょう、と山野辺は言った。自衛隊のヘリコプターでも、風速十五メートルを超えると飛行は中止される内規がある。海保の保有している救援ヘリでは、離陸すら不可能だ。

しかも海霧(うみぎり)が出ている。この状況でヘリが出動できないことは、山野辺もわかっていた。

「しかし、巡視船なら……」

それも厳しいです、と黒坂が言った。

「第十管区が保有している巡視船は全二十二隻ですが、これだけの巨大台風下、出動可能な船はありません。現在、PLH03おおすみ、PL52あかいしの出動準備を開始しましたが、いずれも港を出ることすらできないでしょう。気象庁の情報によれば、約二時間後、台風10号の中心はレインボー号が現在いる海域を抜けます。午前二時半前後と予想されます。その後スピードを上げつつ北上し、九州に上陸、韓国方面に向かうと考えられますが、海保が巡視船の出動を許可するのは最速で午前三時、当該海域到着予想時刻は午前五時」

あと四時間半、と山野辺は腕時計に目をやった。絶望的な時間だった。

「現在、レインボー号は豪雨、そして強風の中にいるはずですが、風速はわかりますか。降雨量は？」

秒速十五メートル、一時間当たりの降雨量は八十ミリ、と山野辺は計器の数字を読み上げた。台風10号の最大風速は五十メートルを超えています、と黒坂が言った。

「降雨量は現在の倍近くになるでしょう。山野辺船長、至急乗客乗員の避難を。状況から判断すると、レインボー号は沈没を免れません。繰り返します。海保の巡視船が当該海域に到着するのは午前五時前後。現在、海保はあらゆる情報を収集し、再現実験を始めていますが、常識的に考えて五時までレインボー号が保つとは思えません。しかも夜明け前です。救助活動は困難を極めるでしょう。今すぐ退避命令を出してください」

当該海域の日の出は五時五十三分です、と言った黒坂の声がかすかに震えていた。

「今なら間に合います。レインボー号に設置されている救命ボート、救命筏に乗客乗員を乗せ、種子島西之表港に向かうよう指示してください。志布志湾より僅かですが近いですし、台風から離れることもできます」

了解、と山野辺は通話を切って、こめかみを伝う汗を拭った。九階の救命ボートに不具合があります、と隣に立った長岡が囁いた。

「酒井の報告によれば、金属腐食のため、作動しない電動ウインチが二基あると……つまり、三百人の乗客がボートに乗れないことになります」

「定員は百五十名だが、多少の余裕はある」二十人ずつ他の八艇に分散しろ、と山野辺は指示した。「乗務員の筏も使え。それでカバーできるはずだ」

「酒井に伝えます。しかし、他にも問題が……今のままでは、浸水が止まりません。台風の直撃前に沈没する可能性もあります。また、船内火災や人命検索の対処も必要ですが、それも人数が足りません」

「火災の心配は不要だ」本船の広さから考えて、全フロアに延焼することはない、と山野辺はパソコンの船内図を指した。「防火扉を閉ざせば、延焼は食い止められる。スプリンクラーの機能も生きている。人命検索の必要はない。これだけの騒ぎになっているんだ。眠っている者などいるはずもないし、自発的に避難を始めているだろう」

それは、と言いかけた長岡が口を閉じた。眠っている者、何が起きているかわかっていない者がいないというのはその通りかもしれないが、高齢者や歩行が不自由な客も少なくない。

エレベーターもエスカレーターも停止している今、船内の移動は階段を使うしかないが、車椅子の者は上がることさえできないだろう。

だが、山野辺はあえて無視した。大の虫を生かすためにはやむを得ない、と長岡の目を覗き込んだ。

「人命検索をしている時間はない。大丈夫だ、乗客も乗員も何が起きているかわかっている。九階まで行けば、救命ボートに乗って船から脱出できるんだ」

「ですが、その前に浸水で沈没する可能性も……黒坂保安正の話では、救助が来るとしても四時間半後です」

手を打つ、と山野辺は操舵スタンドの前に立った。浸水被害の拡大を防ぐ手段は、既に頭の中にあった。

AM00：38

九階デッキは混乱の極にあった。

暴風雨の中、五百人以上の客がデッキに出ていた。非常灯以外、照明はない。月や星明かりもなく、ほとんど何も見えない。

周囲に陸地がないことは、誰もが感覚でわかっていた。それぞれの悲鳴、助けを求める声が虚空に吸い込まれていった。

多くの人間が携帯電話を握りしめていた。完全な闇の中で、光源と呼べるのは唯一携帯った。

電話の液晶画面だけだ。暗闇の中、数百の小さな明かりが浮かぶ光景は、幻想的ですらあ
最新のスマートフォンには、最初からフラッシュライト機能が装備されているものがある。懐中電灯のアプリをインストールしている者もいた。

彼らはそれぞれ周囲を照らしていたが、光が届く範囲は限られている。しかも凄まじい勢いで雨と風が吹き付けていた。

全員が携帯電話を持っているのは、陸と連絡を取ろうと考えていたためだった。海上保安庁は海上における事件・事故のために緊急電話を設置している。その番号は118番だ。

海上保安庁の緊急電話、すなわち局番プラス4999の番号を知っている者もいた。警察、消防にかける者もいたが、いずれにしても圏外で繋がらなかった。

「無線があるだろう!」

怒号が客たちの間から沸き起こった。電話が繋がらないことに彼らは恐怖を感じ、怒りの矛先は船員に向かっていた。

「無線で救援を要請しろ!」

客たちが船員に詰め寄ったが、九階デッキに無線機はない。通話手段はトランシーバーと船内電話だけだ。陸地まで電波が届くVHF無線電話やその他の装置は、十階ブリッジ

と四階のサブコンにしかなかった。

この時点で、九階デッキに残っていたのは、北条を含め四人だけだった。落ち着いてくださいと全員が声を嗄らして叫び続けていたが、客たちはパニックに陥っていた。彼らの耳には、どんな言葉も届いていなかった。

船員たちの側にも問題があった。彼ら自身、何が起きているのか正確な情報を持っていなかったのだ。

どうして船が停まっているのか、傾いているのか。なぜ停電しているのか、これからどうなるのか。救援は来るのか。

何をどう指示するべきなのか、それさえわかっていないため、三人がまったく違う指示を出していた。船室に戻れと叫んでいる者、冷静にと呼びかける者、これは事故じゃないと繰り返す者。

その様子を見ながら、船長は何をしてるんだと北条はデッキを強く蹴った。その手に用具入れで見つけた拡声器があったが、今は何を言っても無駄だとわかっていた。

船員たちの責任ではない。上からの連絡、状況説明、命令がないから、彼らはどうすることもできずにいる。具体的な内容のない指示に、客が不安を感じるのは当然だろう。

船員たちが当てにならないと考え、自分たちの判断で動こうとする者も大勢いた。彼らが真っ先に目を付けたのは救命ボートだ。

だが、救命ボートを降ろすためには、電動ウインチを使用する必要がある。場所を空けなければ作業ができないが、乗客たちの中にあったのは、他人を犠牲にしても構わないというエゴだった。

力の弱い者は押しのけられ、突き飛ばされた女子供、老人が弱々しい悲鳴を上げている。誰もが人間として壊れ始めていた。

凄まじい喧噪が続いていたが、一瞬風が止んだ。北条が待っていたのは、その瞬間だった。

「聞いてくれ！」

十階デッキへ続く非常階段の上に立ち、拡声器を使って叫んだ。完全なパニック状態にある者たちに何を言っても無駄だが、雨と風が一瞬でも止まれば、彼らも理性を取り戻す可能性がある。そこに賭けるしかなかった。

「このままだと死ぬぞ！　全員、一歩下がれ！　一歩でいい！　落ち着いて、辺りを見回すんだ！」

風よ、止まっていてくれ、と北条は何も見えない空に目を向けた。雨の勢いは変わらないが、風は止んでいる。声も通りやすくなっているだろう。

一瞬だけでも人間の心を取り戻せば、自分たちがどれだけ危険なことをしているか気づくはずだ。冷静になれ、と大声で命じた。

「救命ボートを降ろすのは、人力じゃ無理だ。そのために電動ウインチがある。使用するためのスペースを空けてくれ。逃げたい気持ちはわかるが、落ち着いて行動してほしい。電動ウインチの操作は船員に任せて、全員船内に戻るんだ」

デッキが沈黙した。誰もが迷いの中にいた。どうすればいいのか。助かるために、何をすればいいのか。誰に従えばいいのか。

中に戻ってくれ、と北条はもう一度叫んだ。

「必ず助ける。この船を、船員たちを信じてくれ！」

雨が激しさを増し、再び強い風が吹き始めたが、北条の説得が通じたのか、客たちがのろのろとした足取りで船内に戻り始めた。

入れ替わるようにデッキに飛び出してきた小さな影に気づき、北条は非常階段から飛び降りた。ひきつった笑みを浮かべたまま、駆け寄ったのは理佐だった。

「無事だったか」

北条さんも、とうなずいた理佐が耳元に口を近づけた。

「八階の通路で火災が起きてます。大きくはないけど、スプリンクラーで消せるかどうか……今、他のフロアから来た船員が消火に当たってます」

「火災？」

北条は息を吞んだ。レインボー号の床面積は広く、一カ所二カ所で小火（ぼや）レベルの火災が発生したとしても、大事には至らないはずだった。

スプリンクラーをはじめ、消火設備も整っている。消火器や消火栓を使って火を消すこともできるだろう。

ただ、延焼規模にもよるが、船の火災は外部に避難することができないため、危険なのは考えるまでもなかった。機材こそ揃っているが、この状況では消火のための人数が足りないのではないか。

船内はいくつかのブロックに分かれ、防火壁が設置されている。最悪の場合、防火壁を閉ざすことによって、延焼を防ぐことが可能だが、その指示を出すのはブリッジだ。彼らはどこまで状況を把握しているのか。

船内の壁は耐火構造になってます、と理佐が囁いた。

「でも、リノベーションが終わっていない場所もあると……それがどこかは、あたしもわかりません。カーペットや寝具の素材は、燃えると有毒ガスを発生させるものもあるそうです」

「上はどうなんだ。火災は起きているのか？」

理佐が力無く首を振った。情報がないのだ。下は、と北条は細い肩に手を置いた。

「八階より下の乗客の避難は終わってるのか？」

たぶん、と理佐がうなずいた。

「他の船員の話では、ほとんどの客が九階を目指して上がって行ったと……これだけの騒ぎになって、気づかない者はいないと思います。でも、逃げ遅れた人がいるかもしれません」

今はどうすることもできない、と北条は辺りを見回した。八階で火災が起きているなら、それより下のフロアで救命活動をするのは自殺行為以外の何物でもない。

突然、爆発音が聞こえた。振り向くと、九階デッキ最奥部の窓から煙が上がっていた。

「今のは？　何が爆発したんですか？」

「わからん。場所だけで言えば、あの辺りは九階船室の空調管理室だが……」

黒煙と共に、火の粉が舞っているのがわかった。火災が起きている。

ただ、かなり離れている。大量の雨が降り注いでいるため、一気に燃え広がることはないだろう。

「乗客を救命ボートに乗せるのを手伝ってくれ。女子供が優先だ。頼んだぞ。おれはボートを降ろす」

気をつけて、と叫んだ理佐の長い髪が、雨でぐっしょりと濡れていた。北条はボートに向かって走った。

AM00:39

夏美は体を起こした。自分がどこにいるか、わからなかった。

見回すと、非常灯の明かりが周囲をぼんやりと照らしていた。体を動かしたが、とりあえず痛みはなかった。

四階フロアから、リネンシュートに飛び込んだことを思い出した。体の下に何百枚ものリネン類がある。怪我（けが）をしていないのは、それがクッションの役割を果たしたためだろう。

「大丈夫？」

囁く声に顔を向けると、雅代が心配そうに見つめていた。

「他の皆さんは？　無事ですか？」

雅代が声をかけると、いくつかの影が動いた。ここです、と大竹が房子の肩を抱いている横で、痛えよ、という敦司の声がした。

「何かにぶつかった。折れたかもしれねえ」

そんなわけないだろ、と木本が唇を尖らせた。

「ここは二階のリネンルームだ。ぼくたちが落ちたのはシーツや枕カバーの上で、怪我なんかするはずない。どこにぶつけたっていうんだ？」

うるせえ奴だなと敦司がぼやいた。本当に二階なの、と夏美は左右に目をやった。そうだよ、と憮然とした表情で木本が答えた。

「リネンルームは二階にしかない」

「出口は？」

ある、と木本が腰を浮かせた。

「ここにリネン類を集めて、クリーニングルームに持っていくんだ。そのためのドアがなきゃおかしいだろ」

扉があるぞ、と冬木が壁を指した。リネンの山から降りて近づくと、非常口の緑のランプがついていた。

自動ドアの電源は切れていたが、冬木と長田が強引にドアを開けた。通路に出ると、人の気配はなかった。向かいがクリーニングルームだ、と木本が低い声で言った。

「乗客は入れない。奥は食料の貯蔵庫だよ」

よく喋るな、と冬木が腕を組んだ。

「何でそんなに詳しい？」

答えようとした木本が口を閉じた。冬木のワイシャツが破れ、その下に刺青があることに気づいたためだった。

ファッションタトゥーでないことは、夏美にもわかった。どう考えても、普通の市民ではない。表情に独特の暗さがあった。

とにかく上がらないと、と雅代が天井を指した。

「今はここにいても安全かもしれないけど、何があるかわからない」

火災の危険性もありますと言った夏美に、急いだ方がいいと木本が顔を上げた。

「九階に行くしかないよ。あそこには救命ボートもあるし、他にも船から脱出する手段があるかもしれない」

待てよ、と冬木が雅代を睨みつけた。

「気に入らない。何であんたが命令する？」

わたしたちは消防士です、と夏美は一歩前に出た。

「命令をしているわけではありません。ただ、こういう状況に慣れています。どう対処すればいいのかも、わかっているつもりです」

どうするつもりなんだ、と冬木が視線を向けた。

「どうやって九階へ上がる？　ここは二階だと言うが、階段がどこにあるのか、あんたらだってわかっちゃいないだろう。それでも従えと？」

階段の場所はわかる、と木本が右に傾いている通路の奥を指さした。壁に手をつかなければ歩くことも難しかったが、それでも進むことはできそうだった。

待ってくださいと叫んだ長田が、通路の途中で半開きになっていたドアに目を向けた。

「人が倒れてます」

「人？」

長田がドアを大きく開いた。紺色の制服を着た若い男が、仰向けのまま倒れていた。

胸のプレートに、棚橋（たなはし）という名前があった。通路に引きずり出した雅代が手首に触れ、脈はあると囁いた。

「水があればいいんだけど」

これを、と房子が腰のポーチから小さな水筒を取り出した。水を顔にかけると、棚橋の目が開いた。

「大丈夫ですか？」

棚橋が笛のように長い息を吐いた。体が震えている。船員か、と敦司が怒鳴った。

「まったく、ろくでもない船に乗っちまったぜ。船員なんだな？　おれたちを助けろよ。責任があんだろ！」

「責任って……」

棚橋がうつむいた。まだ二十代前半だろう。経験が浅いのは、確かめるまでもなかった。

「何が起きてるのか、ぼくもわかっていないんです」ワンフロア下にエンジンルームがあります、と棚橋が床を指した。「漂流物が船にぶつかって、排水パイプに破損があったと聞きました。ぼくたち機関部員が修理を命じられて、現場に向かおうとしたんですが……」

エンジンが停まってるのか、と冬木が肩をすくめた。詳しいことはわかりません、と棚橋が顔を伏せた。

「途中で大きく船が揺れて、その後のことは覚えていません。たぶん、何かの部品が頭に当たったんだと思います」

「それで気を失ってたのね。他の船員は？」

雅代の問いに、わかりませんと棚橋が肩を落とした。見捨てて逃げたのだとすれば、レインボー号の船員たちにモラルはなくなっているのだろう。

「他に何か知ってることは？」

ぼくは今回の航海が初めてだったんです、と棚橋が目に涙を浮かべた。

「詳しいことは聞かされてません。わかっているのは、当初予定していたコースを変更し、種子島を目指していたということだけです」

「種子島？　どうして？」

乗船しているＶＩＰの要請です、と棚橋が答えた。

「レインボー号には国会議員の石倉先生が乗っています。ＩＲ推進法案の責任者として、釜山経由でシンガポールのカジノ視察に向かうことになっていました」

ＩＲ法案ですか、と大竹がつぶやいた。

「なるほど、石倉議員はＩＲ議連の会長でしたな……確かあの人は種子島出身です。島にカジノを誘致しようということなのかもしれませんな」

どういうことだよ、と敦司が棚橋の胸倉を摑んだ。

「国会議員だか何だか知らねえけど、そいつのわがままのせいでコースを変えたってことか？　それで何かにぶち当たって、排水パイプがぶっ壊れたっていうのか？」

だと思います、と棚橋がうつむいたまま言った。畜生、と怒鳴った敦司の腕を雅代が押さえた。棚橋に怒りをぶつけても意味はない。

「海保に救援要請は？」

当然してるはずですが、と棚橋が顔を背けた。

「この天候だと、救助は無理でしょう。エンジンが停止してるだけならともかく、浸水も始まっています。一刻も早く、九階に上がって救命ボートに乗らないと危険です」

沈没までの時間は、と夏美は辺りを見回した。わかるわけないでしょう、と棚橋が口を尖らせた。

「損傷の程度だってはっきりしていませんし、いつ沈むのかと言われても答えようがありません」

ぼくにはわかる、としゃがみこんだ木本が床に指で数字を書いた。

「レインボー号の船底はダブルボトム、二重底になってる。浸水には強い構造なんだ。一階と二階には、同時にバルクヘッド、つまり隔壁を降ろす機能もある。機密性は高いから、そう簡単には沈まない。浸水が始まったのはいつ？」

十一時前後と聞いています、と棚橋が答えた。だと思った、と木本が得意そうに笑みを浮かべた。

「エンジンの音が変わったのは、十一時だった。今、夜中の十二時半過ぎでしょ？　午前五時まで、この船は保つはずだ」

時間はあるってことね、と雅代が言った。浸水だけならそうだけど、と木本が汚れた指を拭った。

「台風が接近してる。船のエンジンが停止していれば、それは漂流と同じだ。船体の揺れを抑えるビルジキールもフィンスタビライザーも角度の調整ができない。今レインボー号は、不安定な状態にある。台風の激しい風、そして大波に襲われたら、復原力を失って転覆するかもしれない」

「こんな大きな船が？　そんなことあるわけねえじゃねえか」

馬鹿にしたように敦司が笑った。普通ならそうだ、と木本が鼻から息を吐いた。

「でも、悪条件が重なれば、どんなに巨大な船でも転覆する。エンジンが停止しているから、船は方向を変えられない。波に対して垂直に船首を向けるのが最も安全な操船だけど、それもできない。重心の問題もある。乗客乗員、トータル二千人が救命ボートのある九階へ向かっているはずだ。二千人だよ？ 一人の体重が五十キロだとしても百トンだ。船の上部に重心が移動し、メタセンタより高くなれば、船体の傾きは大きくなる」

何でも知ってるな、と感心したように冬木が言った。

「メタセンタってのは何だ？」

簡単に言えば傾きの中心線です、と棚橋が説明した。

「正確には、船体の中心線と浮心から垂直方向に伸ばした線が交わる点です。メタセンタが重心より高ければ船は安定しますが、低いと復原力も低下するというのは、こちらの方がおっしゃった通りです」

浸水で沈没するのは時間がかかるけど、船体バランスが失われれば転覆のリスクが急激に増す、と木本が言った。

「客室から見てたけど、波の高さは四メートルほどだった。エンジンが停まっている以上、漂流法っていう操船法で乗り切るしかないけど、四メートルじゃ無理だよ。運が悪ければ、三角波に襲われて、一瞬で沈没するかもしれない」

これだけの超大型クルーズ船です、と棚橋が息を吐いた。

「沈没すれば、海面に船体の数倍規模の渦(うず)ができます。救命ボートに乗っていても、海中に引きずり込まれたら終わりです。簡易性の屋根はついてますけど、密閉構造になってるわけじゃありませんからね……」

「一刻も早く救命ボートで脱出して、レインボー号から遠ざからなければ、死ぬしかないってこと」

木本の結論に、全員が沈黙した。まだ時間はある、と雅代が口を開いた。

「九階へ上がるしかない。先生、奥様、歩けますか？」

どうにかなるでしょう、と大竹が房子の手を握って微笑んだ。階段はどこに、と辺りを見回した夏美に、こちらの通路が近いです、と棚橋が先に立って歩きだした。

「お客様が使用できる階段は船首、船尾側、そして中央の大階段レッドステップの三カ所ですが、船員専用の非常階段があるので――」

棚橋の足が止まった。視線の先にあるのは床だ。

カーペットの上を歩く靴音に混じって、水音が聞こえた。浸水が始まっている。

夏美は時計に目をやった。深夜〇時三十九分。最悪の場合、今すぐにでも転覆するかもしれない。残された時間は少なかった。

急ぎましょう、と言った声が震えていた。先頭に立つ棚橋の足が速くなった。

AM00:40

ブリッジの中央で、山野辺はパノラマウインドウから荒れる海を見つめていた。近づく者は誰もいなかった。すべての責任は山野辺にあると、全員が考えているのはわかっていた。

今回のクルーズツアーに際して、天候の悪化が予想されるという報告が事前にあった。また、航路変更についても問題があると指摘されていた。にもかかわらず、出航を強行したのは山野辺だ。石倉からの要請、社内役員からのプレッシャー、自分自身の保身、さまざまな理由からそう決断した。

更に、判断ミスも重なっていた。危険を察知した段階で、志布志湾に戻るという選択肢があったにもかかわらず、種子島を目指した。石倉の要請を忖度しなければならないということもあったが、それだけではなかった。

過去、事故を起こしたことがないという傲慢な自信があった。今後も事故など起きるはずがないと高をくくっていた。これはその報いだ。

船長、と近づいてきた長岡が耳元で囁いた。

「佐野から報告がありました。冷却システムの復旧は不可能、浸水の状態が酷いと……退避許可を要請しています」

　そこまで浸水は酷いのか、と山野辺は虚ろな目を向けた。小さくうなずいた長岡が、一歩退いた。

「一階及び二階通路、機関制御室に約一メートルの水が溜まっているということです。浸水速度も速くなっていると……被害が広がっているのは間違いありません」

「下には何人残ってる？」

「佐野たち機関部員、それに甲板部のクルーなども含め、二十人ほどです」

「三分後に船倉全フロアの隔壁を閉ざす」もっと早くそうするべきだった、と山野辺は長岡の肩に手を置いた。「予想より浸水のスピードが速い。至急措置しなければ、船が沈む。そうだろう？」

　山野辺の頭の中にあったのは、隔壁閉鎖だった。浸水被害と沈没を防ぐ手はそれしかない。

　待ってください、と長岡が唇を引きつらせた。

「隔壁を閉ざさざるを得ないのは、その通りです。しかし、三分後というのは……佐野たちの退避を確認してからでもいいのでは？　二十人と言いましたが、それはブリッジが把握している人数であって、他にも機関部員が残っているかもしれません」

「至急、退避命令を出せ」

山野辺の怒鳴り声に、長岡が反射的に体をすくめた。

「一階は天井まで三メートルだ。すぐ水が溢れるぞ。二階も水没して、復原力が消失すれば、本船はすぐにでも転覆する。そんなリスクは冒せない」

本船の隔壁は一階と二階で繋がっています、と長岡が強く首を振った。

「一階だけならまだしも、二階まで全隔壁が降りることになります。二階に何人残っているか、我々も正確にわかっていないんです。機関長とも連絡が取れていません。他にもクルーが残っている可能性が――」

状況はわかっている、と山野辺はコントロールパネルに目を向けた。

「一階及び二階に、まだ船員が残っているかもしれない。だが、このままでは船が沈没する。十人二十人のために、他の二千名を巻き添えにはできない」

「隔壁閉鎖の前に、人命検索と避難勧告を行うべきです」長岡の顔が白くなっていた。「残っている者がいれば、全員溺死します。全員が三階に上がったことを確認してからでも――」

佐野と連絡は取れたか、と山野辺は顔を上げた。トランシーバーを手にしていたクルーが、怯えた表情でうなずいた。君こそ冷静になれ、と山野辺はパソコンに目を向けた。

「佐野たちとは連絡が取れた。彼らが三階まで上がれば、犠牲になることはない。他のクルーにも船内電話とトランシーバーで呼びかければ、避難できるだろう」

「人命検索はどうしますか？」

「その余裕はない」

佐野たちは退避したのか、と山野辺は操舵スタンドの操作パネルを開いた。確認中、とトランシーバーに耳を当てていたクルーが答えた。

「連絡は取れました。佐野オフィサー以下四名が三階を目指しています。ですが、退避行動を開始して、まだ一分も経っていません。間に合うかどうか——」

一分後、隔壁を降ろす、と山野辺は左右に目をやった。

「本船の安全を確保するためにはやむを得ない。船長としての決定だ。反対意見は却下する」

ブリッジにいた全員が、船内電話とトランシーバーに向かって声を張り上げた。退避を呼びかける声に、返事はなかった。

時計を睨んでいた山野辺が、一分経ったとつぶやいてボタンを押した。隔壁閉鎖まで三十秒、という合成音声のカウントダウンが始まった。

AM00：41

激しい雨が降り注ぐ中、北条たちの指示に従い、乗客たちは順次救命ボートに乗り込んでいた。定員は百五十人だが、通路など空いているスペースがある。そこにも客を詰め込んだ。

二十人ほど定員をオーバーしているが、そうでもしなければ全員を乗せることはできない。その程度なら、重量超過で沈むことはないと北条は判断していた。

この時点で、甲板部、機関部、事務部のスタッフの多くが九階に上がっていた。救命筏が船尾側に設置されており、事務部のスタッフ数百名と機関部員たちはそれに乗り込んだ。

百人乗りのカプセル式小型筏だが、海面に降下すると炭酸ガスボンベが自動で開き、膨らむことで安定する。訓練を積んでいたため、操作方法は全員がわかっていた。救命ボートに乗り切れなかった約百人の乗客を割り振って、筏にも乗せた。

救命ボートを海面に降ろす電動ウインチの操作のために甲板部員が必要だったが、七基の救命ボートを降ろすところまでは問題なかった。ただし、最後の一基については、電動ウインチのスタートボタンを誰かが押さなければならない。その後、降下を始めたボートに飛び乗る形になるが、自分がやると北条は決めていた。

だが、今は七基の救命ボートを安全に海へ降ろすことが優先される。電動ウインチのスピードは遅い。この豪雨と強風の中、無事に降ろすことができるかどうか、不安はあったが、賭けるしかなかった。

準備完了、と酒井が叫んだ。北条はボートに乗っている人たちに、今から降ろしますと大声で言った。

「絶対に立ち上がらないように。非常に危険です。電動ウインチは九階舷側と十階舷側の二カ所で固定されています。外れることはもちろん、ウインチ自体が切れることも絶対にありません。安心してください」

合図をすると、酒井がスイッチを押した。甲板部の西木がボートに同乗している。頼んだぞという声が風にちぎれ、救命ボートがゆっくりと降下を始めた。

AM00:42

こっちです、と先頭にいた棚橋が指さした。非常階段、と記されている扉が目の前にあった。

「あれは……何の音?」

足を止めた雅代が囁いた。足元できしむような音がしていた。

「上からも聞こえる」木本が低い天井を見上げた。「こんな音、聞いたことがない」

不気味としか表現できない音だった。ひとつではない。いくつもの音が同時に発生しているのが、反響でわかった。

「……隔壁を閉鎖しているのかもしれません」

棚橋がつぶやいた。どういう意味ですかね、と大竹が辺りを見回した。

「何らかの理由によって船底に穴が空いた場合、そこから浸水するのはわかりますね？」

これは例ですが、と棚橋が早口で説明した。「その際、隔壁を降ろせば、浸水の被害を最小限に食い止めることができます」

「よく考えられていますな」

「ですが、隔壁が閉鎖されてしまうと、残っていた人間は脱出できません」棚橋が唇を強く噛んだ。「その前に上へ避難しないと……逃げ遅れたら、どうにもなりません。一階と二階は、船首側から順に全区画の隔壁が降ります。時間がありません。急ぎましょう」

扉を開いた棚橋が、非常階段を上がり始めた。さっさと逃げようぜ、と敦司が美由紀の腕を引いて前に出たが、待ってくださいと雅代が制した。

「先生と奥様、先に行ってください。それから美由紀さん、男性の方はその後に――」

「世の中、男女同権じゃなかったのか」

鼻を鳴らした冬木に、あたしが最後尾につきます、と雅代が言った。勝手にしろと肩をすくめた冬木の前に、棚橋の体が落ちてきた。美由紀の口から悲鳴が上がった。

棚橋の全身が真っ黒に焦げていた。着ていた制服から煙が上がっている。手首を探って確かめたが、脈はなかった。

夏美は非常階段の扉に足を踏み入れ、上に目を向けた。炎が猛烈な勢いで噴出している。凄まじい音が聞こえたが、扉を閉めると無音になった。

「火災が発生しています」震えそうになる声を抑えながら、夏美は報告した。「原因は不明。火勢は盛んです。とても近づけません」

うなずいた雅代が、焼け爛れた棚橋の顔にハンカチを掛けた。この非常階段から上がることはできない、と夏美は閉めた扉を見つめた。

狭い空間に炎が充満している。防護服を着ていたとしても、突破できないだろう。

どうするんだよ、と敦司が左右を見回しながら叫んだ。

「隔壁だか何だかが降りちまったら、逃げられないんだろ？　水が入ってきたらどうなる？」

他の非常階段を探しましょう、と夏美は言った。

「これだけ巨大な船です。非常階段が一カ所だけとは思えません。場所が離れていれば、火災も起きていないはずです」

時間がねえんだよ、と敦司が夏美の胸倉を摑んだ。

「隔壁が閉ざされるまで何分だ？　数分だろ？　一番近い非常階段はどこにある？」

ぼくがわかる、と木本が前に進み出た。お前みたいなオタクを信じろっていうのかと敦司が怒鳴ったが、雅代が止めた。

「彼はこの船のことに詳しい。少なくとも、あたしたちよりはね。今は彼を信じるしかない。非常階段はどこ？」

左だ、と木本が通路を指さした。急いで、と夏美はその肩を押した。

AM00：44

第四区画、隔壁閉鎖確認、とクルーがコントロールパネルに目を向けた。

レインボー号の船底、一階と二階は八つの区画に分かれている。隔壁閉鎖は第一区画から順に始まる。最後まで確認しろと命じてから、山野辺は壁に固定されている椅子に腰を下ろし、長岡を呼んだ。

「ひとつ重要な問題が残ってる。石倉先生ご夫妻のことだ」

自分も気になっていました、と長岡がうなずいた。

「乗客乗員の安全を護るのが我々の責務だが、優先順位というものがある」真っ先に安全を確認しなければならないのは石倉先生と奥様だ、と山野辺は足を組んだ。「相手は国会議員だ。誰だってそう考える」

「その通りですが、どうされますか？　九階へお連れして、救命ボートもしくは船員用の筏に乗せますか？」

それは駄目だ、と山野辺は首を振った。

「救命ボートに乗せた場合、転覆の可能性もあるし、船外に落ちることも有り得る。救命ボート内では他の客の目もあるから、石倉先生と奥様だけを特別扱いすることもできない。別の手段で脱出させよう」

「十一階の緊急避難用救命ポッド、ＥＥＬＳ（Emergency Evacuation Life-Saving）を使うと？」

理解が早くて助かる、と山野辺はうなずいた。

「あのポッドはカプセル仕様になっているから、転覆のリスクもない。あれを使おう」

ポッドを使って避難することを、山野辺は早い段階から想定していた。船内で最も安全な避難手段、それは十一階のＥＥＬＳだ。

「ただ、操縦のために船員が同乗しなければならない。救援信号発信機などの操作もある。素人にはできない」

「誰に担当させますか？」

長岡の問いに、私だ、と山野辺は即答した。

「石倉議員と奥様を守る義務と責任が、私にはある。君も一緒に来てもらう。君の方が機材には詳しい」

「あのポッドは、定員十人ですが……」

ブリッジにいた他のクルーたちの視線を感じて、山野辺は整った顔にかすかな笑みを浮かべた。

船長として、山野辺には乗客乗員の生命を護る義務があった。全員を救うことが望ましいが、状況的に困難だと判断すれば、その限りではない。

山野辺の中には、厳然と優先順位があった。子供、高齢者、女性を優先すべきだというのは、弱者の泣き言に過ぎない。現実的に考えれば、社会的な地位が高い人物を救うことが優先される。

今回のツアーで最も社会的な地位が高い者、それは石倉とその妻だ。二人を護るのが絶対の義務だった。

それは船の設備にも明確に示されていた。十一階のヴィラにだけ、専用の緊急避難用救命ポッドが設置されている。ＶＩＰを優先して救出するのは、最初から決まっていることだった。

優先されるべき者は他にもいる。船という階級社会で最も上位にいる者、すなわち船長の自分とそれに準ずるオフィサーたちだ、と山野辺はうなずいた。

避難用ポッドは定員十人だ。石倉夫妻、自分、一等航海士の長岡、そこまでは確実だったが、まだ六人乗せることができる。

誰を選ぶかについて、山野辺には明確な基準があった。今後、レインボー号が沈没し、多数の犠牲者が出れば、船長である山野辺に非難が集中し、糾弾されるだろう。

場合によっては業務上過失致死その他の罪により、刑事罰を受けることになるかもしれない。それでは生きて戻る意味がない。

自分にとって有利な証言をする者、というのが山野辺の基準だった。そして、証言者は多ければ多いほどいい。

想定できなかった漂流物と衝突したため、排水パイプが損傷したが、適切な対処をして、可能な限り乗客乗員の安全を図った。だが、コンピューターの故障や、巨大台風という自然災害のために、どうすることもできなかった、すべては不可抗力だったと証言してくれる人間が山野辺には必要だった。

長岡が裏切らないことはわかっていた。腹心の部下であり、山野辺に従うしかない男だ。

だが、他のオフィサーはどうか。全員が山野辺にとって有利な証言をするか、弁護するか、確実とは言い切れない者もいる。

慎重に考えなければならない。選択を誤れば、身の破滅だ。

誰だ、と山野辺は目だけで尋ねた。任せてください、というように長岡が小さく首を縦に振った。

Wave 4 リヴァイアサンの嘆き

AM00:45

前を木本が進んでいた。フロアにはメイン通路があり、さまざまな施設、例えば医務室などがあった。細い脇道は無数にあり、まるで迷路のようだ。

時間がない。最短距離を進まなければならないが、そのルートがわかるのは木本だけだ。

急げよ、と背後から敦司が容赦ない罵声を浴びせた。

「道はわかるって言ったのはお前だろうが！　早くしろ、隔壁が閉じちまうぞ！」

あそこだ、と木本が通路前方の角を指さしたのは、歩き始めて二分後だった。突き飛ばすようにして走りだした敦司の足が止まった。

金属がこすれ合う嫌な音が、天井から聞こえている。待ってください、と夏美は敦司の腕を摑んだ。

「火災が発生しているかもしれません。確認しないと――」

知ったことか、と腕を振り払って角を曲がった敦司が足を止めて、畜生、と喚いた。駆け込んだ夏美の前に、濃い灰色の隔壁が降りていた。

「どうしてもっと早く、ここまで連れてこなかったんだ！」敦司が木本の胸を突いた。「馬鹿野郎が、もたもたしやがって。隔壁が降りちまったぞ。もう上がれねえよ！」

こんなところで死にたくねえ、とうずくまって頭を抱えた。非常階段はこの奥なんだと呻いた木本に、あなたの責任ではありませんよ、と大竹が優しい声で言った。

「非常階段を使って上のフロアに行くのは、難しいでしょうな。だが、あなたがこの船の構造に一番詳しいようです。他にルートはありませんか？」

何でも知ってるわけじゃないんだ、と木本が拳で目を拭った。

「客室のある四階より上ならともかく、一階や二階については公開されていない情報もあるし……」

落ち着きなさい、と大竹が木本の背中に優しく手を当てた。

「とにかく、ここにいてもどうにもならんでしょう。助かるためには、何としてでも上へ行かなければ……他の方はどうです？　この船について、知っていることはありませんか？」

答えはなかった。現在位置すらはっきりしていない。どこに何があるか、わかっている者はいなかった。

大竹先生の言う通りです、と雅代が全員の顔を見つめた。

「今、いるのは二階です。ここから脱出して、九階へ上がらなければなりません」

そんなことはわかってる、と冬木が壁を平手で叩いた。大きな音がした。

「だが、隔壁が降りた以上、奥にあるという非常階段は使えない。他の場所に移動することは無理だろう。どうやって上へ行けと？」

他にも問題がある、と夏美は通路を見渡した。船体の傾斜が大きくなっていた。歩行するだけでも厳しい。これ以上傾けば、全員動きが取れなくなるだろう。

今のところ、二階で火災は発生していないが、出火する可能性もある。足元に目をやると、靴のつま先まで水に浸かっていた。二階でも浸水が始まっているのだ。

一階と二階は八つのエリアに区分されている、と木本が言った。現在位置は船体中央部から、やや後ろ寄りのエリアだ。

隔壁の閉鎖によって、今いる空間は巨大な密室となっていた。行き場のない水が増え続ければ、待っているのは溺死しかない。

どこにも逃げることができないまま、炎と水という二つの脅威に晒されている。将棋で言えば完全に詰んでいる状態だ。どうする、と冬木が唇の端だけを曲げた。

「指示に従えと言ったが、打つ手はあるのか？」

諦めません、と夏美は強く首を振った。

「何ができると？」

大竹が囁いた。まず三階へ上がりましょう、と夏美は目線を上げた。それは結構だが、と冬木が皮肉な笑みを浮かべた。

「三階へ上がるためにどうすりゃいいか、教えていただきたいもんだ。非常階段は使えないし、他の場所へ移ることもできないんだぞ」

このエリアを徹底的に調べましょう、と夏美は言った。

「隔壁は閉じていますが、どこかに三階へ上がれるルートがあるかもしれません。使える機材や装備もあるはずです。全員で協力して脱出するんです」

泣きじゃくっていた木本の足元で水音がした。よろめく足を踏みしめて、夏美は木本を立たせた。

AM00：46

七艇目の救命ボートが海面に降りた。凄まじい波に大きく揺れているが、乗っていた船員が電動ウインチを外して懐中電灯を左右に振る光が、北条にも確認できた。船員が救命ボートの小型エンジンを操作して、船から離れていった。

レインボー号が沈没すれば、巨大な渦が発生する。小さな救命ボートなど、あっと言う間に呑み込まれてしまうだろう。一刻も早く船から遠ざかる必要があった。

救命ボートが去った海面に、数本のイーパブが浮かんでいる。非常用位置指示無線標識装置だ。

四〇六メガヘルツの電波を発し、人工衛星を通じて陸上に船名と国籍を自動送信する機能が備わっている。海保の巡視船も、レインボー号の位置を正確に把握することができるはずだ。

救命ボートにはレーダートランスポンダ、ＤＳＣ通信機も積まれている。どちらも救援信号を送信可能で、救命ボートや救命筏の現在位置を伝えることができる。

海上において小さな救命ボートを発見するのは至難の業だ。しかも真夜中で、五メートルの波が発生している。どんなに訓練を積んだ者でも、目視で木の葉のような救命ボートを見つけることは不可能だが、機材があれば発見、救出の可能性は高くなる。

この艇で最後だ、と残っていた酒井が救命ボートに乗り込んだ。

「あんたも電動ウインチのボタンを押したら、すぐ来い。俺が受け止める」

わかった、と北条は怒鳴った。ボタンを押せば、その直後に電動ウインチが救命ボートを海面に向けて降ろし始める。

ただ、そのスピードは遅い。ボートに飛び込むことは十分に可能だ。

北条はデッキの左右に目をやり、誰も残っていないことを確認してから、電動ウインチのスタートボタンを押した。ゆっくり動き出した救命ボートに舷側から飛び乗ると、腕をしっかり摑んだ酒井が、歯を見せて笑った。

もう大丈夫だ、と北条は崩れるように腰を下ろした。疲れていた。

「他のボートは？」

わからない、と酒井が首を振った。それほど離れてはいないはずだが、風雨が激しく、視界はほとんど利かない。現在位置を示すためのランプさえも見えなかった。

救命ボートは順調に下降を続けていた。着水後に電動ウインチを切り離せば、この海域から避難できる。

大丈夫ですかという声に振り向くと、シートに座っていた理佐の小さな顔が見えた。近づこうとした時、強い横風が吹いた。

救命ボートは電動ウインチと二本の鋼線で繫がっているだけで、状態は不安定だ。風に揺られて、ボートが大きく傾いた。

立つな、と北条は口に手を当てて怒鳴った。

「揺れているだけだ。落下することはない！」

だが、その声はボート全体に届かなかった。悲鳴と共に、数人の乗客がボートの内側へ移動しようと立ち上がった。一番外にいた中年の女性がバランスを失い、そのままボートの外へ落ちた。

パニックに陥っている人々をかき分け、北条は女性が落ちていった場所に出た。海面は近い。三メートルほど下だ。

決断は一瞬だった。船縁を蹴り、海に飛び込んだ。背後で叫び声が上がったが、すぐ聞こえなくなった。

ライフジャケットを着けていたので、体は沈まない。すぐ浮かび上がり、そのまま周りを見渡すと、白い腕だけが見えた。

荒れ狂う波に逆らって、北条は泳いだ。沈みかけていた女の腕を手繰り寄せ、脇に頭を突っ込むと、ライフジャケットの浮力で、女の頭が海の上に出た。

助けて、と叫びながら手足をばたつかせている。落ち着けと怒鳴ったが、恐怖で何も聞こえていないようだ。

強引に押さえ付けながら周囲を見渡し、救命ボートを捜した。五メートルほど離れたところにいるのがわかった。

「酒井！」闇に向かって叫んだ。「こっちだ！　船を回せ！」

聞こえるはずもない、と口の中の海水を吐き出した。酒井も自分たちを捜しているだろう。理佐や、他の乗客もだ。

だが、この暗さではどうにもならない。北条が救命ボートの位置を知ることができたのは、船体に取り付けられているランプがあったからだ。

女は意識を失いかけていた。海水の温度はさほどではないが、吹き付ける強風によって、体温が奪われている。このままでは死を待つしかない。

北条は女の体を抱えたまま、救命ボートに向かって泳いだ。手を放せば、女の頭が水中に沈んでしまう。足だけで泳ぐしかなかった。

泳ぎには自信があったが、これだけ波の高い海で泳いだことはない。五メートルの距離は、果てしなく遠かった。

どれだけ足を動かしても、近づかない。わずかに接近したと思っても、大波によってまた離される。

その繰り返しだったが、十分ほど波に抗って泳いでいると、ようやく一メートルの距離まで近づくことができた。叫ぶ気力はなくなっていたが、携帯電話のライトで海面を照らしていた数人の乗客が、北条と女が近くにいると気づいた。

救命ボートが向きを変えた。舳先(へさき)で手を伸ばしているのは理佐だった。

理佐だけではない。他の乗客も懸命に手を伸ばし、北条と女を救おうとしていた。

「頼む……この人を」

北条は女の腕を前に出した。誰なのかわからなかったが、一人が女の着ていた服を摑んだ。

一瞬、気が緩(ゆる)んだ。女の体から自分の手が離れ、同時に横から押し寄せてきた波に体を持っていかれた。最後に聞こえたのは理佐の悲鳴だった。

そのまま意識を失った。数秒のことだったが、その間に救命ボートは十メートル以上離れていた。

ここだ、と叫ぼうとしたが、声は出なかった。腕も足も動かない。女を救うために、体力を使い果たしていた。

自分の歯が鳴っている音が聞こえた。体力を奪われたのは、寒さのためもあった。

溺れている人間を救おうとして、自分の命を落とすライフセーバーがいると聞いたことがあったが、泳力や体力にどれだけ自信があっても、自然の力には勝てない。ましてや、北条は四十五歳だ。自分の年齢では無謀だった、と苦笑が浮かんだ。

ライフジャケットを着ていたので、体だけは浮いているが、どうすることもできない。このまま海の藻屑(もくず)となって消えていくのか。

どれぐらいそうしていたか、わからなかった。五分か、十分か。時間の感覚がなくなっていた。後頭部に鈍い衝撃があったのは、ほとんど気を失いかけていた時だった。顔を上げると、目の前に白い壁があった。レインボー号の船体だとわかった。波に流されているうちに、レインボー号に近づいていたのだ。

だからどうした、と自嘲(じちょう)めいたつぶやきが漏れた。あらゆる船がそうだが、レインボー号の船体下部に階段はない。何の手掛かりもないコンクリートの壁を上ることなど、絶対にできない。

諦めていたつもりだったが、どこかに未練があった。北条は壁に手を当てて、ゆっくり右に移動した。僅かに体力が回復していたこともあり、その程度なら動くことができた。

二十メートルほど壁伝いに泳いでいると、陰になっている場所があった。近寄っていくと、それは半分水に浸かった階段だった。船のエントランスだ。

通常、レインボー号は一階から三階までが水面下にある。従って、三階まで入口はない。

今、目の前にあるのは船のエントランス、つまり四階だった。どうしてそうなっているのか、考えるまでもなかった。既にレインボー号は四階まで水没している。

波が激しく、体を思うように動かせなかったが、階段は半分以上水面下に没していた。激しく打ちつける波によって、エントランスは壊れ、扉が開いている。

波が打ち寄せるタイミングを計って、腕を手摺りに引っかけた。後は全身を持ち上げるだけだ。

自分の力ではなく、波に背中を押される形で船の中に転がり込んだ。北条を襲ったのは、強烈な寒さだった。

海中にいた時より寒い。凍えそうだ。容赦なく吹き付ける風が体温を奪っていく。

九月の海で凍死するなどあり得ないが、このままでは低体温症で意識を失ってしまうだろう。

着ていた制服が水を吸っているため、異様に重い。足を動かすことさえ苦痛だ。

見渡すと、通路が斜めになっていた。四階フロアに浸水があったが、全体が水に浸かっているわけではない。

高低差があるので、ほとんど濡れていない場所もあった。水がないところを選んで、北条は歩き出した。

AM01:11

夏美は木本と共に先頭に立ち、通路を進んだ。二階は機関部が統括しており、発電機やボイラー、燃料補給パイプなど、大型の機械が至るところに置かれていた。

リネンルームやクリーニングルーム、食料貯蔵庫や船員の休憩室などがあったが、どこにも階段はなかった。隔壁が降りているため、動ける範囲は狭い。たどり着いたのはリネンルームの前だった。

浸水が広がっているのは、足首まで水に浸かっていることからもわかった。隔壁を閉鎖しても、流れ込んでくる水を完全に止めることはできないのだろう。

作務衣（さむえ）姿の長田、そして大竹と妻の房子が膝（ひざ）に手を当てて荒い息を吐いている。それほど長い距離を歩いたわけではなかったが、夏美も息苦しさを感じていた。

エンジンが停止したせいだよ、と木本が囁いた。

「レインボー号ではエンジンが止まれば、発電もストップする。空調をコントロールしているのは電気だ。三階までは水面下にあるから、常に換気が必要だけど、それができなくなってる。このままだと窒息する方が早いかもしれない」

冗談だよと笑った木本の顔が、非常灯に照らされて不気味に歪んだ。その前に沈没して死ぬ、と夏美は言った。笑みを引っ込めた木本が、小さくうなずいた。

敦司と美由紀が顔を背けるようにして歩いていた。互いに文句を言い合っている。

海難事故に巻き込まれたからではなく、もっと深い事情があるようだが、問いただすわけにもいかない。放っておくしかなかった。

最後に雅代と冬木が姿を現した。くわえていた煙草に、冬木がジッポのライターで火をつけようとしていた。

「危険です、消してください」

この状況の方がよっぽど危険だ、と冬木がジッポの蓋を閉じた。

「どうせ死ぬなら、煙草ぐらい吸わせろ」

駄目です、と雅代が首を振った。どうするんだよ、と敦司が足元の水を蹴った。

「どこにも階段なんかねえじゃねえか。隔壁が降りちまったら、ここからは出られねえ。

もうどうにもならねえよ」

出口がないのはその通りだった。すべて確認したが、上へ繋がる非常階段はない。諦めるしかないのか。

「どこかにルートはないの？」夏美は木本を見つめた。「考えて。どうすれば三階に上がれる？」

何もないと肩をすくめた木本が、足元の水に指を浸(ひた)して、壁に線を描いた。船の略図だと夏美にもわかった。

「船首は右、船尾は左。そしてぼくたちがいるのはここだ」木本が丸を描いたのは、船体中央と船尾の中間だった。「階段は船首、船尾、そして中央にある。だけど隔壁が降りているから、どっちへも行けない。機材搬入用のエレベーターは電源が落ちているから動かない。どうしようもないんだ」

マジかよ、と敦司が呻き声を漏らした。待って、と夏美は木本の腕を押さえた。

「さっき、換気のことを言ってたでしょう？　換気口や通風口はないの？」

もちろんある、と木本が天井を指した。

「でも、手が届かない。足場を組むにしても、ここまで通路が傾いてたら、そんなの無理だよ。床のカーペットの下にも通風口があるけど、それじゃ一階に降りるだけで、何の意味もない」

一階へ行ってどうすんだよ、と敦司が壁を強く叩いた。

「どう考えたって、下は水浸しだ。溺れ死ぬだけじゃねえか」

そうだね、と木本がこめかみを指でつついた。

「レインボー号に関して、公開されている情報は全部頭に入ってる。現実には違うところがあるかもしれないと思って調べてみたけど、何もなかった。これ以上は――」

口をつぐんだ木本の頭を、どうした、と敦司がはたいた。

「気味が悪いじゃねえか。いきなり黙るんじゃねえよ」

「通風口から降りて、横へ移動することはできる」

横に行ってどうするんだ、ともう一度敦司が木本の頭をこづいた。

「俺たちはな、上へ逃げたいんだよ、上に」

違う、と木本が濡らした指で横に線を引いた。

「各フロア間もそうだけど、二階の床と一階の天井の間にも、ダクトと呼ばれている空間がある。電気の配線や重油を各部署に送るパイプ、レストランで使うガス管も通っているし、コンピューターや通信用のラインもある。通風口からそこへ降りて船尾に向かえば、カーポートがある。そして、ダクトの内部に隔壁は降りていない」

何を言ってるのかよくわかりませんな、と大竹が首を傾げた。ここから降りるんだ、と木本が床のカーペットを指した。

「船尾まで進んで、カーポートに降りればいい。構造上、あそこには必ず非常階段がある。そこから三階へ上がるんだ」

　おい、と顔を左右に向けていた冬木が声をかけた。

「匂わないか？　煙だ」

　異臭が発生しているのは、少し前から夏美も感じていた。上からの煙が換気口を通じて流れ込んできたのか、それとも二階フロアのどこかで火災が発生しているのか。

　夏美は足元を見つめた。足首まで上がっている水の下に、カーペットが敷かれている。

「通風口から降りましょう」

　そんなことしてどうするんだよ、と敦司が喚いた。

「上へ逃げなきゃ、意味ねえだろうが！」

　迂回(うかい)ルート、と雅代がその肩を叩いた。

「木本さんの言う通りなら、ダクトを通ってカーポートに出ることができる。非常階段から三階、そして上層階へ上がればいい」

「一階が浸水してたらどうなる？　階段だって、火事になってるかもしれねえじゃねえか」

　他にルートはない、と雅代が首を振った。急いだ方がいい、と冬木が鼻をこすった。

「身動きが取れなくなるぞ。それともここで煙に巻かれて死ぬか？」

カーペットを剝がす、と雅代が言った。うなずいた木本が、この辺りだと思う、と足元を指さした。夏美は無言で、溜まっていた水に手を突っ込んだ。

AM01:15

階段を五階まで上がった北条の目の前に、長い通路が続いていた。

船体は左に傾いている。傾斜は約十五度で、荒天時、どれだけ波が高くなったとしても、この角度まで傾くことはない。

通路は船首に向かってなだらかに上っていた。排水ポンプは船尾側にある。そこから浸水があったと考えていい。

壁には手摺りが設置されているため、歩行不能というわけではなかった。船全体が傾いているのは確かだが、この程度ならいきなり転覆、沈没することはないだろう。

船の沈没には二通りのパターンがある。ヨットのような小型船は別だが、ある程度以上の大きさを持つ船の場合、全体が一気に沈むことはまずあり得ない。

船底の破損部分が、波や水圧によって折れ、船首、船尾のどちらかが傾き、垂直状態となってそのまま沈んでいくケースが圧倒的に多い。レインボー号もそうなるだろう。

船体は全体が左に傾き、そして船尾に水が流れ込んでいる。今はまだ平衡を保っているが、時間の問題に過ぎない。いずれは船尾から沈没することになる。

船内に入ったのは四階エントランスからだった。船体の中央と言っていい。ロビーには あらゆる物が散乱していたが、現在位置はわかっていた。

そのまま、北条は五階フロアの人命検索を始めた。この状況で船内に留まっている者が いるとは考えにくかったが、プロの船員としての矜持だ。フロアに誰も残っていないこと を確認した後でなければ、避難はできない。

海に転落した女性客を助けるため、体力を使い果たしていた。疲れていたし、それ以上 に怖かった。

船はいつ沈むかわからない。今、逃げても、誰も北条を責めることはない。

だが、這うようにして各客室を回り続けた。プロとしての責任感、義務感が北条の体を 動かしている。次々に客室のドアを叩き、誰かいないかと叫び続けた。

返事をしてくれ。助けに来たぞ。誰のことも、見捨てたりはしない。

五階フロアの総面積は約八千平方メートルだが、六割は飲食店などの店舗エリアだ。残 っている者などいるはずもない。

北条が廻ったのは客室だけだ。そのため、思っていたほど時間はかからなかった。すべ ての客室を廻り終えたのは、二十分後だった。

最後の部屋のドアをノックし、誰かいないかと怒鳴ったが、返事はなかった。次は六階だ。

背中を向けた時、かすかな物音が聞こえたような気がした。音ではない。声だ。

どこにいる、と斜めになった通路の壁に手をついたまま、北条は叫んだ。

「返事をしてくれ！　もっとでかい声を出すんだ！」

か細い女の声が聞こえた。近づくと、声が大きくなった。ヘルプ、と言っているのがわかった。

一人ではない。二人、もしかしたら三人かもしれない。

ドアの前に立った北条は、そのままノブを蹴り破って中に入った。従業員用の休憩室だ。ほとんどの備品が床に散乱していて、足の踏み場もない。

どこにいると叫ぶと、何かを叩く音がした。ロッカールームだ。

ドアを開けようとしたが、ぴくりとも動かない。ドアレールが歪んでいる。

何度もドアを蹴り続けていると、ようやく穴が空いた。その割れ目に体ごとぶつかっていくと、派手な音と共にドアが外れた。

ロッカールームの中に、三人の外国人女性がいた。全員、東南アジア人のようだ。

泣き喚いている三人を連れて、通路に出た。片言交じりの説明によれば、彼女たちは五階のカフェに勤務しているウエイトレスで、休憩時間をロッカールームで過ごしていた時、突然船が傾き、同時にドアが閉まったという。

開けようとしたが、女の力では無理だった。助けを求めて叫ぶしかなかったが、ついには声も嗄れてしまったとウエイトレスは泣きじゃくりながら言った。

落ち着けと声をかけてから、北条は船首側を指した。斜めになっている通路を見つめた三人の女が、息を呑んだ。

「船は沈みかけている。上へ逃げるしかない。わかるな？」

ワカリマシタ、と一人が答えた。もう一人がうなずいたが、最後の一人は立っているのもやっとのようだ。疲労と恐怖で、体を動かすこともできないのだろう。

制服のポケットから、ウイスキーのミニボトルを取り出して、無理やり女の口に押し込んだ。激しく噎せた女が、ボトルを口から離した。

北条の喉が鳴り、アルコールへの強烈な欲求が体を貫いた。飲みたい。飲めば恐怖を忘れられる。手が痙攣するように震えていた。

伸ばした震える手で、ミニボトルをポケットにしまった。酒に逃げるのは簡単だ。だが、絶対にそんなことはしない。この現場から、俺は逃げない。

頭の中で五階フロアのマップを開いた。一番近いのはエントランスの大階段、レッドステップだ。

行くぞ、と一人の女の腕を摑んだ時、別の女が悲鳴を上げた。振り向くと、船尾側の通路で火災が起きていた。

炎の意志を北条は感じた。すべてを呑み込もうとしている。凄まじい敵意。炎が迫っていた。

AM01：20

国際VHF無線電話が鳴っている。山野辺は手を伸ばして、別体式になっているヘッドセットを頭に装着した。通話を他のクルーに聞かれたくなかった。

「海上保安庁、黒坂です、状況に変化は？」

船の傾きが増している、と山野辺は答えた。絶え間無く大波に打ち付けられているため、正確な角度は測定できないが、レインボー号が復原力を失いつつあるのは確かだった。

「先ほどから、救命ボートで避難した船員たちの無線がこちらに入っています」黒坂が淡々とした声で言った。「その情報をもとに、現在のレインボー号の状態をシミュレーションしました。漂流物による排水パイプの破損、それに伴う冷却システムのダウンとエンジン停止。これは五年前、トルコのターコイズ号が沈没した時とまったく同じ状況です。船長もあの事件は知ってますね？」

詳しいことは覚えてない、と山野辺は眉を僅かに上げた。レインボー号の船体一階に相当量の浸水があったと考えられます、と黒坂が言った。

「ターコイズ号の時と違うのは気象条件、つまり台風です。計算上、四十パーセント以上浸水量が多いと考えられます。ターコイズ号は約十時間で完全に沈没しましたから、単純計算でレインボー号は六時間保つかどうか……エンジン停止は午後十一時半前後だったと情報が入っています。事実ですか？」

そうだ、と山野辺は答えた。やはり午前五時がリミットです、と黒坂が小さく息を吐いた。

「当然ですが、他の要素も考え合わせなければなりません。ターコイズ号もそうでしたが、船内で火災が発生する危険性もあります。また、巨大波による転覆という事態も想定できます。その場合、沈没はもっと早まるでしょう」

他人事のように言うな、と山野辺は語気を荒らげた。冷静でなければならない黒坂の立場はわかっていたが、事実だけを淡々と告げるその声は、冷酷にすら感じられた。

「こっちはそんなことが聞きたいんじゃない。海保の救助はどうなってる？ 海保で無理なら、海上自衛隊はどうだ？」

落ち着いてください、と黒坂が低い声で言った。

「海自にも連絡済みです。しかし、彼らの回答はノーでした。この巨大台風の中、救援出動などできない、自殺行為だと言っています。正直なところ、我々も同じ意見です」

　そうか、と山野辺はヘッドセットの位置を直した。期待していたわけではない。海と船を知る者なら、誰でも同じ答えを出すだろう。

「祈るしかない」

　そうつぶやいて、山野辺は通話を切った。残された手段は、十一階のポッドで脱出する以外なかった。

AM01：30

　床に敷かれていたカーペットを剝がすと、直径一メートルほどの蓋(ふた)があった。通風口だよ、と木本が囁いた。

　床に埋められている蓋のボタンを押すと、二つの突起が飛び出し、それを使うと簡単に開いた。通路に溜まっていた水が流れ込んでいったが、溢れるほどの量ではなかった。

　確認のため、夏美は内部の階段を降りた。木本がダクトと呼んでいた空間がそこにあった。高さは一メートル、幅は二メートルほどの通路だ。

　十メートル間隔で非常灯がついているため、薄暗いがダクト内の様子は見えた。足元の水が緩(ゆる)やかに流れているのは、高低差のためだろう。背後に降りてきた木本が、こんなに暗いのか、とつぶやいた。

「ダクト内は安全だと伝えて」

上に向かって大声で叫んだ木本が、右手を差し出した。手のひらにジッポのライターが載っていた。

「冬木って言ったっけ？　あいつが持っていけって」

今のところ必要ないが、使うことがあるかもしれない。どっちへ行けばいいの、と夏美は尋ねた。

ダクト内にはさまざまな機材のパイプが積み木のように重なっていて、機械の迷宮のようだった。船尾側に向かうつもりだったが、方向さえわからない。しかも、ダクト内は複雑に通路が交差していた。

五メートル前進、と後ろから木本が声をかけた。

「船尾はそっちだ。狭いけど、そこで右折すれば近道になる、その後はまた指示するよ」

他の人は、と夏美は前を向いたまま言った。すぐに来る、と木本が答えた。

「柳さんが言ってた。神谷さんとぼくが先に行って、安全を確認するようにって」

狭いダクト内を、夏美は腰を屈めて進み始めた。カーポートまでどれぐらいかと聞くと、百メートルはない、と木本が答えた。自分や雅代はともかく、他の人たちは大丈夫だろうかと思ったが、前進するしかない。

ダクト内の天井は、プラスチックのカバーで覆われていた。そこに電気の配線、あるいは上下水の配管などが施されているのだろう。

配線や配管が、数メートルごとに交差していた。客室や各部署に電気や生活用水を送り込むためだ。床のコード類はコンピューターや通信用のものだった。

絶え間なく船が揺れ続けている。そのたびに傾斜が大きくなり、足を止めざるを得なかった。焦りで、握りしめていた手のひらに汗が滲んだが、耐えるしかない。

不意に何かが目の前で弾けて、反射的に夏美は足を止めた。ぼんやりとしか見えなかったダクト内が、はっきりと見えるようになっていた。

あれは、と木本が腕に触れた。十メートルほど先で、天井から火花が散っていた。

「どうした、止まるな」背後から冬木の声がした。「急がないと、まずいんじゃないのか」

無理だ、と木本がつぶやいた。

「電線のプラスチックカバーが外れてる。しかも断線してるんだ。床は濡れてる。もし切れた電線が落ちてきたら、その場で感電死するよ」

夏美は火花が散る様子を目で追っていた。木本の言う通り、天井の電線が切れ、垂れ下がっている。

火花だけではなく、天井そのものが燻り始めていることも確認できたが、まだ火災には至っていない。今なら通り抜けられる、と木本の腕を引いた。

無理だよ、と木本が後ずさりした。大丈夫、と夏美はその手を握りしめた。

「火花なんて怖くない。あの電線が切れたとしても、長さは五十センチしかないから、床まで届かないし、触れさえしなければ感電することもない」

　本当に怖いのは煙だ、と夏美は前を見つめた。今のところ、炎は小さい。天井の一部を焦がしているだけだ。

　だが、燻った天井から煙が漂い始めている。ダクト内は閉鎖空間に近い。すぐ煙が充満するだろう。火災現場における死因のトップは一酸化炭素中毒、もしくは煙による窒息死だ。

「ここで立ち止まっていたら、死ぬしかない」今なら通れる、と夏美は繰り返した。「あなたがルートを教えてくれなかったら、カーポートには行き着けない。勇気を出して」

　できない、と木本が頭を抱えてしゃがみ込んだ。背後に冬木と長田、敦司の姿が見えた。美由紀、大竹夫妻、そして雅代も続いているはずだ。

　ぼくにはできない、と木本が顔を上げた。頬が涙で濡れていた。

「子供の時からそうだった。気が弱い、臆病(おくびょう)だっていつも馬鹿にされてた。仕方ないだろ、怖いんだ。そのせいでずっといじめられてた。中学の時は酷かった。プールで溺れさせられたり、校舎の三階から突き落とされたり……本当に死にかけたこともある。ぼくは死ぬのが怖い」

　わかる、と夏美は握っていた手に力を込めた。わかるわけない、と腕を振り払った木本が、いつだってみんなに笑われてた、と両目を拳で拭った。

「そうだよ、ぼくは引きこもりの船オタクだ。船に乗ったこともない。海運会社で働こうと思ったけど、海や船が危険だと知っていたから、怖くなって止めた。ずっといじめられていたから、人間関係も怖かった」

あたしも臆病よ、と夏美は囁いた。

「怖いのはよくわかる。でも、冷静に考えてみて。あの電線の下を通り抜けるのは、決して危険じゃない」

もういいよ、と木本が頭を振った。

「どうだっていい。ぼくはそういう男なんだ。あんなところを通る勇気はない」

あたしの手を握って、と夏美は言った。おそるおそる、木本が両手を前に出した。

「震えてるのがわかる？　あたしはあなたの百倍怖い。消防士として、火災現場で死んだ人を何人も見てきた。忘れたことはない。どんなに悲惨な死に方か、直接自分の目で見なければわからない。あたしは怖い。死ぬのが怖い」

どうして消防士を続けてるの、と木本が手を握ったまま囁いた。

「そんなに怖いなら、辞めればいいじゃないか」

何度も辞表を書いた、と夏美は苦笑した。

「逃げちゃいけないなんて、そんなカッコいいことは言わない。だけど、救える命があるなら、救いたい。あたしはあなたを死なせたくない。他の人たちも」

背中に手を当てた。どうしろっていうんだ、と木本がつぶやいた。

「カーポートへのルートがわかるのはあなただけで、その後もあなたの知識が必要になる」あなたがみんなを救うしかない、と夏美は言った。「あなたがここで止まれば、全滅する。あなたのことは、あたしが絶対に守る」

うつむいていた木本が、わかったと顔を上げた。夏美はその手を引いて、進み始めた。不規則に降ってくる火花を避けながら、二人でその下を抜けた。冬木と長田が続いた。

美由紀の前にいた敦司が、熱いと叫んだ。火花が体に当たったのだろう。

ライフジャケットで頭上をカバーして、大竹夫婦を守っていた雅代が火花の下を通り抜けるのを確認して、次はどっちへ行けばいいのと聞くと、そこの角を左、と木本が前方を指さした。

「あと数十メートルでカーポートエリアだ。角を折れてしばらく進むと、二階と同じ通風口の蓋が床にある。そこを開ければ、真下がカーポートだよ」

指示に従って、前へ進んだ。ダクトの角を左に曲がった木本が、この辺りのはずだと立ち止まって辺りを見回した。夏美はライターの炎で足元を照らした。

木本が言った通り、通風口の蓋があった。手を伸ばした時、背後でかすかな破裂音が聞こえた。

「今のは？」

天井に火が燃え移った、という雅代の鋭い声がダクト内に響いた。

「火花がガスに引火したのかもしれない。まずい、炎が広がり始めてる。煙も出てきた」

夏美は急いで蓋を開けた。顔だけを突っ込んで下を見ると、十数台の車の屋根があった。

急いで、と雅代の声が降ってきた。夏美はカーポートを見下ろした。

危惧していた通り、浸水が始まっていた。車の屋根が浮き島のように揺れている。水の深さは二メートルほどだろう。

「おい、煙がヤバいぞ！」背後で敦司が絶叫する声が聞こえた。「何とかしてくれ、消防士だろ？」

迷っている時間はなかった。夏美は蓋が開いた穴に足を突っ込み、そのまま飛び降りた。

不自然な形で落ちた腰が水に当たり、激痛が走った。水中に頭が沈んだが、腕を大きくかくと、体が浮かんだ。全身がずぶ濡れになっていた。

「冬木さん、敦司さん！」降りてください、と立ち泳ぎしながら通風口の真下で叫んだ。

「あなたたちなら大丈夫です！　飛び降りて！」

左横から、ベンツの車体が夏美の体を押した。十台ほどの車が、水に流されて動いている。

目の前に、冬木の足がだらりとぶら下がっていた。水面までの距離は二メートルもない。

「気をつけて！」

掛け声と共に冬木、そして敦司が続いた。大丈夫だ、と叫んだ敦司の声に、まず長田、そして木本が飛び降りた。

「車を支えてください」

夏美は敦司とベンツのドアミラーを摑んだまま叫んだ。うなずいた長田が横に回った。

長田と木本の顔が黒くなっている。煙がダクト内に流れ込んでいるためだ。時間がない。残っているのは雅代と大竹夫妻、そして美由紀だ。

ベンツをダクトの下に、と夏美は指示した。立ち泳ぎを続けていたため、体力が急激に消耗している。

だが、大竹も妻の房子も七十代だ。落ち方を誤れば、怪我をするだろう。誰かが下で受け止めなければならない。

俺が、とベンツの屋根に上がった敦司が手を伸ばした。身が軽いのは、鳶という職業柄なのだろう。

水中で押さえていても、ベンツを固定するのは難しかった。自分たちの体も水に流されている。不安定な足場の上で、敦司がバランスを取っていた。

まず、房子の足がゆっくりと降りてきた。上では雅代が腕を摑んでいる。

房子の腰を引き寄せた敦司が、そのままベンツの屋根に座り込んだ。怪我はありませんかと尋ねた夏美に、大丈夫ですと房子が天井を見上げた。次は大竹だ。

腕を摑んだ雅代が限界まで降ろし、それを敦司が受け止めた。二人の老人がボンネットを伝って、ゆっくり水の中に降りていった。

夏美は小さく息を吐いた。雅代は心配しなくていい。美由紀も二十代だ。多少落ち方が悪くても、怪我はしないだろう。

「柳さん、美由紀さん、飛び降りて！」ベンツをどかしてください、と夏美は叫んだ。

「水にそのまま落ちた方が安全です。足を伸ばして――」

無理、と美由紀が足をすくませた。通風口から黒煙が噴き出している。急いで、と叫んだ夏美の前で、何をしてると敦司が怒鳴った。

「どうしたんだ、美由紀！　こんなの怖いわけねえだろ！」

呟き込んだ美由紀の顔が、涙で濡れていた。肩を抱いていた雅代が、ベンツを戻してと命じた。

「柳さん、それより飛び込んだ方が――」

彼女は妊娠してる、と雅代が言った。敦司が息を呑んだ。

「ゴメン、敦司。言わなくてゴメン」

何でだ、と敦司がまばたきを繰り返した。

「何で言わなかった？　子供？　どうして俺に――」

別れるつもりだった、と美由紀がその場に膝をついた。

「あんたみたいな馬鹿と一緒にいても、もうどうにもならない。借金だってあるし、何を言ったってあんたは変わらない。このツアーから戻ったら、別れようって思ってた」

謝ったじゃねえか、と敦司がしゃがれた声で言った。何百回も聞いたよ、と美由紀が泣き笑いの顔になった。

「何度も何度も、あんたは謝っては同じことを繰り返して……もう駄目だ、諦めようって。あんたは変わらない。もういい、言い訳は聞き飽きた。別れるしかないって……」

降りてくれ、と敦司が絶叫した。

「俺が悪かった、本当に悪かった！　別れるとか、そんなことはいいから、降りてきてくれ。子供が腹にいるんだな？　俺、やり直すから。本気だ！　だから降りてきてくれ。俺が受け止める。信じろ、絶対守ってみせる！」

あんたを信じるぐらいなら、死んだ方がましだと美由紀がつぶやいた。ベンツを戻して、と夏美は左右に目をやった。うなずいた長田と木本が浮かんでいたベンツの屋根を摑んだ。

「冬木さん、手を貸して！」

叫んだが、冬木の姿はなかった。辺りを見回すと、カーポートの奥へ向かって泳いでいる背中が見えた。三人で固定しましょう、と長田が咳き込みながら言った。

「敦司さん、屋根に乗ってください。あなたが奥さんを受け止めるしかありません。それが夫の役目でしょう」

わかってる、とベンツの屋根に上がった敦司が両手を思いきり伸ばした。

「悪かった、俺が悪かった。信じろなんて言わねえ。許してくれとも言わない。だけど、今だけ俺を信じてくれ。絶対にお前を守る。誓う！」

凄まじい量の黒煙が、通風口から湧き出ていた。雅代と美由紀の姿が見えなくなった。

「柳さん！」

叫んだ夏美の目に、二本の足が見えた。美由紀の足だ。上では雅代が腕を摑んでいた。

離すな、と木本が叫んだ。うるせえと怒鳴った敦司が美由紀の両膝を抱えて、揺れ動くベンツの上でバランスを取っている。

いきなり、夏美の前で水しぶきが上がった。雅代が飛び込んだのだ。浮かんできた顔に、焦げた髪の毛が張り付いていた。

「誰か怪我をしている人は？」髪を搔き上げた雅代が、全員の顔を順番に見つめた。「無事ですか？」

それぞれが小さくうなずいた。長田が手を伸ばして、美由紀の体を受け止めている。頭上のダクトから溢れ出した煙が、カーポートの天井を覆っていた。

非常階段はどこだ、とベンツの屋根から飛び降りた敦司が、顔を拭っていた木本の腕を摑んだ。指さしたのは、カーポートの最奥部の大きな扉だった。開いたままの扉の前に、冬木がいた。

夏美はプールのようになっているカーポートを泳ぎ、冬木の腕を摑んだ。打ち付けた腰の痛みを忘れるほどの怒りがあった。

「何をしてるんですか！　自分だけ助かればいいと？　そんな状況じゃないのは、見ればわかるでしょう！」

きれいごとは止めろ、と冬木が腕を払った。二人の体が水の中で揺れた。

「あんたは消防士だ。全員を助けたいと考えるのは当然だが、おれは違う。自分の命が大事だ。手を貸さないとは言わんが、助ける義理はない。偶然同じ船に乗り合わせただけのあいつらを、どうしておれが助けなきゃならない？」

消防士だから全員を助けようとしているわけじゃない、と夏美はもう一度冬木の腕を取った。

「高齢者もいます。妊婦もいるんです。見捨てることはできません。あなたはここにいる全員の中で、体も大きいし力もあります。何かあった時、あなたなら誰かを背負って移動することもできるでしょう。一番体力のあるあなたが、自分のことしか考えず、一番先に逃げ出すなんて――」

許せないとか、つまらんことは言うな、と冬木が口元を歪めて笑った。

「中学の学級委員か？　みんなで協力して文化祭を成功させましょうって？　いいか、そんな甘ったれたことを言ってる場合じゃない。あいつらを助ける責任なんかないんだ。生き残る力がない奴は死ぬしかない。立派なことを言ってるが、おれに言わせれば世迷い言だ。よく考えろ、全員を救うことなんてできるわけがない。そんなことを言ってたら、逆に全員が死ぬぞ。おれを巻き込むな」

睨み合っている二人のもとに、雅代が大竹と房子の腕を引きながら近付いてきた。その後ろに美由紀を背負った敦司、そして長田と木本がいた。

「それなら、どうしてこの階段から逃げなかったんですか」

夏美の問いに、見ればわかると冬木が一歩退いた。ドアヒンジが壊れ、外れかけている扉に足を踏み入れると、非常階段の途中に、何十本もの木材が積み重なり、行く手を塞いでいるのがわかった。

木材の隙間から、踊り場に落ちていた段ボール箱が見えた。冬木が表面に印刷されていた文字を読み上げた。

「特注ベッド・補佐用アーム……階段の踊り場に置いていたんだろう。船が傾いたために、崩れ落ちたんだ」

階段を四段上がると、水の上に出た。上がってきた雅代と二人で木材を持ち上げようとしたが、微動だにしない。

階段に挟まった太い一本が楔の役割を果たし、それが他の木材を押さえ付ける形になっている。

その一本を動かさなければ、他の木材をどかすことはできない。乗り越えることは不可能だ。完全に階段は塞がっていた。

どうにもならない、と冬木が後ろで言った。

「俺と敦司でも動かせないだろう。スペースが狭いから、押すのは二人が限界だ」

「カーポートに他の階段はないの？」

雅代が背後に向かって叫んだ。ない、と木本が答える声がした。水が口の中に入ったのか、激しく噎せていた。

「この非常階段はどこに通じてる？」

四階だよ、と木本が開いたままのドアから顔を覗かせた。

「非常階段そのものは、そこで終わる。だけど、四階に上がれば他の階段があるから、九階まで行けるはずだ」

煙がひどいです、という長田の叫び声が聞こえた。

「ダクトからカーポートに流れ込んで来ています。かなりの勢いです」

ここを突破するしかない、と雅代がつぶやいた。夏美にもそれはわかっていた。

ダクト内が延焼している今、他に行き場のない煙は出口を捜している。それがカーポートだ。

カーポートそのものは巨大な空間だが、全体が密閉状態になっている。流入してきた煙の逃げ場はどこにもない。

空間の容積から、十分以内に一酸化炭素濃度が七パーセントを超えると予測できた。そうなったら、人間は活動できなくなる。

他の階段があったとしても、それを捜している時間はない。この非常階段を突破して、上へ逃げるしかないのだ。

ライターを返してくれ、と冬木が手を伸ばした。

「どうせ死ぬなら、最後の一服ぐらいしたっていいだろう」

シガレットケースから煙草を取り出して、分厚い唇でくわえた。何を言っても無駄だ、と夏美はライターを放った。自分のことしか考えない男なのだ。

待って、と雅代が空中でライターをキャッチした。

「そのライターで、木材に火をつけよう。燃えれば、必ずどこかが崩れる。そうすれば、ここから上がれる」

厳しいだろう、と夏美は積み重なっている木材を見上げた。表面が黒ずんでいるのは、水分を吸っているためだ。小さなライターの火力で火がつくとは、とても思えない。

どけ、と前に出た冬木が雅代の手からライターを取り上げた。

「悪くない考えだ」燃やせば崩れやすくなる、と冬木が小さくうなずいた。「だが、このままじゃ火をつけても表面が焦げるだけだ。燃えることはない」

湿っている木材は燃えにくい。この太さでは、火をつけることすらできないだろう。紙のように燃焼性の高いものがあれば別だが、水浸しのカーポートにそんなものがあるはずもなかった。

しばらく考えていた冬木が、肩に下げていたバッグを開いた。夏美にも中が見えた。長財布とプラスチックのボトル、そして一本の千枚通しが入っていた。

「それは何です？」

千枚通しを指さした。ショルダーバッグに入れておくには、異質な物だろう。入れ墨や顔付きもそうだが、冬木という男には暗い影のような何かがまとわりついていた。

答えずにプラスチックのボトルを取り出した冬木が消毒用のジェルだと言って、中身を楔になっている太い木材に塗り始めた。かすかな刺激臭が鼻をついた。

「いったい何を――」

燃やす以外この木は動かせない、と冬木がボトルを逆さにして強く振った。

「そんなものを塗ったからって、火なんかつかねえよ」美由紀を背負ったまま敦司が喚いた。「助けてくれ、こいつの腹の中に子供がいるんだ。いつまでも水の中にいたら、美由紀も子供もどうにかなっちまう！」

空になったボトルを冬木が夏美に渡した。主成分アルコール、と表面に書いてあった。

「学級委員、あんたが火をつけろ。火気厳禁と大きく書いてあるんだ。どうなるかはわからんが、燃えたっておかしくない」

夏美は冬木の手からライターを受け取った。火がつく可能性はある。楔になっている木が燃えれば、全体のバランスが崩れ、階段の木材が崩れ落ちてくるだろう。

でも、全部が燃えたらまずい、と雅代が唇を噛んだ。

「手摺りや壁、天井に火が燃え移って、火災になったら、鎮火するまで階段が使えなくなる」

やるしかありません、と夏美は背後に目を向けた。カーポートの天井部を黒煙が覆っている。時間がない。

「あたしが火をつけます。楔の木が燃えて炭化したら、蹴り飛ばして全体を崩します」

「これだけの木材の量ですよ？」危険です、と長田が叫んだ。「崩落に巻き込まれたら、神谷さんがどうなるか……」

あたしがバックアップする、と雅代がうなずいた。

「神谷が火をつけて、木が炭化して脆くなったら、蹴って崩す。全体が崩落する直前に、あたしが引きずり下ろす。絶対に守ってみせる」

意思の疎通は一瞬だった。夏美はライターを右手に持ったまま、積み重なっている木の前に立った。出てください、と雅代が背後にいた人たちをカーポートに戻した。

消防士なのに、と夏美はライターの蓋を開けた。これでは放火魔だ。

冬木が消毒用ジェルを塗っていた楔に火を近づけると、青白い炎が上がった。一カ所、二カ所、三カ所。燻っていた青白い炎が、煙を上げながら赤に変わった。

このまま燃え上がって、と小さな炎を見つめた。腰に雅代の腕が回された。

二分後、その瞬間が訪れた。楔の上で踊っていた小さな炎がひとつにまとまり、形を変えた。楔を呑み込むように燃え始めた炎が勢いを増した。

待って、と背後で雅代が囁いた。まだ炎は木材の表面を焼いているだけだ。中心部が燃えなければ、炭化は始まらない。

「煙が降りてきています」扉の向こうで、咳き込みながら長田が叫んだ。「急いでください！」

まだです、と夏美は首を振った。下手に動けば火が消える。ぎりぎりのタイミングまで粘らなければならない。

木本の泣き声と、数人の悲鳴が重なって聞こえたが、夏美は歯を食いしばって耐えた。

まだだ。まだ動けない。

　揺れ動く炎を、瞬きもせず見つめ続けた。僅かな変化も見逃すつもりはなかった。

「今だ！」

　雅代の声と同時に、夏美はパンプスの踵を楔にめり込ませた。小さな炎が飛んで、夏美の頬に降りかかったが、構ってはいられない。四度目に踵を振り下ろすのと同時に、炭化していた楔に大きな割れ目が走った。

「危ない！」

　雅代が夏美の腰を思いきり強く引いた。足が滑り、五段分階段を落ちた。

　頭から水の中に落ちた二人の上に、真っ二つに割れた木材と、積み重なっていた木材が一気に雪崩落ちてきた。

　目をつぶった自分の体が、水中で後方に引っ張られたのがわかった。中に入った敦司と長田が、夏美と雅代の服を摑んで強引に引きずっている。

　凄まじい音と共に、崩落した木材が非常階段に散乱していった。中心の巨大な木材から炎が上がっている。

　飛び出した木本が、上から大きなグレーのシートを叩きつけるようにして被せた。カーポートに停められていた車の保護用カバーだ。水浸しの状態になっていたから、それだけで炎を遮断することができた。

「急いで！　今なら上がれる！」

よろめく足を踏み締めて、夏美は立ち上がった。体を振ると、大量の水が辺りに飛び散った。隣を見ると、右の肩を押さえた雅代の表情が苦痛に歪んでいた。

折れたかもしれない、と雅代が耳元に口を寄せた。こめかみから、ひと筋の血が垂れていた。

「誰にも言うな。あたしたちが全員を避難させる。怪我人の指示なんか、誰も聞かない」

苦しそうな声に、わかりました、と夏美はうなずいた。あたしが先に行く、と立ち上がった雅代が順番を指示した。

「木本さん、敦司さん、続いてください。冬木さんと長田さんは、神谷と一緒に他の方たちをお願いします」

そのままカバーを踏み付けて、階段を上がり始めた。炎の勢いは収まっていたが、いつカバーそのものが燃え上がってもおかしくない。

「急いでください！　早く！」

夏美は大竹と房子の手を引いて、階段全体に散らばっている木材を避けながら、一歩ずつ上がっていった。顔を上げると、美由紀を背負った敦司の姿が見えた。全員、着ている服がぐっしょりと濡れていた。

冬木が夏美たちを追い越して、上がっていった。階段の傾斜が大きくなっていた。

AM02:11

山野辺はブリッジで長岡と、気象庁から送られてきた気象情報を検討していた。

レインボー号は暴風域に入っていたが、台風10号は再び進路を変え、午前二時十一分の段階で、スピードを上げながら日本海へ向かって北上を始めたとわかった。

危ないところだった、と山野辺は制帽をかぶり直した。

「このまま台風の進行方向が変わらなかったら、どうなっていたかわからん。まだ運はあるようだ」

そうでしょうか、と長岡が目を伏せた。直撃こそ免れたが、台風10号の直径は約七百キロだ。

現時点でもレインボー号を襲う豪雨と強風、そして高波は衰えていない。今後、時間の経過と共に、その勢力は弱くなっていくはずだったが、楽観視することはできなかった。

海保と連絡を取り合っていたが、第十管区では救援準備を整えた巡視船二艇が待機し、その他第七管区、第十一管区が協力態勢を取っているものの、いずれも出港許可は下りていない。

このままでは沈没を免れません、と長岡が腕時計に目をやった。

「海保の予想通りなら、午前五時がリミットです。あと三時間ありません」

山野辺はリモートコントロールパネルに表示されている数字を見つめた。喫水線が通常より二メートル低くなっている。船が沈みつつある証拠だった。

現在、船内に残っているオフィサー、クルーは甲板部、機関部、事務部含め、二、三十人ほどだ。その他の乗客、乗員は救命ボート、救命筏で外洋に避難したと報告があったが、その半数が死ぬだろうと山野辺は考えていた。

エンジンや小型レーダーなど、救命ボートには操船に必要な最低限の設備こそ整っているものの、大きさで言えば小型船舶に過ぎない。この荒れた海に出て、台風10号の暴風域から脱出できるとは思えない。

ボートの沈没、エンジンの故障、海に投げ出されるなど、リスクは高い。だから山野辺は救命ボートに乗らなかった。

十一階ヴィラにある救命ポッド、ＥＥＬＳは造りも頑丈で、完全密閉のカプセル式だから、沈むことはあり得ない。安全な脱出手段が残っている以上、慌てる必要はなかった。

長岡のメモにあった六人の名前を確認したが、オフィサー、クルー、いずれも古参の船員で、山野辺とは公私共に親しい者ばかりだった。

彼らが裏切ることはない、という確信があった。救出後、山野辺の責任ではなかったと全員が証言するだろう。

船に残ったのは、過去の海難事故で避難誘導をしないまま船長が真っ先に逃げ、世論の非難を集中的に浴びるという事例があったためだ。

かつて、船が沈没する際には、船長が最後まで残ることが義務づけられていたが、船員法の改正などにより、その条項は削除されている。

とはいえ、道義的な責任は生じるし、世論、マスコミに叩かれることは目に見えていた。最後まで船に残り、事態収拾のため懸命に努力を続けていたと証明されれば、非難をかわすことも可能だ。

残っている問題は、石倉議員とその妻だけだった。石倉を味方につけなければならない。

船員たちの証言だけでは、山野辺の措置が正しかったと認められるかどうか、確実とは言えなかった。だが、国会議員の石倉が山野辺にとって有利な証言をすれば、刑事罰どころか批判や責任を回避することもできる。

山野辺は内線電話に手を伸ばした。この一時間、石倉からブリッジに何十回も連絡が入っていたが、わざと出なかった。焦燥感を煽(あお)るためだったが、そろそろ頃合いだろう。

「なぜ電話に出ない！」石倉の凄まじい怒声が受話器から流れ出した。「いったいどうなってる！　私と妻を殺す気か！」

落ち着いてください、と山野辺は舌で上唇をなめた。

「たった今、状況の確認が取れました。連絡が遅くなったことはお詫びしますが、確実な情報を先生にお伝えするために、どうしても時間が必要だったのです」

船は沈むのか、と石倉が押し殺した声で言った。あと三時間は現状を維持できます、と山野辺は答えた。

「救援連絡はどうなってる？」

海上保安庁と連絡を取っています、と山野辺はファクス用紙を取り上げた。

「彼らも本船の事故について、事態を把握しています。救援準備は整っていますが、この台風です。ヘリも巡視船も、志布志湾で待機するしかありません」

最悪じゃないか、と石倉が荒い息を吐いた。

「仮に、今志布志湾から巡視船が出港したとしても、この海域に到着するのは数時間後だろう。波も高く、救援活動は困難を極める。君はどうするつもりだ。私と妻の安全をどうやって保証する？　君の責任だぞ」

安心してください、と山野辺は頰に微笑を浮かべた。

「先生ご夫妻が本船に乗船された際、私が船内を案内したのは覚えていますか？　十一階のロイヤルスイートヴィラには、専用の救命ポッド、ＥＥＬＳがあります」

救命ポッド、と石倉がつぶやいた。本船で最も安全、堅牢なカプセル式の脱出用ポッドです、と山野辺は言った。

「スライダー式になっていますので、安全に海に降下できます。着水と同時に救援信号が送信され、正確な位置も伝えられます。台風が通り過ぎれば、すぐにでも救援が来るでしょう」

そうだったな、とため息交じりに石倉が笑う声がした。

「では、私と妻はその救命ポッドに乗る。手順を教えてくれ」

お待ちください、と山野辺は受話器を手で覆った。

「先生、ポッドの定員は十名です。先生と奥様だけでは、機材の操作ができません。我々もポッドに乗ります」

構わんよ、と鷹揚に石倉が答えた。

「君たちが乗ってくれるなら、その方が安心だ」

もうひとつあります、と山野辺は声を低くした。

「本船が漂流物に衝突したのは、先生の要請によって通常のコースを変更し、種子島に向かっていたためです。救出後、海保から事情聴取があるはずですが、我々は先生の要請についてて、そのまま話すしかありません」

何を言ってる、と石倉が不快そうに吐き捨てた。

「ふざけるな、操船は君たちの責任だろう」

「もちろんその通りです。しかし、先生の要請があったことをマスコミが知れば、どうなると思われますか？」

　脅すつもりか、と石倉が短く言った。そうではありません、と山野辺は諭すように言った。

「むしろ逆です。我々は先生からの要請について、海保や警察に対し沈黙します。ですから、コンピューターの故障によって船がコースを外れたと、先生に証言していただきたいのです」

　どういう意味だ、と石倉が囁いた。我々はコンピューターの故障による不可抗力の事故だったと主張します、と山野辺は辺りを見回した。

「ですが、船長である私を含め、船員だけの話では、信憑性が薄いと判断されかねません。先生の証言が必要なのです。ご理解いただけますか」

「コンピューターの故障なんて、私がそんなこと知ってるわけないだろう。虚偽の証言をしろと？」

　お互いのためです、と山野辺は言葉を重ねた。

「先生の命令で本船は航路を変更し、そのために事故が起きました。確かに操船は我々の責任ですが、先生にも道義的な責任が生じるのは否めないところでしょう。責任を回避するためには、お互いの協力が必要なのです」

「しかし、嘘をつくというのは……」

「一蓮托生(いちれんたくしょう)ですよ、先生」

山野辺は正面の窓を見つめた。凄まじい大波が叩きつける振動が、絶え間無くブリッジを襲っていた。

「この事故は、不幸な偶然によるものです。先生も、私も、イルマトキオ社も、責任を取る立場にありません。船が沈んでしまえば、コンピューターの故障について確認するのは不可能です。我々は不運な被害者なのです」

狙いはそれだけじゃないな、と石倉が暗い声で言った。

「君は私たち夫婦の命を救う代償として、イルマトキオ社にカジノ航路の権限を独占させるつもりだな?」

今後、さまざまな形で相談に乗っていただければと考えています、と山野辺は薄く笑った。

「我々も先生も同じ被害者として、理解し合えるところがあると考えますが、いかがでしょう」

無言で石倉が電話を切った。馬鹿でなければ損得勘定はわかるはずだ、と山野辺は制帽の位置を直した。

AM02：38

山野辺の命令で四階のサブコントロール室に降りていた松川は、五名の部下と共に十階ブリッジを目指して傾いた外デッキの非常階段を上がっていた。

四階にいては危険だ、というのが松川の判断だった。一刻も早くブリッジに上がらなければならない。爆発音が何度も聞こえていたし、火災も起きているようだ。

何度も許可を求めたが、四階サブコンを死守せよと山野辺は繰り返し命じていた。命令違反による処罰を受けることになる恐れもあったが、真下の三階で火災が発生しているという報告を受け、独断でサブコンからの離脱を決めた。

サブコンの位置は船体後部で、船尾側から出火していたため、そこの階段は使えなかった。船体中央のレッドステップまでは距離があり、行き着くまでに何があるかわからない。船内の階段、非常階段は火災が発生している可能性があり、危険過ぎる。

やむなく松川は外デッキに出て、強風と豪雨の中、非常階段でワンフロアずつ上へ向かうことにした。人命検索の必要を訴えた部下に対しては、既に乗客は避難していると説得した。

「この状況で船室に残っている者など、いるはずがない。彼らは九階へ上がり、救命ボートで脱出している」

絶対だ、と自分に言い聞かせるように何度も繰り返した。恐怖が松川から船員としてのモラルを奪っていた。

三階の火災範囲は広い、という報告が入っていた。船内にはスプリンクラーが設置されているため、自動的に消火が始まっているはずだが、十分とは言えないだろう。スプリンクラー用の給水ポンプが壊れている可能性もあった。

火災が発生すれば、コンピューターが熱を感知して、自動で防火扉が降りるシステムが備えられているが、炎が遮断されたとしても、天井が燃え落ちれば、炎そのものが上昇する。

三階が焼き尽くされれば、次は四階、そして上層階にも燃え広がっていくことになる。レインボー号では天井、床、壁に至るまで、難燃性(なんねんせい)の建材が使用されていたが、燃えにくい素材ではあっても、燃えないということではない。船舶火災の恐ろしさは、船員なら誰でもわかっていた。

浸水が始まっていることも報告があった。現時点で、二階まで水が達しているのは確実だ。いつ上まで水が来るかは不明だが、状況から考えれば今すぐでもおかしくない。

炎、そして水から逃れるためには、ブリッジへ上がるしかなかった。時間の余裕はない。急げ、と松川は怒鳴った。

大きく傾いている船体に、巨大な波が叩きつけられるたび、激しい揺れが起こった。タイミングを見計らって数段上がっては、また揺れをやり過ごす。その繰り返しだ。ワンフロア上がるだけでも、かなりの時間がかかった。

六階まで一人の脱落者も出さずにたどり着いたが、階段を上がっている途中でフロアの窓に目を向けると、至るところで炎が上がっているのがわかった。レッドステップに向かわなくて正解だった、と松川は額の汗を拭った。

豪雨のため、外階段が延焼することはないが、安心はできなかった。船内の建材は基本的に燃えても有毒ガスが発生しないものが使われているが、乗客の居住性を優先して、船室のカーペット、ベッド、机、バスアメニティ、タオルなどの備品は通常のホテルと同仕様だ。

それらが燃えた場合、発生した一酸化炭素ガスが外デッキの非常階段に流れ込んでくるかもしれない。濃度が一・二八パーセントを超えると、数分で死亡する。

無意味だとわかっていたが、松川はポケットのハンカチで口を覆った。死への恐怖で、手の震えが止まらなかった。

七階に出たところで、悲鳴が聞こえた。振り向くと、背後に真っ青な顔のクルーが立っていた。

「どうした？」

園原が、と船員が下を指した。

「階段から転落しました。動けないと言っています。足を折ったようです」

「どこにいる？」

「六階の踊り場です。どうしますか？」

無言で松川は階段に足を掛けた。名前もよく知らない船員を助ける義務はない。

こんなところで死ねるか、とうわ言のようなつぶやきが唇から漏れていた。

AM02：40

非常階段を通じて、夏美は四階に到達していた。時間の経過と共に、階段の傾斜が大きくなっている。十五度以上だろう。体感では垂直の壁のようだった。

非常階段が繋がっているのは四階までだ。ここから九階を目指すには、別の階段を使うしかない。

四階中央のエントランスにレッドステップと呼ばれる大きな階段があるのはわかっていたが、上がってきた非常階段は船尾側で、船体中央までは距離があった。通常の状態なら五分もかからないが、これだけ通路が傾いていると危険が大きい。

四階の客室やカフェテリアの〝グレートガーデン〟で火災が起きているのは、離れていても見えた。とてもレッドステップまでは行けないだろう。

船内には複数の階段、非常階段があり、木本によれば外デッキにも非常階段が設置されているという。ただし、どこが安全かはわからない。

判断がつかないまま辺りを見回していた夏美に、四階にはサブコンがある、と木本が言った。

「サブコン？」

サブコントロール室、と木本が通路の先を指さした。

「レインボー号全体の運航を統括しているのは十階のブリッジだけど、機材の故障が起きる可能性があるだろ？　そんな時のために、サブコンにも操船用の各種機器類が置かれているんだ。あそこには衛星電話や通信機材もある。救援要請をした方がいい」

そんな暇があるかよ、と敦司が怒鳴った。

「もうとっくに誰かしてるさ。それより、階段はどっちだ？　さっさと九階へ上がろうぜ」

非常階段はこの通路の裏側だけど、と木本が顔を向けた。

「まず海保に連絡するべきだ。九階に上がっても、救命ボートがあるかどうかわからない。あったとしても、海保が来てくれなかったらどうにもならない」

海上で乗客が漂流している可能性もある、と雅代がうなずいた。

「救助できるのは海保しかいない」

柳さんは大竹先生と奥様、それと美由紀さんを連れて非常階段へ向かってください、と夏美は指示した。

「あたしと木本さん、それから長田さんでサブコンから海保に連絡します。その後五階へ向かいますが、非常階段が使用不能な場合は、レッドステップに回ってください」

冬木さん、と雅代が声をかけた。

「あなたも神谷とサブコンへ行ってください。敦司さんは美由紀さんと一緒にいた方がいい。大竹先生と奥様はあたしがケアする。神谷のフォローをお願いします」

構わない、と意外なほどあっさり冬木がうなずいた。大竹と房子、そして妊婦である美由紀と一緒に行動するよりいいと考えたのだろう。

こっちだよ、とよろめく足を踏み締めながら、木本が通路を歩きだした。左右に客室が並んでいるエリアを越えると、巨大カフェテリア、〝グレートガーデン〟の従業員出入口が見えてきた。

すぐ手前の角を折れた木本の後ろに続くと、奥のオレンジ色のドアが開いたままになっていた。人の気配はない。逃げ出したんだろう、と背後で冬木が言った。

「危険が迫れば、誰だってそうする。モラルだ何だと言うのは、頭の固い学級委員だけだ」

船員にだって逃げる権利はある、と木本がドアに首を突っ込んだ。

「乗客の避難を誘導すれば、次に守るべきは自分の命だ」

避難を誘導された覚えはないがね、と冬木が苦笑した。夏美は木本に続いて、サブコンの中に入った。

正面にある大きな窓ガラスに、細かい罅が入っている。何がぶつかったんだろう、と木本が首を傾げた。

「強化ガラス製のはずなんだけど……よほどの衝撃があったんだな」

電話はどこ、と夏美は左右に目をやった。コントロールパネルの横、と木本が指さした。

飛びつくようにして電話機を摑み、118と番号を押した。消防士として、海上保安庁の緊急番号は知っていた。

「こちら海上保安庁運用司令センター、二等海上保安正の黒坂です」

「わたしは神谷夏美、東京消防庁の消防官です。レインボー号に乗客として乗っていました。緊急事態です。船が沈みかけています」

わかっています、と黒坂が落ち着いた声で言った。

「山野辺船長から緊急救助要請があり、救命ボートで避難した船員からも連絡が入っています。我々は自動船舶認識装置の信号を追跡し、レインボー号の現在位置について、数百メートルの誤差で捉えています」

船全体が傾いています、と電話機を強く握ったまま夏美は叫んだ。

「他の乗客乗員は避難しているんですね?」

「まだブリッジに船長以下オフィサー、クルー、他の場所にも数人残っているようです。約二十名ほどでしょう。乗客で船内に残っているのは、あなたたちだけかもしれません」

ここに九人います、と夏美は言った。

「他にも、船内に逃げ遅れた乗客がいる可能性があります。大至急、救援を要請します」

伝えなければならないことがあります、と黒坂が大きく息を吐く音がした。

「たった今、レインボー号の設計者と、造船を担当した会社による、現在のレインボー号の状態の再現実験報告書が海保に届きました。結論だけ言います。レインボー号は今後最大限約二時間、沈没することなく現状を保つ可能性があります」

「最大限というのは……もっと早く沈没するかもしれないということですか?」

夏美は時計に目をやった。午前二時四十八分。木本が言っていた通り、午前五時がリミットなのだ。

救援のために、我々はあらゆる手を打っています、と夏美の問いに答えないまま、黒坂が先を続けた。

「再現実験の結果、レインボー号は船尾側から沈んでいくと予想されます。急ぎ十一階へ上がり、船首側に移動して救援を待つように。繰り返します。急ぎ十一階へ上がり――」

爆発音がして、黒坂の声が途絶えた。振り向くと、壁に沿って設置されていたコンピューターのディスプレイから炎が上がっていた。

「外に出て！」夏美は叫んだ。「火勢が強い！　頭を下げて！」

予兆はあった、と唇を噛み締めた。嫌な臭いを嗅いだと思ったが、コンピューターの内部が漏電などの原因で熱を発していたのだろう。それが炎になり、爆発を起こしたのだ。

ドアのところに立っていた冬木が身を翻して、通路に飛び出していった。腰を抜かして座り込んでいた木本の襟を摑んで、夏美は這うようにしながらドアを目指した。

飛び込んできた長田が、夏美の腕を引っ張った。夏美は木本の肩を支え、そのまま通路に出た。

「逃げましょう。火はすぐに燃え広がります」

長田の声に、夏美は振り向いた。轟々と音を立てて燃え盛る炎が、サブコンの天井を焦がしている。火勢は激しく、壁にも延焼が広がっていた。

そうはいかない、と炎を睨みつけた。はっきりとした悪意が感じられた。

炎は天井を燃やし、壁を燃やし、四階フロア全体に広がっていくだろう。すべてを焼き尽くした後は、貪欲に次の標的を探す。

狙いは上のフロアだ。五階、そして更に上のフロアをすべて燃やし尽くすまで、攻撃の手を緩めない。

今逃げれば、炎は凄まじい勢いで燃え広がり、すべてを焼き尽くす。炎にはそういう習性がある。何としても、目の前の炎を消さなければならない。

何をしてるんですか、と大きく咳き込みながら長田が腕を摑んだ。その腕を振り払った夏美は、二人に背を向けてサブコンに飛び込んだ。

回転する炎が、部屋の内部を燃やしている。凄まじい熱風に襲われ、髪が焦げたが、姿勢を低くして正面の窓へ進んだ。

炎が迫り、呼吸もできない。息を止めたまま立ち上がり、夏美は床にあった椅子を窓に叩きつけた。

無駄です、逃げろ、という長田と木本の怒鳴り声が聞こえたが、何度も椅子を持ち上げて、窓に振り下ろし続けた。

強化ガラスの硬度は高い。映画やドラマでは、ホテルの窓を蹴って割るような描写があるが、現実には不可能だ。

ただ、目の前のガラスには、無数の罅が全面に入っていた。割ることができなくても、一カ所穴が空けば、打ち付けてくる大波が水圧でガラスを割ってくれるのではないか。

炎の熱が椅子のスチール部分に伝わり、摑んでいた手のひらが熱くなっていた。無呼吸で椅子を振り上げ、叩きつけるにも限界がある。ガラスに穴は空かなかった。

無駄だった、と夏美は一度だけ口から息を吸った。熱風で喉が焼けそうになった。最後に全身の力を込めて、椅子を窓に叩きつけたが、跳ね返されて床に落ちた。その場に倒れた夏美の体を両脇から支えたのは、長田と木本だった。

「無茶過ぎます」姿勢を低くしながら、長田が後退した。「割れるわけないでしょう」

あれを、と木本が叫んだ。顔を上げると、凄まじいスピードで、ガラスの罅が窓全体に広がっていた。

次の瞬間、巨大な波が窓に押し寄せてきた。その衝撃で、ガラスが弾けるようにして割れた。

「逃げろ！」

通路に転がり出た夏美の目に映ったのは、更に大きな波が窓ガラスを割り、大量の水がサブコンの中へ殺到してきた光景だった。

サブコンから飛び出してきた木本と、ドアを叩きつけるようにして閉めた。後ろでは、長田が肘の辺りを押さえて、悲鳴を上げている。大量の海水に押し流された時、壁に激突したのだろう。

破れた作務衣の下が赤紫色に腫れ上がっていた。救急の現場で、骨折した者を数え切れないほど見ている夏美には、肘が折れたとわかったが、添え木になる物はない。

「階段へ！」

わかってる、と木本が走りだした。夏美は激痛に顔を歪めている長田を励まして、後に続いた。振り向くと、あふれ出した水が通路を濁流のように流れていた。

そのまま通路を走り続けると、レッドステップの下から様子を見ていた冬木が、押し寄せてくる水に気づいて、素早く階段を上がり始めた。

あなたたちも、と夏美は長田と木本の背中を押した。最後に階段に足を掛け、そのまま首だけを背後に向けると、通路に津波のような勢いで水が押し寄せていた。

ようやく五階に上がると、四階から船尾側の非常階段で五階に上がったはずの雅代たちが駆け込んできた。六階へは行けない、と肩を押さえた雅代が下に目を向けた。

「さっき昇ってきた階段は燃えている。とても抜けられない」

下のサブコンで火災発生、と夏美は報告した。

「爆発を伴い、機器類が炎上したため、窓ガラスを割って海水による消火を試みました」

長田さんが負傷しました、と囁いた。顔に脂汗を浮かべた長田が座り込んでいる。

無茶をするからだ、と冬木が横を向いたまま言った。

「学級委員、あんたの責任だぞ。オッサン、あんたも無理することはなかった。ヒーローになりたかったのか？」

自分は何もしなかったじゃないか、と木本が詰め寄った。

「神谷さんやぼくたちを見捨てて、あっさり逃げ出して……そんな奴に文句を言う権利なんかないよ」

　船オタクは黙ってろ、と冬木が木本の胸を突いた。

「いいか、これだけは言っておく。おれは誰も助けたりしない。助けてもらおうとも思っていない。生きてこの船を降りるのは難しいだろう。だが、チャンスがあれば生き延びてみせる。お前やオッサンみたいな、足手まといの面倒を見るつもりはない」

　ひでえ奴だ、と敦司がつぶやいた。お前は女房のことだけ考えてろ、と冬木が低い声で言った。

「こいつは忠告だ。他人を救おうなんて甘ったれた考えでいると、真っ先に死ぬぞ」

　長田の腕を見ていた雅代が、誰かベルトを、と左右を見回した。救命士の資格を持つ雅代でも、医療器具が何もない船の上では、腕を固定する以外何もできない。

　これを、と大竹がスラックスのベルトを抜いた。わたしがやりましょう、と房子が長田の腕を落ちていた板とベルトで固めた。家内は元看護師でして、と大竹がうなずいた。

　あと四フロアです、と雅代が天井に顔を向けた。

「九階まで上がりましょう。お互い協力し、助け合えば必ず行けます」

　先に行くぞ、と冬木が階段を上がり始めた。その後に敦司と美由紀が続いた。

　大竹、房子、そして木本が長田を支えるようにして足を踏み出した。それを確認してから、夏美は雅代の横に回った。

「肩はどうです？」

よろしくない、と雅代が苦笑交じりに答えた。

「自力で階段を上がれるかどうかも怪しい。神谷、ここからの指揮を頼む。いいね」

視線が交錯した。消防はチームで動く。消防士にとって最小のユニットはバディだ。夏美と雅代はお互いを絶対的に信じ合えるという意味で、最高のバディだった。

責任感の強い雅代が指揮を託すと言っている以上、肩の負傷はよほど酷いのだろう。了解しました、と夏美はうなずいた。

「行きましょう」

雅代の左脇に腕を通して支えた。斜めに傾いだ階段が目の前にあった。

AM03：00

ブリッジの壁にかかっているアンティーク時計の針が三時を指した。山野辺はゆっくり立ち上がり、総員に命令、と鋭い声で言った。

「今から私は石倉先生に本船の状態について説明をしてくる。同時に、十一階ヴィラの照明その他の復旧作業を行う。長岡、担当者を決めてくれ。食料や水、トイレの排水のこともある。五、六人は必要だろう」

この時点で、ブリッジには十五名のオフィサー、クルーがいた。甲板部、機関部、事務部の担当者で当直をしていたクルーやエンジン点検をしていた機関員など、救命ボートで避難できなかった者たちだ。

長岡が一人ずつ名前を呼んだ。甲板部の三等航海士、機関部の一等、二等機関士、そして三人の甲板手が前に出た。

無作為を装っているが、実際には長岡と検討して選んだ六人だ。全員古参の船員で、山野辺に対し従順という点で共通している。

他の者はブリッジで待機、と山野辺は左右に視線を向けた。

「十分ほどで戻るつもりだが、電源復旧作業などに時間がかかるかもしれない。私が戻るまで、ブリッジを頼む。異常があれば、トランシーバーで連絡してくれ」

頼んだぞと声をかけてから、ブリッジの外に出た。すぐに六人の部下を率いた長岡が続いた。

通路を歩くと、広いブリッジにいる時より、傾斜の大きさがはっきりわかった。二十度を超えているだろう。手摺りがなければ、一歩足を踏み出すことも難しかった。

寄り添うように並んだ長岡が、暗い目で見つめている。できるものなら全員を救いたかった、と自分に言い聞かせるように山野辺はつぶやいた。

「だが、ポッドは十人しか乗れない。それが現実だ」

やむを得ません、と長岡がうなずいた。他の六人の表情に、安堵の色が浮かんでいた。

ブリッジに残った他のクルーたちは、何も気づいていない。船長の山野辺とチーフオフィサーの長岡が彼らを騙し、自分たちだけで逃げようとしているとは、想像もできなかったはずだ。

ブリッジに残してきたのは、年齢の若いクルーたちだ。経験が浅く、山野辺の胸の内などわからなかっただろう。

その点、長岡ほか六人の男たちは違った。無事に脱出させる代わり、陸に戻ったら山野辺にとって有利な証言をするように、という暗黙の命令を全員が了解していた。

命を保証すれば、石倉もコンピューター故障による不可抗力の事故だったと証言する。

山野辺が責任を問われることはなく、生き残った者は誰も損をしない。

石倉がイルマトキオ社とフェリー航路の独占契約を結べば、会社も山野辺を高く評価する。レインボー号の事故のことなど、世間はすぐ忘れる。

今後十年、船長として船を支配できるだろう。山野辺の狙いはそれだった。

通路の傾斜が大きくなっていた。船内での行動に慣れている山野辺でも、歩くのが難しいほどだ。気をつけろと背後に声をかけた時、船長、と横合いから声がかかった。

「どちらへ行かれるのですか」

全身ずぶ濡れの松川と、数人の船員がそこにいた。何をしている、と山野辺は左右に目をやった。

サブコンから上がってきました、と松川が言った。二メートルほどの距離を挟(はさ)んで、二人の視線がぶつかった。

Wave 5　ネレイスの涙

AM03：19

夏美たちが六階フロアに上がったのは、午前三時十九分だった。四階を出てから、四十分近い時間がかかっていた。五階から六階へ通じるレッドステップが、崩落のため踊り場から先がなくなっていたためだ。

レッドステップは船体中央にあるが、支柱としての役割も果たしていたのだろう。船全体のねじれが圧となって、上下の中心になっている五階と六階の間に集中し、部品の木材が割れて崩れたようだ。

踊り場から六階フロアまでは、約三メートルほどだ。フロアの通路は見えていたが、飛び移ることができる距離ではない。

外のデッキから階段で六階へ上がることも考えたが、大竹夫妻は二人とも七十歳を超えている。美由紀は妊婦だ。そして雅代と長田は肩、あるいは腕を骨折している。これだけの悪条件が揃っている現場は、夏美も経験がなかった。

危険なのは、船が常に激しく揺れていることだった。外デッキの階段にも手摺りはあるが、大波が叩きつければ、その衝撃で体が飛ばされかねない。海に投げ出されたら、待っているのは確実な死だ。

外に出るのは危険だと判断して、夏美は通路の壁に飾られていた大きなタペストリーを外し、それを丸めて即席の梯子を作った。ゴブラン織りの高価なタペストリーだが、重要なのはその大きさだ。縦横とも約四メートルあるので、カーテンを裂いて作ったロープで結んで倒すと、六階フロアに届いた。

手摺りにタペストリーの梯子をしっかり縛りつけ、まず敦司が渡った。強度に問題はないが、布製なので足場としては頼りない。全員が渡り終えるまで、長い時間がかかった。

海保の黒坂によれば、レインボー号が沈没するリミットは午前五時だという。それまでに何としてでも船から脱出しなければならないが、貴重な時間が失われていた。

六階フロアにたどり着いた時には、誰もが体力を使い果たしていた。死の行軍だなと冬木が言ったが、冗談には聞こえなかった。

六階の通路で膝に手を当てて荒い息を吐いていた木本が、前方に顔を向けた。

「レッドステップはここで切り返しになってる。通路を回り込んで、逆側から上がっていくんだ」

雅代と船内を歩いていたので、それはわかっていた。先に行ってと木本の肩を軽く叩いてから、身を寄せ合って座り込んでいる大竹と房子に夏美は近づいた。二人とも体を震わせている。

大丈夫ですかと声をかけると、もう無理ですと大竹が手を振った。

「神谷さん、わたしたちのことはもういい。あなたに助けられてここまで来ましたが、もう限界です」

行ってください、と房子が弱々しい笑みを浮かべた。

「年寄りのために死ぬなんて、順番が違いますよ。わたしたちのことは結構ですから、あなたたちだけでも……」

そうはいきません、と夏美は二人の前に屈み込んだ。

「わたしは生きて帰ります。先生も奥様もです。待っている人がいるはずです。諦めないでください」

手招きした大竹が、夏美の耳元に口を寄せた。

「私は疲れました。この事故のことじゃありません。作家という仕事に疲れたんです」

先生は十分に働いたと思います、と微笑みながら夏美は手を握った。本当のことを言いましょう、と大竹が苦笑を浮かべた。

「書くのを止めたと言いましたが、書けなくなったんです。もう二十年以上前から鬱病で、何とか薬でごまかしていましたが、それも限界でした」

いいんですよ、と房子が手の甲を優しくさすった。私たち夫婦には子供がいません、と大竹が苦笑した。

「待ってる人など、いないのです。書けなくなった作家なんて、意味などありませんよ。優雅な引退生活と言ったって、何の楽しみがあるわけでもない。旅行が好きなわけでもないし、食事だってこの歳になれば何でも同じです。そんな人間が皆さんに迷惑をかけてまで生きて帰ることに、何の意味があると？　私たちはここに残ります。あなたは他の人たちと――」

先生、と夏美は大竹の細い肩を強く摑んだ。

「意味のない命なんてありません。ここで死んでもいいと思っているなら、それは間違ってます。生きて戻りましょう」

あなたは消防士だからそんなことを言うが、と大竹がため息をついた。

「立派だとは思いますが、私たちにはかえって迷惑なんです。放っておいてくれませんか」

静かに房子がうなずいた。そんなわけにはいきません、と夏美は大竹の腕を引いて立たせた。

「わたしが先生や奥様、ここにいる全員を救うのは、立派な消防士だからではありません。逆です。わたしは仲間の足を引っ張ることしかできない、落ちこぼれの消防士なんです」

そんなことはないでしょうと大竹が首を傾げた。いえ、と夏美はゆっくり首を振った。

「誰よりも弱く、臆病です。誰かが目の前で死ぬことに耐えられません」

それが消防士としての致命的な欠点だと、夏美は知っていた。肉体的な、あるいは技術的な面では、努力によって男性消防士と同等に動くことができたが、メンタルの弱さはどうにもならない。

何度も辞めようと思ったし、辞表を出したこともある。一年前に起きた銀座の超高層ビル火災においても、もっと多くの人を救えたという悔いがあった。要救助者を守ると改めて心に誓ったのは、あの時からだ。

「あなたたちを守るのは、あなたたちのためではありません。自分のためなんです」

激しく船が揺れた。仕方ありませんな、と大竹が房子を立ち上がらせた。柳さんに続いてくださいと言って、夏美は前を見た。

冬木が先頭を進み、その後ろに雅代と木本がいる。美由紀を支えて、敦司も歩き始めていた。

「この先、レッドステップは残ってるんでしょうか」腕を押さえた長田が、苦痛に顔を歪めながら夏美の横に並んだ。「あれだけの崩落です。ここまで上がってきたのはいいとして、七階より上の階段がなくなっていたら……」

不安は夏美の中にもあった。もしレッドステップがすべて崩落していたら、外デッキを九階まで上がるしかない。そんなことは不可能だ。

悲鳴が聞こえた。木本の声だとわかり、夏美は通路を走った。角を曲がったところで、全員が座り込んでいた。

「階段が消えてる」木本が指さした。「全部落ちてる」

全部じゃありません、と夏美は上を指さした。

「七階が見えます。その上の階段は無事です」

声が震えていた。七階フロアから上には、階段が続いている。だが、六階から七階までの階段はない。

距離は六メートル以上だ。もう一度タペストリーで梯子を作ることを考えたが、長さが足りない。

二枚のタペストリーを結んでも、強度の問題がある。誰の体重も支えきれないだろう。

美由紀、と叫ぶ声がした。敦司が目を真っ赤にして泣いていた。

「おい、どうしちまったんだ。目を覚ませ！　起きてくれ、頼む、目を開けてくれよ」

進み出て美由紀の手首に触れた房子が、脈が弱いとつぶやいた。夏美は座り込んでいた木本の前に回った。

「どこかに別の階段はない？」

レインボー号の階段は三つだけだ、と木本が汚れた顔を拭った。

「船尾側の階段は火が出てる。レッドステップは見ての通りだ。ここから船首側の階段に行くのは遠すぎるし、途中の通路も燃えてる。とても行けない」

「よく考えて。船員用の非常階段があるはずじゃ——」

そんなに船って便利じゃないんだよ、と木本が横を向いた。

「ここはレッドステップがあるから、近くに非常階段はない。エレベーターとエスカレーターはあるけど、電気が停まっているから動かない。また四階に降りて、別の非常階段へ向かうのは時間がかかる。もう外デッキの階段から上がるしかないと思うけど」

外デッキの階段は厳しい、と雅代が肩をすくめた。待ってください、と大竹が口を開いた。

「エスカレーターはあるわけですね？　動く歩道という言い方がありますが、動かなくても歩道は歩道でしょう。そこから七階に上がれませんか？」

確かにそうだ、と木本が頭を掻いた。

「エスカレーターなら、歩いて上れる」

どこにあるんだ、と冬木が言った。近いよ、と木本が通路を指さした。

「少し戻って、二本目の角を右に折れればすぐだ。行こう」

通路の奥には何があるの、と夏美は木本の腕を押さえた。自分でも理由がわからなかったが、嫌な予感がしていた。飲食店とライブショーのステージ、と木本が即答した。

「それがどうしたの？」

小さくうなずいて、夏美は通路を進んだ。左右に客室があり、二十メートルほど先の角を右に曲がると、木本の言った通り、いくつかの飲食店とライブ用のステージが奥に見えた。

静か過ぎる、と夏美は足を止めた。これは予兆だ。経験があった。

「下がって！」

叫びながら、床に伏せた。次の瞬間、激しい爆発音と共に左右の客室から火の手が上がった。

爆風で吹き飛んだドアが、通路に伏せた夏美の頭上をかすめていった。並んでいる二つの客室から、炎が上がっている。火勢も激しい。ダクト内を通って飲食店にガスを供給しているガス管が割れて、客室に広がっていたのだろう。

腰を屈めて近づいてきた雅代が、抱えていた消火器のノズルを伸ばした。どこから持ってきたのか、とは聞かなかった。

建物、施設など、初めて入る場所でも、プロの消防士なら無意識のうちに消火設備をチェックしている。消火器がどこにあるか、捜すまでもなかっただろう。

「あたしが火を消します。その間に、柳さんは全員を集めてください」

二本の消火器を抱えて、夏美は炎が上がっている客室の正面に回った。室内は凄まじい状況だった。黒煙が絶え間無く噴き出し続けている。床にすべての調度品が散乱して、足の踏み場もないほどだ。

ただ、客室が狭いため、出火場所はすぐわかった。消火器のノズルを向け、消火液を浴びせると、火勢が衰えていった。

鼻をつく焦げた臭いは、プラスチックが燃えているのだろう。背後では雅代が避難誘導を行っていた。

雅代との間で、連携を確認する必要はなかった。夏美が雅代を信じているように、雅代も夏美を信頼している。お互いが何をどうするか、言葉を交わすまでもなく意思は伝わる。

夏美が消火器で炎を消したのを確認した雅代が、全員を誘導して通路を進んでいく。最後尾を歩いていたのは、美由紀を背負った敦司だ。

三つ目の客室の炎に向けて、夏美は消火器を構えた。ガスが漏れ続けているので、完全に消すことはできない。それでも、炎と煙を一時的に抑えれば、全員がエスカレーターまで進める。

客室の中に踏み込んで、消火器のノズルを炎に向けた。雅代たちが背後を通り過ぎていく足音が聞こえた。

大丈夫ですという長田の声に、消火器を捨てて飛び出した。その瞬間、また爆発が連続して起きた。

左右の客室のドアから、通路に煙が流れ込んでいる。駆け出した夏美を追いかけるように、全客室から炎が上がった。

「無事ですか?」

夏美の呼びかけにうなずいた木本が、あそこにエスカレーターがある、と指さした。

「だけど……」

十度ほどの傾斜が三十メートル続く、長いエスカレーターの中央が陥没(かんぼつ)していた。捩(ねじ)れたステップが途中で断裂して、五メートル近い穴になっている。飛び越えることは不可能だ。

背後では、客室から上がった炎が天井を焦がし始めていた。戻ることはできない。他のルートは塞(ふさ)がれている。ここまでか、と夏美は唇を噛(か)んだ。

だが、諦(あきら)めるわけにはいかない。上の階へ続くルートはないのか。

「あれは使えませんか?」

肘を押さえて隣に並んだ長田が、床の吹き抜け部分を通っている竹のオブジェを目で指した。

「五、六メートルはあります。あれを橋にしてはどうでしょう」

二本の太い竹に、電飾のコードが絡まり、紅いライトが弱々しく点滅していた。ソーラータイプの電源のようだ。

冬木さん、と何度も咳をしながら長田が声をかけた。今までも咳き込むことはあったが、呼吸が苦しそうだった。

「手伝ってください。あの竹を使うんです」

舌打ちした冬木が、竹のオブジェに歩み寄った。敦司は背負っている美由紀のことで精一杯だろう。進み出た木本と並んで、夏美は竹を摑んだ。

三人で引き上げると、簡単に竹が浮いた。軽くはないが、持ち上げることは十分に可能だ。

ある程度上げると、後は簡単だった。斜めになった竹を引きずり、フロアに倒した。五メートル以上の孟宗竹（もうそうちく）だ。

ここまではいいが、どうするつもりだ、と冬木が二の腕で顔の汗を拭った。

「エスカレーターまで運んで、穴の上に架（か）ければ、橋の代わりになるだろう。だが、どうやって渡る？　俺と敦司はどうにかなるが、年寄りには無理だ。あんたの先輩は怪我をしているし――」

奇声を上げた長田が、いきなり冬木に飛びついた。冬木の方が大柄だが、勢いに押されて、二人が重なるようにして床に倒れ込んだ。

何をすると怒鳴った冬木が目を見開いた。天井から降ってきたシャンデリアが、長田の背中を直撃していた。

夏美は砕けたシャンデリアを両手で払いのけ、長田の体を引きずり出した。ガラスの破片が全身に突き刺さり、腕や足から血が流れている。

ガラスの破片を慎重に抜き、夏美は傷口に目を向けた。ざっくり切れた後頭部から血が流れていた。

傷そのものは浅いが、出血が激しい。着ていた服の袖を引きちぎって、包帯代わりに巻き付けた。

なぜだ、と立ち上がった冬木がつぶやいた。

「どうして俺を助けた？　あんたのことを足手まといだと言っていた俺を……」

あなたなら、ここにいる人たちを救うことができます、と掠れた声で長田が言った。咳と同時に血の混じった痰が床に散った。

「わたしは足手まといになるだけです。でも、あなたは――」

そんなことはない、と冬木が頭を振った。

「俺は自分のことしか考えていない。自分が助かればそれでいいんだ」

わたしだってそうです、と長田が力のない笑みを浮かべた。

「でも、考えてみてください。あなたが助かるためには、他の人の力が必要です。一人ではどうにもならない状況だと、あなただってわかっているはずだ」

悟ったようなことを言うな、と冬木が吐き捨てた。

「あんたに何がわかる？　俺は――」

何も、と長田が首を振った。

「わたしは坊主ですが、悟りを開いているわけでもないし、何もわかっちゃいません。ただ、あなたがいなければ、この場にいる全員が助からないことぐらいはわかりますよ」

長田が目をつぶった。痰が喉に詰まっているのか、荒い呼吸音が聞こえた。

額に手を当てた房子が、熱がありますと首を振った。名前を呼んだが、返事はなかった。

畜生、と唸り声を上げた冬木が向き直った。

「橋を架ければいいんだな？　だが、渡れるかどうか、そこまではわからんぞ」

夏美は竹の先端を持ち上げた。横を冬木が、後ろを木本と大竹が抱えた。

そのままエスカレーターに向かって進み、穴の端で止まった。夏美と冬木が宙で支えている竹を、後ろから木本が押すと、竹の先が穴の向こうに届いた。

「渡れるか？」

冬木の問いに、夏美は竹を見下ろした。太い二本の竹が電飾コードで結ばれている。一本の直径は二十センチほどだから、足場としては四十センチの幅があった。

ただし、その下は奈落だ。足を踏み外せば、下のフロアまで落下するしかない。竹の表面は丸く、滑りやすい。船自体にも傾斜がある。距離としては五メートルに過ぎないが、渡り切れるかどうか、夏美自身確信はなかった。

俺が渡る、と美由紀を背負った敦司がスニーカーを脱ぎ、裸足になった。落ちていた長い電飾コードを、冬木が拾い上げた。

「お前なら行けるだろう。向こうに着いたら、このコードを引っ張って空中に張るんだ。支えにはならないが、落ちそうになったら摑めばバランスは取れる。何にもないよりましだ」

うなずいた敦司が美由紀を背負い直した。お前も行けるな、と冬木が木本の肩を強く叩いた。

「俺と消防士の二人は、自力でどうにかする。だが、作家先生と奥さんはどうかな。もっと厳しいのは坊主のオッサンだ。気を失ってる。背負って渡るしかないが、できると思うか？」

厳しいでしょう、と夏美はうなずいた。はっきり言うが、と冬木が顔を近づけて囁いた。

「ここで老夫婦とオッサンを捨てる選択肢もある。借りがあるのは確かだが、もたもたしてたら、ここにも火の手が回る。一刻も早く上へ行かなきゃならない。見殺しにできないというあんたの立場はわかるが、法律にも緊急避難って奴があるはずだ。どうしようもない状況なら、他人を犠牲にしても仕方ない。そうだろ?」

いいえ、と夏美は強く首を振った。

「全員を助けます。見捨てて逃げるようなことはしません」

さすがは学級委員だ、と冬木が頰に苦笑いを浮かべた。

「だが、現実を見ろ。もう何人も死んでいる。一人二人増えたって、それは誰の責任でもない。今生きてる人間、可能性のある人間を優先すべきじゃないか?」

何度でも言いますが、誰を優先するつもりもありません、と夏美は冬木の目を見つめた。

「わたしは誰も死なせません。絶対に助けます。誰かを見捨てて逃げたら、一生悔やむことになるとわかっています。わたしはそんなに強い人間じゃないんです」

静かにうなずいた冬木が、俺もそうだ、とつぶやいた。

「オッサンは俺が担いで向こうまで運ぶ。心配するな、落としたりはしない」

信じてますと言った夏美の前で、紐で結んだスニーカーを首から下げた敦司が、美由紀を背負ったまま竹の橋を渡り始めていた。交互に素早く脚を動かしていく姿には、安定感があった。

十秒かけずに渡り切った敦司が、美由紀を背負ったまま延ばした電飾コードを一メートルほどの高さで張った。

敦司と冬木が端を握っているだけなので、人間の体重を支えることはできないが、あるだけでバランスが取りやすくなる。細いコードだが、文字通り命綱だ。

まず雅代が渡った。足取りが不安定なのは、肩をかばっているからだろう。

木本はそれ以上に危うかったが、何とか渡り切った。こちら側では夏美が、向こう側では雅代と木本が、それぞれ竹を押さえている。滑ることさえ気をつけていれば、足場は安定していた。

天井から火の粉が降ってきた。上のフロアで火災が起きているのだろう。

全フロアに飲食店があり、ガス調理器具を使っている店舗もあった。破損したガス管からガスが漏れているとすれば、大火災が発生しても不思議ではない。

残ったのは夏美、冬木、そして大竹と房子だった。我々の番ですな、と大竹が房子の手を取った。二人同時に渡ろうとしているとわかったが、夏美は止めなかった。リスクは変わらない。

大竹が怖々（こわごわ）と足を踏み出した。背後から腰に手を回した房子が続いた。

雅代と木本が全体重をかけて、竹の橋を押さえている。足場は安定していたが、三分の一ほど進んだところで、大竹の足が止まった。凄まじい勢いで膝が震え出していた。

「先生、下を見ないで！」

木本が悲鳴を上げた。立ち尽くした大竹が摑んだ電飾コードが大きく揺れている。落ち着いてください、と背後で房子が何度も繰り返していた。

「冬木さん、コードを張って！」立ち上がった雅代が叫んだ。「先生、コードを手摺りにしてください。一歩ずつ、前に進むんです」

夏美たちの背後で、客室の一部が吹き飛んだ。ガスの漏出量が多くなっているのだろう。床にも炎が広がり始めている。

行ってください、と夏美は冬木の手からコードを取り上げた。

「最後はわたしです。長田さんをお願いします。もうひとつ、わたしは学級委員じゃありません。消防士です」

認めるよ、とうなずいた冬木が長田の体を背負った。

「だが、コードを持つ者がいなくなる。大丈夫か？」

訓練を積んでます、と夏美は答えた。実際にはロープ渡りの経験こそあったが、これだけ不安定な足場の上で訓練をしたことはない。

恐怖で足がすくんだが、このままでは火災に巻き込まれるだけだ。進むしかない。

「先生、あと一メートル！」頑張って、と雅代が叫んだ。「急いでください！　炎が上がってる！」

長田を背負った冬木が、竹の橋に足を掛けた。大竹と房子が渡り終えるまで、待つつもりなのだろう。

夏美はコードを強く引いて、張りを保った。向こう側では敦司が全身に力を込めている。

コードを手で摑んだ大竹が一歩進んだが、バランスが崩れていた。慌てたのか、房子が腰から手を離した。悲鳴。夏美は目をつぶった。

「誰か！」

叫び声に、目を開けた。大竹と房子の体が、竹の両サイドにぶら下がっている。床に伏せ、二人の腕を摑んでいたのは雅代だった。

離さないで、と苦痛に顔を歪めた雅代が呻き声を上げた。敦司が腕を伸ばし、大竹の襟元を摑んで引っ張り上げた。木本は房子だ。

五メートル離れている夏美にも、荒い呼吸音が聞こえた。肩を押さえた雅代の顔が蒼白になっていた。骨折している肩で大竹を支えたのだ。気絶しないのが不思議なくらいだった。

行くぞ、と長田を背負った冬木が素早い足取りで竹の橋を渡り始めた。長田をホールドする腕に力がこもっていた。

すぐに渡り切った冬木が、来いと叫んだ。夏美はコードを手から離して、最初の一歩を踏み出した。

支えは何もない。自分のバランス感覚だけが頼りだ。素足で竹を踏み締めた。

顔を上げると、全員が手を伸ばしていた。渡り終えた冬木も長田を背負ったまま、下を見るなと叫んでいる。

夏美の体が揺れるのは、バランスを失ったからではない。船そのものが揺れ動いているためだ。

慎重に足場を探りながら、半歩ずつ進んだ。声が出ない。呼吸することも忘れていた。

一分かけて、五メートルの橋を渡り切った。全身が汗で濡れていた。

心臓に悪い、と呻いた冬木に、そうでもありません、と夏美は言った。

「あたしたちは、毎日こんなものです」

上へ行くぞ、と冬木がうなずいた。夏美は雅代を支えて、後に続いた。

AM03：23

どちらへ行かれるのですか、と松川が同じ質問を繰り返した。ブリッジへ戻り、そこで待機せよと山野辺は命じた。

「我々は十一階へ行かなければならない。石倉先生ご夫妻に、状況を説明する責任がある」

松川が小さく舌打ちした。山野辺に対する信頼など、とっくになくなっているのだろう。睨みつけた真っ赤な目からは、今にも血が噴き出しそうだった。

我々も同行します、と松川が従っていた四人の船員を指さした。

「その義務があると考えます」

先に行けと長岡に目配せしてから、そんな義務などないと山野辺は大喝した。

「義務があるとすれば、四階サブコンを死守することだ。そう命じたはずだぞ」

四階は限界です、と松川が答えた。君には命令の意味がわかっていない、と山野辺は口元を歪めた。

「船における船長命令は絶対だ。抗命する気か？」

「船長としての義務を果たしていない者の命令に従う理由はないと考えます」松川が通路の天井を見上げた。「スイートヴィラには、緊急避難用ポッド、ＥＥＬＳが設置されています。あれに乗って逃げるつもりですね？」

馬鹿なことを言うな、と山野辺は松川の肩を強く突いた。

「君は船長を侮辱するのか。そんなことが許されると思ってるのか？」

報告しなければならないことは別にあるはずです、と松川が肩を手で払った。

「本船が漂流物と衝突し、浸水があったのは、明らかにあなたのミスです。我々を含め、生き残ったすべての船員が証言しますよ。その後もあなたは浸水の事実を認めず、海保への報告を意図的に遅らせた。沈没に至るまでの経緯、そして避難勧告の遅れについて、どう申し開きするつもりですか？」

どいてください、と松川が足を踏み出した。何をする、と山野辺は咄嗟に通路を塞いだ。

「ここで君と議論している時間はない。我々は十一階に行かなければならない」

「自分だけ逃げると？　船を捨てて、身の安全を確保するつもりですか？　そんなこと、許されるはずがないでしょう」

待て、と山野辺は両手を広げた。命令しても、松川は従わない。それなら懐柔するしかない。

「頼む、ブリッジに戻って待機してくれ。これは君たちのためなんだ。我々はＥＥＬＳで石倉先生と奥様を脱出させる。衆議院議員の石倉先生自らが救援を要請すれば、海保も出動せざるを得ない。彼らが船内に残っている君たち全員を救出する」

あなたは何もわかっていない、と松川が背後を指さした。

「我々がどうやって四階からここまで上がってきたと思ってるんですか。エレベーター、エスカレーター、階段、どれも使用できませんでした。外デッキの非常階段でここまで来たんです。外は凄まじい台風です。こんな暴風雨の中、海保も救援活動はできません」

「落ち着け。悪天候はわかっている。だが、海保の立場としても、衆議院議員を救助しないわけにはいかんだろう」山野辺は意識して口調を和らげた。「石倉先生の救助は、イコール本船に残っている船員の救助に繋がる。君は船で待っていてくれ。私がポッドに乗るのは君たちのためで――」

同行します、と松川が話を遮った。やむを得ないと小さく肩をすくめて、山野辺は傾いた通路を歩き始めた。

AM03:30

畜生、と北条は叫んだ。声が五階フロアの天井に吸い込まれていった。

五階の従業員休憩室で救出した三人のウエイトレスを連れて、外デッキの階段から六階へ上がろうとしたが、異常な勢いで降り注ぐ雨と凄まじい強風に、無理だと判断して船内に戻った。

負傷していたウエイトレスに加え、もう一人が脱水症状を起こして倒れたためもあった。北条一人ではどうにもならない。水分を補給して、体力の回復を待つしかなかったが、そのために貴重な時間が失われていた。

もうひとつ、失ったものがあった。避難路だ。

五階フロアで発生した火災の熱を感知したコンピューターが防火扉を閉鎖していた。炎から逃れることはできたが、その代わり五階フロア中央部に閉じ込められる形になっていた。

ここにいてもどうにもならない、と北条は上に目を向けた。

「いずれ船は沈む。その前にここから脱出するんだ。五階フロアについて知ってることはないか？」

ワカラナイ、とウエイトレスが繰り返した。彼女たちはひとつの店で働いている従業員に過ぎない。フロア内を見て回ったことはあっただろうが、どこに何があったか記憶しているはずもなかった。

今いる五階フロアの中央部は、大きく二つに分かれている。客室エリアとレセプション会場だ。

階段とエスカレーターの位置は知っていたが、どちらも防火扉の外側だった。まだ火災が続いているから、出ることはできない。

客室から逃げることは不可能だ。望みがあるとすれば、レセプション会場しかない。

ステージ上に、五台のイタリア車が展示されていたが、メーカーによる説明会が予定されていたのは、北条も聞いていた。

広いステージを見て回ったが、六階に繋がるルートはなかった。三人のウエイトレスがステージに座り込み、お互いの肩を抱いて泣き始めている。絶望している彼女たちを慰める言葉はなかった。

気づくと、異臭が漂っていた。客室から煙が流れ込んでいる。状況は最悪だった。

結局は天井だ、と北条は顔を上げた。高さは六メートルほどで、天井を破壊できれば、六階に上がれる。

だが、天井は鉄の枠に分厚いオーク材を塡め込んだ頑丈な造りだった。作業員が専用の機材を使う以外、穴を空けることは不可能だし、梯子すらないのだから、手も届かない。

馬鹿野郎と叫んで、近くにあったアルファ ロメオのボディを蹴った。フェラーリ、ランボルギーニ、マセラティ、ランチア。高級イタリア車が並んでいる様は壮観だった。

車にはそれぞれスペック表示があった。一番大きいのはランボルギーニ・アヴェンタドールLP700－4クーペ・スポーツ・スペシャリティだ。

全長四百七十八センチ、全高百十三・六センチ。価格、四千九百七十三万円。郊外なら一軒家が買える金額だ。無性に腹が立って、北条はもう一度ドアを蹴飛ばした。

足に奇妙な感触があった。半ドアになっていたとわかり、ドアに手を掛けると、あっさり開いた。ハンドルの下にキーが差さっていた。

レセプション会場にディスプレイされている車は、外から運び込まれている。専用の通路を作り、メーカーの人間が運転して、ここまで搬入したのだ。

船から車を盗む者などいるはずもないし、持ち歩いて紛失すると面倒だから、キーを差したままにしているのだろう。

量はともかく、タンクにはガソリンが残っているはずだ。運転することもできる。

ステージ上に、球形、三角形、立方体、直方体、その他さまざまな形の白い木製オブジェがあった。重いが、動かすことは可能だ。手伝えと叫んで、北条はいくつかのオブジェを積み上げ始めた。

バランスも何もない不安定な形だったが、ジャンプ台としての役割を果たしてくれれば、十分だ。重ねたオブジェに直方体のオブジェを斜めに架けると、それで準備が終わった。

下がってろと命じて、アヴェンタドールの運転席に座った。トランスミッションは七速のオートマチックだ。ギアをバックに叩き込んだ。

静かにアクセルを踏んだが、アヴェンタドールの加速は凄まじかった。急発進した車体の後部がランチアとアルファ ロメオのフロントに衝突し、一瞬で大破した。

知ったことかとつぶやいて、北条はステージの端までアヴェンタドールを後退させた。五十メートルほどのコースが正面に見える。

「そこをどけ！」

北条の怒鳴り声に、ウエイトレスたちがステージから飛び降りた。強くアクセルを踏むと、鼓膜を破りそうなエンジン音と共にアヴェンタドールがタイヤを鳴らして発進した。

五十メートルの距離を二秒で走り抜けたアヴェンタドールの前輪が、ジャンプ台を噛んだ。瞬間、フロントが浮き上がり、そのまま宙に向かって飛び出した。

飛距離は二メートルほどだったが、ステージそのものが三メートルの高さで、車の全長は五メートル近い。

ジャンプした二メートルも合わせ、トータル十メートルを飛んだアヴェンタドールが六階の天井に突き刺さり、巨大な穴を空けた。

回転するタイヤの前進力で、数秒間バランスを保っていたが、そのまま落下した。北条はハンドルにしがみついた。

左に傾(かし)いでいた車体に強い衝撃が加わり、大きく跳ねた。だが、芸術性と堅牢(けんろう)さを兼ね備えたアヴェンタドールの車体が壊れることはなかった。

割れたフロントガラスを足で蹴って、外へ出た。ウエイトレスたちが泣きながら飛びついてきた。

あの穴から上がるぞ、と北条は天井を指さした。

「足場を組む。何でもいいから、その辺にある物を持ってこい」

うなずいた三人が思い思いの方向へ散らばっていった。諦めない、と北条は大きく空いた穴を睨みつけた。

AM03:38

今の音は、と夏美は顔を上げた。大波に翻弄されているレインボー号の船体が軋み、至るところで騒音が起きているが、その音は異質だった。

車のエンジン音みたいだ、と雅代が首を捻った。

「船の中を車が走るなんて、そんなことあるはずない」

「でも……聞こえました」

夏美はエスカレーターを上り切ったところで振り返った。あらゆる場所で様々な異音が交錯しているため、方向はわからなかったが、間違いなくエンジン音だった。

「何かが衝突したような音も……まだ生きてる人がいる？　その人が車を走らせた？」

早くしろ、と上から冬木が声をかけた。木本の先導で、他の者は七階から八階を目指している。

ここにいたってどうにもならない、と冬木が怒鳴った。

「九階に上がって、救命ボートで逃げないとまずい。どう考えたって、この船は長く保たない。全員で逃げるんだ」

ずいぶん言うことが変わった、と雅代が苦笑を浮かべた。

「他人のことなんか、どうでもよかったんじゃなかったの？」

「俺はいい加減な男なんだ」

鼻をこすった冬木の背中で、意識を取り戻した長田が自分で歩きますと言った。行こう、と夏美の腕を引いた雅代が目を見開いた。

「あれは……何？」

夏美はエスカレーターの下を見た。人間だとわかるまで、少し間があった。

破れた服を着て、全身ずぶ濡れになっている男、その後ろにいる三人の外国人女性。いったいどこから上がってきたのか。

ここです、と夏美は両手を振って叫んだ。

「エスカレーターがあるのがわかりますか？」

くぐもった声が聞こえた。汚い言葉を叫んでいるようだが、よく聞こえない。

「この船の船員ですか？　竹のオブジェで、橋が架かっています。渡ってこっちへ――」

客室係の北条だ、とエスカレーターの下で止まった男が腰に手を当てて呻いた。怪我をしてるんですかと叫んだ雅代に、たいしたことはないと答えた。

「こいつを渡れって？　あんたたちもそうしたのか？　無茶なことを……」

さっさと来い、と冬木が怒鳴った。激しく咳き込んだ長田が目を丸くして北条たちを見つめている。

「その辺りに電飾コードが落ちています」こっちに投げてください、と夏美は上から叫んだ。「バランスを取るために必要です」

床に落ちていたコードを、北条が自分の革靴に結び付けて放った。五メートルほどの距離だ。届いた靴を拾い上げて、夏美はコードを強く引いた。

「女性が先です。あなたはコードを持っていてください」

うなずいた北条が、三人のウエイトレスに説明を始めた。怯えた表情になった三人が、できないと体を震わせたが、北条が怒鳴りつけると、おぼつかない足取りで橋を渡り始めた。

「どこにいたんだ？」

夏美の隣に立った冬木が叫んだ。五階だ、と北条が答えた。

「自分でも感心してる。よくここまで上がってきたもんだ」

どうやって六階へ上がったと聞いた冬木に、レセプション会場にあった高級外車で天井を破った、と北条が言った。馬鹿がもう一人増えた、と冬木が苦笑した。

もうひと踏ん張りです、と夏美が励ましている横で、冬木が一人目のウエイトレスの腕を摑んだ。二人目、三人目が続き、竹の橋を渡り終えた。

俺はどうしたらいい、と握っていたコードを捨てた北条が叫んだ。

「船員だろ？　自分で何とかしろよ」

冬木の返事に、客室係だと言ったはずだと怒鳴った北条が、両手を広げてバランスを取りながら足を踏み出した。

わたしを見てください、と夏美は手でメガホンを作った。

「下を見ないで、まっすぐ進んでください」

高いところなんか大嫌いだと吐き捨てた北条が、慎重に歩を進めた。背後で爆発音が響いている。フロアで火災が発生したのが、夏美にもわかった。

北条が伸ばした手を冬木が摑んだ。ジャンプした北条の体を受け止めた夏美の前で、一回転した竹の橋が下へ落ちていった。

死ぬかと思ったとつぶやいた北条が、他に誰かいるのかと辺りを見回した。あと五人います、と夏美は言った。

「上へのルートを捜しています。行きましょう、歩けますか？」

この船はいったいどうなってるんだ、と横に回った冬木が尋ねた。船が何かの漂流物に衝突したのは確かだ、と北条が靴を履いた。

「そこまでは不可抗力だったかもしれんが、ここまでの事態になったのは、船長の責任だ。船底に穴が空き、浸水していることに気づいていたのに、隠蔽しようとした。乗客に対して避難勧告どころか、正確な情報を伝えてもいない。客室で待機するように命じてさえいる。最悪だよ」

そんなことだろうと思った、と冬木が長田の背中を手で支えながら歩を進めた。九階に救命ボートがありますね、と夏美は天井を指した。

「それに乗って逃げることはできますか？」

ボートはある、と北条がうなずいた。

「だが、整備不良でロックが外れない。船員用の救命筏は、全艇海に出た。他に脱出する手段はない。どうにかして、電動ウインチのロックを外すしかないが……」

雅代が足を止めた。大竹夫妻、敦司と美由紀、そして木本が七階の階段下で立ち尽くしていた。

「八階までは上がれる」木本が訴えるように言った。「でも、フロアは火の海だ。ここから上へは行けない。おまけに、通路も燃えてる。外デッキに出ることもできない。最悪だよ」

「全部調べた？」

雅代の問いに、もちろん、と木本が左右を指した。

「通路の両側が燃えてて、通れない。今、階段は燃えてないけど、このままだと通路が全部焼ける。そうなったら、どうすることもできないよ」

下も火事だ、と冬木が吐き捨てるように叫んだ。

「いよいよここで終わりか……残念だったな、消防士」

消防士なのか、と驚きの表情を浮かべた北条が額に指を押し当てた。

「おれたちがいるのは、七階だ。今の話だと、八階へ上がった辺りの通路は燃えていないんだな？」

そうだよとうなずいた木本が、客室係だねと言った。赤いブレザーでわかったのだろう。クルーより客室係の方が船の内部には詳しい、と北条が肩をすくめた。

「階段を上がったところに、インターネットルームに通じるドアがある。あのエリアはガラスで囲われているだけだ。窓を破れば、デッキに出ることができる」

見たよ、と木本が首を振った。

「でも、インターネットルームからも火が出てた。火の海とは言わないけど、中に入ってガラスを割るなんて無理だ。あのエリアの窓は強化ガラスだし、割るには時間がかかる。デッキに出たとしても、こんなに船が傾いてるのに、九階まで行けると思う？　螺旋階段で足場も悪いし……」

八階に消火栓がある、と北条が上を指さした。

「ホースを延ばせば、インターネットルームに届く。火は消防士が消す。おれたちは窓ガラスをぶち破る。外デッキの階段が危険なのは、おれだってわかってる。だが、九階に上がるには、それ以外方法がない」

待ってください、と長田が額から垂れていた血を押さえながら口を開いた。

「九階に上がったとしても、救命ボートは使えないと言ってましたよね。それでも行くべきだと?」

ここにいたって死ぬ、と冬木が首を振った。

「救命ボートがどうなっているかはわからん。たぶん使えないだろう。だが、ここに留まっているより、一パーセントでも助かる可能性はある」

あまり考えたくありませんが、と話を聞いていた大竹が小さなため息をついた。

「船が沈没すれば、死ぬのは間違いありません。ですが、いずれ船は引き揚げられますよね? 船の中の遺体は発見されやすいでしょうが、海に落ちたら百年経っても見つかりませんよ。同じ死ぬなら——」

死なせません、と夏美は大竹の腕を握り締めた。

「先生、生きるんです。生きて戻るために、どんなに低くても可能性があるなら、それを信じましょう」

八階から九階まで、螺旋階段の距離は九メートルだと北条が言った。

「その途中に、タイタニックブースといって、乗客が記念撮影をするためのスポットがある。海の上に突き出す形で、鎖だけはあるが手摺りはない。危険なのはわかってる。だが、九階に上るルートは他にない」

行くしかねえな、と美由紀を背負ったまま敦司がつぶやいた。大きくうなずいたのは房子だった。

「冬木さんと敦司さんはあたしと一緒に来てください」あなたも、と夏美は北条の肩に触れた。「柳さん、他の人たちとテーブルクロスやカーテン、何でもいいですからロープの代わりになる物を探してください。命綱にするんです」

雅代が木本と三人のウエイトレスに声をかけて、フロアの客室や店舗に向かった。夏美は素早く階段を駆け上がり、八階の通路を見渡した。

左右で激しい炎が上がっている。天井のスプリンクラーは稼働していない。

左右から炎が迫っていた。敵意を剝き出しにしている。

壁を、床を、天井を燃やし尽くせば、次に襲うのは人間だ。そうはいかない、と歯を食いしばった。

消火栓はここだ、と北条が壁にあった小さな扉を開いた。信じられないほど旧式の消火栓で、ホースも短く、筒先も小さい。だが、それ以外消火に使える物はなかった。

北条がホースを送り出し、夏美はインターネットルームの扉の前で筒先を構えた。合図すると、冬木と敦司が扉を強く蹴った。熱風が押し寄せてきて、夏美は床に伏せた。

ただ、火勢はそれほど強くなかった。行くぞと北条が叫ぶのと同時に、ホースが手の中で撥（は）ねた。筒先から放水が始まった。

燃えているのは主に床で、壁や天井に燃え移ってはいない。夏美は体勢を整えて、火点を確認しながら放水を続けた。

　五分ほどで、炎が小さくなった。油断はできないが、中には入れるだろう。

　筒先を握ったまま、来てくださいと叫んだ。北条が先に立って、インターネットルームに足を踏み入れた。

　二十ほどの個室があり、デスクにノートパソコンが載っている。正面に大きなガラス窓があった。

　冬木が踵でガラスを強く蹴ったが、微動だにしなかった。ノートパソコンを持ち上げた敦司が、そのままガラスに思いきり叩きつけた。

　跳ね返されたが、諦めることなく、二度、三度と同じ動きを繰り返した。そこに北条と冬木が椅子やパソコンを持って加わった。

　何十回もガラス窓を叩いていると、白い曇りが浮かんだ。打撃の衝撃で、内部に罅が生じたのだ。

　それでも、ガラスは割れなかった。消えかけていた炎が再び勢いを増し、数カ所で壁に飛び火している。消火栓からの放水が弱まっていたが、水タンクが空になったのだろう。消せるのか。

　冬木たちが叩きつけていたパソコンは、すべて原形を留めていなかった。椅子も壊れている。喚きながら敦司がガラスに蹴りを入れたが、割れる気配すらなかった。

手伝ってくれ、とインターネットルームの奥で叫び声がした。北条が重いデスクトップパソコンを台車に載せていた。

「押さえてくれ。このまま突っ込む」

夏美は敦司とデスクを移動させて道を作った。距離、十メートル。台車の後ろに北条と冬木がついて、叫び声と同時に強く押した。

二人の体重、そしてデスクトップパソコンと台車、合計二百五十キロ以上ある。猛然とぶつかっていくと、細かい破片になったガラスが砕け散った。

凄まじい勢いで吹き付けてくる雨と風を全身に浴びながら、夏美は外に出た。二十メートル先に、曲がりくねった鉄色の階段が見えた。

「柳さん、こっちです！　急いで！」

インターネットルームの壁に、燃え移った炎が広がり始めていた。

AM03：45

山野辺は傾いた階段を上がった。すぐ後ろにいる松川の表情が醜く歪んでいるのは、生への執着心の表れなのだろう。

自分も同じ顔になっているに違いないと思いながら、山野辺は腕で松川の体を押さえ付けるようにして前へ進んだ。

階段を上がりきったところが、スイートヴィラのエントランスだった。ノックせずにドアを開くと、怯えた表情の石倉と妻の琴江がそこにいた。

「いったい何なんだ、君たちは！　彼らは何をしている？」

救命ポッドの準備をしています、と山野辺は外を指さした。舷側に設置されているスリップウェイを通過し、海面に降下するフリーフォール式の救命ポッド、ＥＥＬＳだ。

発進スイッチはポッド内部、そしてスライダー上部にあり、どちらからでも操作可能だった。長岡がロックを外し、乗船準備を始めている。

「石倉議員、本船に発生した事故と、その対応については山野辺船長が全責任を負います」しかし、と松川が一歩前に出た。「あなたがコース変更を要請したことも、事故の遠因です。責任回避は許されません。船長とあなたには本船に留まっていただきます」

石倉先生に無礼だと思わんのか、と山野辺は松川の腕を摑んだ。

「私には海保への説明責任がある。我々がポッドに乗り込むのは緊急避難であり、君たちを救うためにはこうするしかない。ポッドの定員は十人、全員が乗船するのは不可能だ」

「少なくとも、あなたは船に残るべきだ」それが船長の責任でしょう、と松川が壁を叩いた。「我々を見殺しにする気ですね？　死人に口なし、ということですか？」

外からヴィラに戻ってきた長岡が、ポッドの準備が整いましたと全身ずぶ濡れのまま報告した。石倉先生と奥様をお乗せしろ、と山野辺は命じた。

「私もすぐに行く。オフィサーは外で待機」

長岡の誘導で、石倉と琴江がヴィラの外へ向かった。船長には義務と責任があります、と松川が叫んだ。

「あなたは最後まで船に留まるべきだ。自分だけ逃げるなど――」

松川の背後にいた四人のクルーが前に出た。山野辺は制服のポケットに手を入れ、救援信号を発射する照明銃を取り出した。

「近づくな、これは銃じゃないが、照明弾が当たれば、怪我をするぞ」

男たちの足が止まった。彼らも船員であり、照明銃の威力は知っている。

照明銃を構えながら、山野辺は後退した。開いたままのドアを抜けて外に出ると、強風と激しい雨が全身を襲った。山野辺を護るため、左右に二人のオフィサーがついた。

二メートルほどの距離を置いて、松川と四人の船員が取り囲んでいる。山野辺が一歩下がれば、彼らも一歩前に出た。距離は変わらない。

船長、と長岡がハッチを開けてポッドに乗り込んだ。

「こちらへ来てください。石倉先生、奥様、そして他クルーもポッドに入りました。いつでも発進できます」

先に行け、と山野辺は自分を護っていた部下たちに顎をしゃくった。その一瞬の隙を衝っいて、包囲していた男たちが飛びかかってきた。

躊躇せず、山野辺は照明銃の引き金を引いた。鈍い音と共に発射された弾丸が、先頭にいた男の上半身に命中した。

照明弾は拳銃の弾丸と違い、先端が尖っていない。そのため貫通力は弱いが、弾頭に埋め込まれている信管が作動すると、マグネシウム粉と硝酸ナトリウムが放出され、瞬間的に燃焼する。

着弾と同時に、船員の体が燃え上がった。悲鳴を上げながら突っ込んでくる。その場に伏せて、山野辺は突進をかわした。

目標を失った船員が、救命ポッドに向かって直進した。止めようと長岡が手を伸ばしたが、遅かった。頭から飛び込んできた船員を避けきれず、もつれる形で倒れた。

次の瞬間、ブザーが鳴り響いた。長岡の体が発進スイッチに当たったのだ。スライダーの上で、ポッドが動き出していた。

悲鳴を上げた長岡が船員の体を押し出そうとしたが、間に合わなかった。ハッチが開いたまま、ポッドが荒れた海へ落ちていく。巨大な波がポッドを呑み込み、何も見えなくなった。

松川、と山野辺は怒声を発した。

「石倉議員を殺したのはお前だ」

自分は何もしていません、と叫んだ松川の頬を平手で張った。ポッドは海に沈んだぞ。それもお前が無茶をしなければ、石倉議員は死なずに済んだ。それもお前の責任だ。どうするつもりだ？」

強烈な風雨が吹きすさぶ中、頭を抱えた松川が膝を折った。立て、と山野辺は命じた。

「まだ手はある。全員、私に協力すると誓うなら、助けてやろう」

その場に残ったのは、山野辺と一緒にいた東原三等航海士と鯨沢甲板手、そして松川と三人のクルーだけになっていた。どうするつもりですか、と松川が体を起こした。

「ポッドは一台だけです。九階のボートは使えないと報告がありました。もうどうにもなりません」

ヴィラに戻れ、と山野辺は落ちていた制帽をかぶり直した。

「台風はピークを過ぎた。一、二時間でこの海域を抜ける。波も多少は収まるだろう。それならチャンスはある」

どういうことですか、と体をふらつかせながら松川が叫んだ。ついてこい、と山野辺はヴィラに入った。

AM03:59

大破したガラス窓から飛び出した木本が、足を滑らせて転倒した。降り注ぐ細かい雨粒が、外に出た全員の体を濡らしている。

夏美の肩に触れた雅代が、空を指さした。かすかにだが、切れた雲の間から薄い光が射していた。

鹿児島県の日の出は午前五時五十三分、と雅代が腕時計に目をやった。

「あと約二時間。少しだけど、風雨も衰えている。海保の救助が間に合うかもしれない」

上がれるか、と冬木が螺旋階段に視線を向けた。九階まで、約九メートル。足元は滑りやすいが、手摺りがついているから、それを使えば上がることができるだろう。

ただ、中央部にタイタニックブースがあり、そこだけは手摺りがない。一本の鎖があるだけだ。

船体が大きく傾いている。傾斜角度は二十五度を超えていた。しかも横風が強い。

このまま上がるのは危険です、と夏美はお互いの体を七階フロアから持ってきていたカーテンやテーブルクロスで結ぶよう指示した。全員で支え合うしかない。

こいつは厳しいぞ、と手摺りを摑んだ北条が怒鳴った。

「階段の角度はほとんど垂直だし、船体の歪みの影響で、部品が外れて足場が不安定になってる。俺も自信がない」

それでも行くしかありません、と夏美は上を見つめた。

「冬木さん、わたしと先発してください。大竹先生と奥様、ウエイトレスの三人は自力で上がれないでしょう。わたしたちが引っ張り上げるしか――」

背後で爆発音が起き、インターネットルームの左側の壁がそのまま倒れてきた。真下にいたのは長田だった。

飛び込んだ北条が長田の体を横抱きにして、デッキに転がった。悲鳴を上げた北条の足首に、大きなガラスの破片が突き刺さっていた。

駆け寄った冬木がガラスを抜き取った。溢れ出した血がデッキを赤く染めた。

この船は最低だと思ってた、と冬木が薄く笑った。

「船長も船員も、自分のことしか考えていないってな。だが、全員ってわけじゃなかったらしい」

船乗りをなめるな、と足を引きずりながら北条が立ち上がった。激痛で顔が歪んでいる。

「乗客を守るためなら、何だってする。俺にはプロのプライドがある」

ポケットから取り出したボトルを向けた北条が、飲むかと言った。いらんと冬木が首を振ると、俺もだとボトルを床に叩きつけた。

わたしのことなんか放っておけばよかったんだ、と長田が激しく咳き込んだ。

「わたしは末期ガンなんです。どうせ死ぬしかない。この船に乗ったのも、自殺するつもりだったからだ。どうして助けたりしたんです?」

知ったことか、と冬木が長田の胸倉を摑んで立ち上がらせた。

「誰にだって事情はある。だが、あんたはまだ生きてる。死なせないぞ」

わたしは死にたいんだ、と長田が雨と涙で濡れた顔を拭った。激しく咳き込んだ背中に、雅代が手を当てた。落ち着くまで、しばらくかかった。

俺は人を殺すためにこの船に乗った、とつぶやいた冬木がショルダーバッグの千枚通しを海に投げた。

「だが、間違っていたらしい。命ってのは、簡単に捨てたり奪ったりするもんじゃないようだ。ここまで来たんだ、生きて帰ろう」

死にたくないんです、と長田が両眼から涙を溢れさせた。伸ばした両手が、激しく震えている。

「本当は死にたくない。助けてください」

「全員で助け合うんです。それ以外、できることはありません」

行きましょう、と夏美は螺旋階段を見つめた。小さく笑った冬木が、お先にどうぞと手を伸ばした。

AM04:00

　どこへ行くんですか、と松川が声をかけた。すぐわかるとだけ答えて、山野辺は傾いた通路を進んだ。

　階段へ向かおうとした山野辺の腕を掴んだ松川が、九階へ降りても無駄ですと首を振った。

「使用可能な救命ボートは、すべて海上へ出ています。数基残っていますが、ロックが外れないため動かせません」

　誰が九階へ行くと言った、と山野辺は腕を振り払った。

「ワンフロア降りるだけだ。十階へ行く」

「十階に何があると？　それより、十一階に留まるべきでは？　本船が沈没するのは時間の問題ですが、十一階にはヘリポートがあります。あそこで海保のヘリを待つのが、最善の策でしょう」

　これだから素人は困る、と山野辺は舌打ちした。

「朝四時だぞ？　日の出まで二時間近くある。この悪天候の中、夜明け前にヘリを飛ばす許可など、下りるはずがない。君がヘリポートに行くというなら、止めはしない。沈没するまでに、ヘリが救助に来る可能性はある。だが、私はそんな馬鹿げたギャンブルはしない。もっと確実に助かる方法がある」

十階にですか、と松川が訝しむように言った。勝手にしろと言い捨てて、山野辺は足早に階段を降り始めた。他の船員たちが、松川を押しのけてその後に続いた。

AM04:01

階段に足を乗せて体重をかけると、不気味な音がはっきりと聞こえた。踏み板のボルトが外れて、浮き上がっている。止まって、と夏美は後ろにいた冬木を手で制した。

「階段が崩れかけています。体重がかかると、壊れるかもしれません。一人ずつ上がるしかありません」

軋む階段を踏み締めながら、夏美は一歩ずつ上がり始めた。手摺りも撓(たわ)んでいて、不安定だ。一晩中豪雨と強風にさらされていたことと、船体の歪みが影響しているのだろう。

船の沈没まで、あと約一時間しかない。それでも、焦って駆け上がるわけにはいかなかった。慎重に進むしかない。

螺旋階段の中央、タイタニックブースまでたどり着いたところで、腰に巻いていた即席のロープを細い鎖に結びつけた。

合図すると、投げた長いロープを摑んだ冬木が上がってきた。それに続いたのは長田、そして木本だ。

男性ばかりなのは、理由があった。女性や老人、負傷者がいる状況で、全員を九階に上げるためには、引っ張り上げるしかない。

火災の現場では、子供、高齢者、女性の救援が優先されるが、それはケースバイケースだ。必要だと判断すれば、男性を先に救う場合もある。他に全員を救出する方法がない以上、当然の措置だ。

下で待機している雅代と北条が、房子の腰にカーテンを裂いて作ったロープをしっかり巻き付けた。ロープを握っていた冬木が、引くぞと怒鳴った。

強風が吹き荒れる中、ゆっくり進んでくださいと夏美は叫んだ。房子がうなずくのと同時に、冬木と木本がロープを引いた。

二分以上かけて、房子がタイタニックブースまで上がった。二人で先に九階へ行ってください、と夏美は木本に命じた。

「この船に一番詳しいのはあなたです。残っている救命ボートを調べてください。ロック解除の方法がわかるかもしれません」

うなずいた木本が房子の手を握って、階段を上がっていった。その間に冬木がロープを下へ投げ、受け取った雅代が美由紀を背負った敦司の体に結んだ。

鳶職の敦司は不安定な足場に慣れているのだろう。素早い足取りでタイタニックブースまでたどり着き、そのまま九階へ向かった。

続いたのは三人のウエイトレスたちだった。恐怖と混乱でパニックに陥っていた三人を、雅代と北条が説得し、一人ずつ上がらせた。

次は先生です、と夏美はロープを階段の下に向かって放り投げた。

「ゆっくりで構いません。大丈夫ですか？」

どうにか、と大竹が足を踏み出した。夏美は空を見上げた。

分厚かった雲がいくつかに割れている。陽は上がっていないが、風雨が少し弱まっているのがわかった。

残っているのは雅代、そして北条だ。肩を負傷していても、消防士である雅代なら、自力で上がることは可能だろう。北条も船に慣れているから、決して難しくはない。

大竹が二段下まで上がってきていた。夏美は手を伸ばして腕を掴もうとしたが、激しい爆発音と共に、船体が大きく傾いた。

伸ばした手が行き場をなくし、掴んだのは大竹が着ていたワイシャツの襟だった。ナイロン製の布が滑って手が離れ、そのまま大竹の体が見えなくなった。

「先生！」

その場に伏せたまま、夏美は叫んだ。下から見上げていた雅代と視線が交錯した。悲痛な表情を浮かべた雅代が目を逸らした。

「消防士！」

冬木の怒鳴り声に、夏美は跳ね起きた。タイタニックブースに腹ばいになった冬木が、両手を伸ばしている。

摑んでいたのは、カーテンで作ったロープだ。大竹の体がロープの先で揺れていた。再び、爆発音と共に船体が激しく震動した。足をすくわれて、夏美は階段から転がり落ちた。強く打った腰から全身に激痛が走り、呼吸ができなくなった。

畜生、とロープを摑んだまま冬木が叫んだ。ロープに裂け目が走っているのが、階段の中段にいる夏美からも見えた。

手を放しなさい、という大竹の掠(かす)れた声が下から聞こえた。

「もうロープは切れる。このままでは、あなたも一緒に落ちます」

黙ってろ、と歯を食いしばった冬木が呻いた。手の皮が剝け、流れた血がロープを真っ赤に染めている。

「先生、手を伸ばしてくれ。こんなぺらぺらのカーテン、長くは保(も)たないぞ」

夏美は両肘だけで体を支え、階段を這い上がった。宙釣りになっている大竹の背中が見えた。冬木が握っていたロープに大竹の体重がかかって、裂け目が徐々に大きくなっている。

ようやくタイタニックブースに上がり、夏美は冬木が握っていたロープを摑んだ。二人なら、大竹の体を引きずりあげることができる。

だが、ロープが大きな音を立てて裂けた。先生、と夏美は叫んだ。

突然、冬木が視界から消えた。何が起きたのかわからないまま、夏美は視線を左右に向けた。目の前に大竹の顔が浮かび上がっていた。

「さっさと引き上げろ」手が保たない、という冬木の怒鳴り声が聞こえた。「急げ、馬鹿消防士！」

夏美は大竹のジャケットの襟をしっかり両手で摑んだ。恐怖で顔面を蒼白にした大竹が、まばたきもせずに見つめている。右の腋（わき）の下に、冬木の顔が半分だけ見えた。

タイタニックブースから飛び降りた冬木が、左手で鎖を摑み、右腕だけで大竹の体を持ち上げている。夏美は大竹の体を引っ張り上げた。勢い余って後ろに倒れたが、すぐ起き上がり、タイタニックブースの端に突進した。

「冬木さん！」

微笑を浮かべた冬木の手が、鎖から外れた。悲鳴を上げながら、夏美は下を見た。荒れた海の中に、冬木が落ちていった。

目を逸らせないまま、呆然とその場に座り込んだ。巨大な波に呑み込まれた冬木が、浮かんでくることはなかった。

　気がつくと、背後から階段の上に引きずり上げられていた。振り向くと、雅代が小さく首を振った。

「神谷の責任じゃない」

　何も言えないまま、夏美は唇を強く嚙んだ。全員上がった、と雅代が言った。

「ボートを調べる。神谷が指揮するしかない」

　冬木さんが、と夏美は両手で顔を覆った。

「どうしてあんな……何であの人が？　自分が死ぬとわかっていて、どうしてあんなことを？」

　命より大事なものがある、と雅代が静かな声で言った。

「火災現場では一人でも多くの命を救え、と教えられてきた。命より大事なものはないと……その通りだけど、命より誇りを選ぶ人もいる」

　誇り、と夏美は涙を拭った。誇りだ、と雅代が繰り返した。

「あたしたち消防士だけじゃない。命より大事なものを、ここに持っている人がいる」雅代が胸にそっと触れた。「冬木さんには抱えている何かがあった。失いかけていた自分の誇りを取り戻すために、大竹先生を救った」

　馬鹿です、と夏美はつぶやいた。

「自分の命を犠牲にして、他人の命を救うなんて、そんな馬鹿な真似をするなんて……それじゃ、まるで、まるで――」

まるで消防士だ、と雅代が皮肉な笑みを浮かべた。激しい風雨の中、二人は目を見交わした。

本当の馬鹿はあたしです、と夏美は涙と雨で濡れている顔を拭った。

「どうして冬木さんを救えなかったのか……」

雅代が優しく夏美の肩を抱いた。

「あたしたちには義務と責任がある。残った人たちを救出しなければならない。負傷しているあたしにはできない。神谷がやるしかない」

夏美は床に手をついて体を起こした。船体はほとんど垂直状態になっている。

下の階で火災が発生している、と雅代が床を足で蹴った。

「さっきの爆発は、一カ所だけじゃなかった。もう逃げ場は上しかない」

上がってこい、という北条の怒鳴り声が聞こえた。行きます、と夏美は両手を使って階段を上がり始めた。

AM04：25

階段を降りていた山野辺の背後で爆発が起き、船体が大きく傾いた。手摺りを掴み損なった鯨沢甲板手が、悲鳴と共に転げ落ちていった。

揺れが収まったのを確認してから、山野辺は立ち上がった。

「放っておけ。助けに行く暇はない」

「船長、もう船体が保ちません」床に手をついたまま、松川が顔だけを向けた。「傾斜が三十度を超えています。このままでは復原力消失角の六十度まで、十分もかからないでしょう。もうどうにもなりません」

十分あれば間に合う、と山野辺は手近のドアに指を当てた。指紋認証装置が働き、ドアが大きく開いた。

「ここは……？」

十階の空中庭園だ、と山野辺は辺りを指さした。目の前に、雨に濡れた人工芝が広がっている。

「あそこに給油タンクがある。階段がついているから、上がるのは簡単だ。右側の壁にラフトが設置されているのが見えるか」

ラフト、と松川がつぶやいた。そうだ、と山野辺はうなずいた。

「イルマーレ社初代社長の話は聞いているだろう。海難事故の際、ラフトで生還した。それ以来、自分の持ち船にレプリカのラフトを飾るようになった。船の守り神ということなんだろう」

レプリカだと聞いています、と松川が雨で濡れた頬を拭った。

「救命ラフトとしての使用は無理でしょう」

可能だ、と山野辺は微笑を浮かべた。

「ラフト内はカスタマイズされていて、実用に耐える。十一階のポッドと比べれば安全性では劣るが、乗員用筏よりよほど頑丈だ。あのラフトで脱出するしかない」

外してこい、と立っていた男たちに山野辺は命じた。

「助かりたかったら、君も手伝え。それぐらいできるだろう」

弾かれたように立ち上がった松川が、給油タンクに向かって駆け出した。慎重に降ろせ、とその背中に山野辺は声をかけた。

AM04:30

夏美を先頭に、十二人の生存者が九階デッキにたどり着いたのは、午前四時半のことだった。

やや勢いが衰えていたが、まだ風雨は強く、吹きさらしの九階デッキに立つと、寒さが全員の体を襲った。体感温度は二、三度だろう。

雅代が大竹夫妻、長田、そして三人のウエイトレスと意識のない美由紀を、コンクリート製のサンデッキの陰に押し込んだ。風雨を避けるための場所はそこしかない。

あと三十分でレインボー号は沈没する。それまでに救命ボートで脱出しなければならない。運が良ければ、海保の救援が間に合うかもしれなかった。

夏美は北条と木本、そして敦司と二艇の救命ボートを調べた。どちらも電動ウインチのロックが錆び付いて、動かないことがすぐにわかった。

電動ウインチを壁から外せばいいんじゃねえのか、と敦司が怒鳴った。できるわけない、と北条が白い息を吐いた。声が震えているのは、寒さのためだ。

「よく見ろ、電動ウインチは、船の九階と十階の舷側に鉄管で固定されている。部品はすべて鋼鉄製で、太いボルトはドックの専用工具でなければ外せない」

他に脱出手段は、と夏美は叫んだ。何もない、と木本が肩を落とした。

ここまで上がってくるために、どれだけの犠牲を払ったか、と夏美は暗い海を見つめた。船倉で焼死した棚橋。海に落ちて死んだ冬木。自分も含め、負傷していない者はいない。

それでも九階を目指したのは、希望があったからだ。救命ボートが使えれば、船から脱出できる。その可能性に賭けていたが、すべては無駄だったのか。

九階デッキで、夏美は左右に目をやった。骨折している雅代、長田、意識を失ったままの美由紀、そして高齢の大竹夫妻は、これ以上動くことができない。

そして、船体の傾きが今までの比ではなくなっていた。船首側が徐々に上がり、船尾は海面下に沈みつつある。

このままでは、船尾が海中に没し、縦方向に沈没するだろう。それまで、どれぐらい時間があるのか。

全員がライフジャケットを装着しているが、荒れた海に放り出されたら、泳ぐことなどできない。波に呑み込まれて溺死するか、それとも低体温症で衰弱死するか、どちらかだ。

大竹先生が言ってた通りかもしれない、と木本が囁いた。

「船の中で死ねば、死体はいつか発見される。でも、海に落ちたら行方不明のままだ。どうにもならないなら、船の中に戻った方がいいんじゃないかな……ぼくの親だって、死体が見つからなかったら、葬式も出せないよ」

ふざけたことを言うな、と北条が木本の胸を突いた。

「こんなところで死にたいか？　海で死ぬのも船内で死ぬのも同じだ。最後まで諦めるな。お前はこの船について詳しいと聞いた。何でもいい、助かる方法を考えろ」

あるわけないだろ、と木本が床を蹴った。来てくれと敦司が声を上げた。

「電動ウインチのロックが外れないから、救命ボートを海に降ろすことができない……あんたはそう言ったよな」

説明しただろう、と北条が怒鳴った。俺はビルの解体現場で働いていたことがある、と敦司が鼻の下を指でこすった。

「溶接の不備や錆なんかで、大型の機械が外れなくなるのは、よくあることなんだ。そういう時、どうするか知ってるか？　壁ごとぶち壊すんだ。そうすりゃ、勝手に機械と一緒に落ちていく。一丁上がりってわけだ」

船体の壁は壊せない、と北条が分厚い舷側の鉄板に触れた。

「鋼鉄製だぞ？　厚さは五センチ以上ある。どうにもならない」

素人は困るぜ、と敦司が大きく口を開けて笑った。

「全部が一枚板のわけねえだろ。何百枚、何千枚か知らないが、鉄板を溶接して壁を作ってる。電動ウインチを固定している太いボルトは、特殊な工具がなけりゃ外せねえだろうが、鉄板を留めているボルトは普通の現場で使う奴だ。レンチ一本で外せるぜ」

レンチなら用具入れにある、と北条がうなずいた。待ってよ、と木本が目を丸くした。

「じゃあ、舷側の壁ごと電動ウインチを外すってこと？」

「ボルトさえ抜けば、舷側の鉄板が外れる。それだけでボートは勝手に海へ落ちていくさ」

ここから海面まで三十メートルある、と北条が下を指さした。

「通常、救命ボートは電動ウインチでバランスとスピードを調節しながら降ろす。人間が乗ったまま落ちたら、海面に激突する際の衝撃がどれほどのものになるか、俺にもわからん。ひとつ間違えば、引っ繰り返ったまま落ちることになる。乗ってる者たちは、全員海に投げ出されるだろう」

後のことなんか知らねえよ、と敦司が横を向いた。

「だけど、このままここで立ち往生してたって死ぬだけだろ？　だったら一か八か、やってみたっていいんじゃねえのか」

もうひとつ問題がある、と北条が今度は上を指さした。

「電動ウインチは九階の舷側、そして十階の壁の二カ所で固定されている。九階のボルトはともかく、今から十階に上がれるか？　この真上は空中庭園で、舷側のボルトを外すための足場がない。十階のボルトが外せなければ、電動ウインチは固定されたままだ」

俺が行くと言った敦司に、あなたは美由紀さんを守る責任があります、と夏美が肩を押さえた。

「敦司さんは九階のボルトを外してください。十階へは――」

待て、と北条が夏美の腕を摑んだ。

「あんたが行く気か？ いくら何でも無茶過ぎる。船のことなど、何も知らないだろう。俺が行く」

「女性にできないと思っているなら、それは間違っています」あたしは消防士です、と夏美は言った。「どれだけ厳しい訓練を積んできたと？ あなた以上のことが、あたしにはできます」

船について知識はないが、修羅場を潜ってきた経験がある。危険な場所での作業にも慣れている。自分が行くのがベストだ、と夏美は判断していた。

一人で行かせるわけにはいかない、と北条が強く首を振った。

「あんたは消防のプロだろうが、俺にも船員としてのプライドがある。一人じゃ無理な作業だ。一緒に行く」

言い争っている時間はない。夏美はサンデッキの陰で風を除けていた雅代のもとへ走った。

「十階に向かい、舷側のボルトを外します。壁ごとボートを海へ落とすんです」

この人たちをボートに乗せたまま、海へ落とすってことね、と雅代が低い声で言った。

全員をボートに乗せてください、と夏美は指示した。

「壁ごと外れたボートが、海面に叩きつけられる衝撃は、あたしにもわかりません。誰も海に落ちないように、柳さんが守るんです」

それはいいとしよう、と雅代が顎に指をかけた。

「だけど、神谷はどうする？　十階でボルトを外せば、壁ごとボートが落ちる。でも、神谷は十階に置き去りになる」

十階の舷側の手摺りとあたし自身をロープで繋ぎます、と夏美は答えた。

「海面に激突した衝撃で、意識を失うかもしれません。でも、ロープが繋がっていれば、引っ張り上げることができるはずです。溺れていたら、マウストゥーマウスでも何でもしてください。救命ボートの中にはＡＥＤもあるそうです。絶対に助けてくださいよ」

約束する、と雅代がうなずいた。

「この人たちのことは、あたしが責任を持つ。神谷も絶対に救う。でも……」

時間がない、と北条が夏美の横に並んだ。

「これが最後のチャンスだ。工具は用意した。急ごう」

後ろに立っていた敦司と木本がうなずいた。夏美は外デッキの階段へ向かって走った。

AM04：45

空が白み始めていた。給油タンクの上で、船員たちがラフトを降ろしている。

下で受け取ったのは、松川と三等航海士の東原だった。二人の顔に驚きの表情が浮かんでいたが、山野辺はその意味をわかっていた。

ラフトは四人乗りだ。今、十階にいるのは山野辺を含めて六人。二人は乗れない計算になる。

説明しておく、と作業を終えた男たちに山野辺は大声で叫んだ。

「外見は旧式のラフトだが、小型エンジンもついているし、操縦も可能だ。だが、キーはない」

どういうことです、と男たちが首を捻った。通常の意味ではだ、と山野辺は右手の人差し指を立てた。

「指紋認証でエンジンがかかる。登録されているのは船長の私だけだ。私が操縦するしかない。残る席は三つだ。誰が乗るか、それは君たちで決めろ」

自分たちをここまで連れてきたのは、ラフトを降ろす作業員としてですか、と松川が殺気立った表情で言った。山野辺は何も答えなかった。

給油タンクからラフトを降ろすために、人手が必要だった。山野辺一人では、降ろすことができない。

だが、既にラフトは空中庭園の人工芝の上にある。完全にレインボー号が海中に没する前に、ラフトで逃げる。それだけのことだ。

私は民主主義者だ、と山野辺は微笑を浮かべた。

「どう決めるかは、君たちに任せる。ただ、急いだ方がいい。海保によれば、本船の沈没は午前五時がリミットだ。長くは保たない」

突然、十階フロアの客室が爆発した。漏れていたガスに引火したようだ。

あんたは人間じゃない、と松川が静かに首を振りながら歩み寄った。

「我々をさんざん利用して、自分だけ助かろうと？　そんなこと、許されるはずがない」

自分だけ助かろうとは思っていない、と山野辺は傲然と胸を張った。

「三人は助ける。それは保証しよう。海保に救出された後、沈黙を守ると約束するなら、という条件はつけるがね。いいか、私がいなければラフトのエンジンをかけることはできない。この小型ラフトでは、レインボー号が沈没した際に発生する巨大な波に抗うことは不可能だ。可能な限り速く、遠くへ逃げるしかない。私がいなければ、この海域からの脱出はできない」

そんなことはない、と松川が制服のジャケットを脱ぎ捨てた。

「指紋認証と言ったな？　あんたの指があれば、エンジンはかけられる。生きている人間の指でなくたっていい。あんたを殺して、指を認証機に当てれば操船できる」

東原、と山野辺は鋭い声で命じた。

「船長命令だ。松川を排除しろ。そうすれば枠がひとつ空く」もうひとつ、と周りにいた三人の船員の目を見つめた。「救出された時、責任を取ることになるのは、船長である私だ。もし私がいなければ、生き残った君たちが責任を取らなければならない。よく考えろ、どっちが得だ？　松川についても、君たちのメリットは何もないんだぞ」

　どっちでもいい、と東原が吐き捨てた。

「もう考えたくない。船長と副船長でやり合ってくれ。勝った方に従いますよ」

　東原は三等航海士で、山野辺の側に立っているはずだったが、これ以上ついていけないと思ったのだろう。あるいは、極度の疲労のため、何もかもがどうでもよくなっているのかもしれない。

　低い体勢から腰に組みついてきた松川の背中に、山野辺は両の拳を振り下ろした。鈍い音がしたが、松川は腕を離さなかった。

　三十代の松川の方が、体力では上だ。体重を支えきれず、山野辺はその場に頽(くずお)れた。

　素早くのしかかった松川が、上から殴りつけた。山野辺の口の中で鉄の味が溢れ、鼻から夥(おびただ)しい量の血が飛び散った。

「止めさせろ！　聞け、お前たち！」何発も打ち下ろされる拳を両腕でガードしながら、山野辺は叫んだ。「誰でもいい、松川を海へ突き落とせ！　松川を殺した者は必ずラフトに乗せる。約束する！」

　右の拳で顔面を抉(えぐ)られ、山野辺は視界を失った。痛みも感じない。頬骨が折れた音だけが聞こえた。ガードの上から、松川が容赦ない攻撃を続けている。

不意に、圧力が解けた。松川が叫び声を上げているのがわかり、山野辺は上半身を起こした。朧にかすむ視界に、船員たちが松川を羽交い締めにしている様子が映った。

そいつを殺せ、と膝をついて立ち上がりながら山野辺は声を絞り出した。

「ふざけた真似をしやがって……最初から気に入らなかった。貴様のような奴に、船のことなどわかるはずがない。必要ない者は死ぬしかないんだ」

殺してやると叫んだ松川の頭を、落ちていた木材で東原が殴りつけた。松川に対する古参航海士としての反発心がそうさせたのだろう。割れた頭から血が噴水のように飛び散った。

そこにいたのは、人間ではなかった。全員が獣と化していた。あるのは生存本能だけだ。

誰を犠牲にしてでも、自分だけは助かる。殺意がその場を支配していた。

「海に突き落とせ」足を引きずりながら、山野辺は男たちに近づいた。「構わん、私が許可する。これは緊急避難で、殺人ではない」

船員たちが松川を空中庭園の端へ追い込んだ。そこにあるのは一・五メートルの柵だった。

やれ、と命じた山野辺に従って、男たちが松川を持ち上げた。あんな男をまだ信じてるのか、と体を捻った松川が山野辺を指さした。

「俺が死んでも、まだもう一人乗れない奴がいる。そのために殺し合いを命じられたらどうする？　いいか、奴は絶対にお前たちを裏切るぞ！」

一瞬、男たちの腕から力が抜けた。手足を振り回した松川が地面に落ちた。

全員の中に、山野辺に対する不信感があった。松川を信じたというより、山野辺を信じられないという思いの方が強かったのだろう。

お前たちは馬鹿か、と山野辺は倒れていた松川の腹部に思いきり蹴りを叩き込んだ。

「素人を信じるのか？　それでもお前たちはプロの船員か？　こいつを殺せばいいんだ。それだけのことが、なぜわからない？」

柵を背に立ち上がりかけていた松川の顎を、正面から山野辺の膝が打ち抜いた。だが、松川は倒れなかった。山野辺の大腿部を抱え、そのまま持ち上げた。

凄まじい爆発音と共に、船体が大きく揺れた。もつれた二人が柵を越えて落ちていった。

柵に手をかけた東原が、畜生、と海に向かって怒鳴った。

「船長がいなけりゃ、ラフトは動かせないぞ。どうするんだ」

ラフトに乗り込もう、とクルーの一人が言った。

「動かせなくても、筏代わりにはなる。船が沈んでも、ラフトは浮く。後は運次第だが、海保が発見してくれれば助かる」

　空が明るくなっていることに、全員が気づいていた。夜明けまで一時間もない。

　海保のヘリさえ来れば、と全員が我先にとラフトに乗り込んだ。ヘリは必ずくる、と東原が空を指した。

「見ろ、雨も風も弱まっている。これならヘリも飛べる。救出作業だってできるぞ」

　助かるのか、と涙を浮かべながら言った船員の肩を隣の男が抱いた。空を見つめていた東原が、ゆっくり振り返った。

「何の音だ？」

　どうした、と船員たちが視線を向けた先に給油タンクがあった。かすかに聞こえていた荒い呼吸音のようなノイズが、急速に大きくなっている。

　一瞬の静寂。そして大爆発が起きた。崩れた給油タンクが、ラフトを上から押し潰した。

　空中庭園に火災が起きている。雨が降り注いでいたが、火勢は衰えなかった。雨と風の音以外、何も聞こえなくなっていた。

AM04：59

激しく船体が震え続けている。十階へ通じる階段の手摺りに掴まって体を支えていた北条が、今のは何だと怒鳴った。上で爆発が起きたんです、と夏美は叫んだ。

「ガスではなく、おそらく軽油か重油か……振動の大きさでわかります。十階でなければいいんですが」

残念だったな、と首を突き出していた北条が手をクロスさせた。

「空中庭園は火の海だ。確か、給油タンクがあった。あれが爆発したんだろう」

「上がれますか？」

何とかいけそうだ、と答えた北条が腕の力だけで体を持ち上げた。夏美は素早く階段を上がって、後に続いた。

北条が言った通り、広い空中庭園が燃えていた。ただ、火の海という表現は大袈裟かもしれない。面積が広いことと、絶え間無く雨が降り注いでいるため、延焼の危険性は低いだろう。

夏美は壁に沿って走った。一・五メートルほどの壁の上部に、電動ウインチのバーが見えた。レンチで叩くと、下からも音が聞こえた。

横からの風に煽られた細かい雨粒が頬に当たったが、痛みは感じなかった。雨脚が弱くなっている証拠だ。

不意に北条が顔を上げた。ほぼ同時に、夏美も空から聞こえてくる音に気づいていた。ヘリだ、と北条が囁いた。

「間違いない。ライトが見える」

まだ夜明けまで一時間近くあります、と夏美は腕時計で時間を確かめた。夜間のヘリ飛行は危険性が高く、二次災害の恐れがあるため、通常であれば許可されないが、鹿児島の海保が独断で飛行を認めたのだろうか。

「ここです！　ここにいます！」夏美は両手を振り上げて、その場で何度もジャンプした。「助けてください！」

北条も叫んだが、数百メートル上空にいるヘリに声が届くはずもない。しかも悪天候で、視界も悪い。気づくはずがないとわかり、二人は同時に腕を降ろした。

レインボー号に備えつけられているGPSか、救命ボートで避難した船員たちが場所を知らせたのか、いずれにしても海保はレインボー号の位置を捕捉（ほそく）しているようだ。もちろん、巡視船もレインボー号の現在位置に向かっているだろう。

旋回（せんかい）していたヘリが、方向を変えた。流れてきた分厚い雲が視界を遮（さえぎ）り、何も見えなくなった。

救助活動が始まっているのは間違いありません、と夏美は大きくうなずいた。

「ボルトを外して救命ボートを海に落とすことができれば、必ず助かります」

そいつはどうかな、と北条が舷側を足で蹴った。

「見ろ、ボルトは四カ所ある。二カ所は内側だから、レンチで外すのは簡単だ。だが、残りの二本は外から埋め込まれている。しかも下側だ。足場もないのに、カーテンで作った命綱だけで壁の外に降りて、レンチでボルトを外すなんて、素人にできると思うか」

やるしかありません、と夏美は二重にした即席のロープで体を舷側の手摺りに結んだ。

高所での訓練は経験があったが、これだけ傾いた船の上でバランスを取るのは不可能に近い。

「服をしっかり摑んでください」夏美は舷側の上に体を乗り出した。「まず、状況を確認します」

そのまま、体を傾けて下を見た。一メートル下にボルトが二本埋め込まれている。手を伸ばせば、届くかもしれない。

大きく船が傾いた。手が滑り、夏美の体が前にのめった。悲鳴さえ上げられず、舷側から落ちかけた夏美の腰を、北条が空中で摑まえて引きずり上げた。無茶過ぎる、と北条が荒い息を吐いた。

「消防士だろうがサーカス団員だろうが、舷側の外側のボルトを外すなんてできるわけがない」

夏美は座り込んだまま、呼吸を整えた。北条の言う通りだ。消防士はスーパーマンではない。できることとできないことがある。

諦めろと言った北条に、救助が来ているんです、と夏美は空を指さした。

「ボルトを外して救命ボートを海に降ろさなければ、レインボー号の沈没に巻き込まれて、全員死ぬしかありません」

溢れそうになる涙を必死で堪え、考えろ、と胸の前で両手を強く握った。

不可能と思い込むのは、自分の心の弱さだ。必ず、どこかに生き残るチャンスは残っている。

わたしは死なない、とつぶやきが漏れた。

「誰も死なせない」

ロープはないか、と北条が辺りを見回した。太いロープで体を固定すれば、降下が可能になるかもしれない。

夏美は舷側と自分の体を繋いでいたカーテン製のロープを外し、北条の後ろに続いた。すぐ近くに、一段高くなったステージがある。そこにビニールに包まれたたくさんの箱が積まれていた。

花火です、とつぶやいた。船内を歩いていて、雅代と話した記憶があった。

石倉議員が種子島の後援会のために用意したものらしい、と北条が箱を蹴飛ばした。

「だが、しょせん打ち上げ花火だ。まさか、こいつを壁に打ち込んで、壊そうっていうんじゃないだろうな。ロケット弾じゃないんだぞ」

わかっています、と夏美はうなずいた。花火にそんな威力はない。

強い横風が吹いて、空中庭園の炎が大きくなった。危険はないと思っていたが、延焼範囲が広がっていた。

爆発した給油タンクから飛び散った油が燃えているのだろう。熱風を肌で感じて、思わず数歩退いた夏美の前に影が差した。炎に照らされていたのは、ステージの上にある五メートルほどの大きさの女神像だった。

工具箱を貸せ、と北条が怒鳴った。何をしようとしているのか、夏美にもわかった。

女神像は台座に太いネジで留められている。それを外して舷側の側に倒せば、重量で大破するだろう。そうすれば、電動ウインチごと、九階の救命ボートが海に落下するはずだ。

工具箱に入っていた電動ドライバーを渡すと、北条が台座からネジを外し始めた。もう一台を使って、夏美も同じ作業をした。

十字に刻まれた溝に電動ドライバーを強く押し当て、スイッチを入れると唸りを上げて回転が始まった。固く締められているため、容易にネジは動かない。全身の力を込めると、ようやく一本が抜けた。

その間も船体の傾斜は増しつつあった。船首が上がっているのが、夏美の位置からも見えた。

時間の問題というが、もうそういう状況ではない。数分でレインボー号は沈没するだろう。

女神像の足には指が十本あり、それぞれがネジで台座に固定されている。全部外さなければ、女神像を倒すことはできない。

腕力と体重がある分、北条の方が作業は早かった。四本目のネジを外した夏美の前で、北条が電動ドライバーを投げ捨てた。

「こっちは終わった。そっちはどうだ?」

あと一本、と答えた夏美の手の中で、電動ドライバーが大きく跳ねた。割れたネジのヘッドが頬をかすめて飛んでいった。

十字に刻まれた溝に電動ドライバーを差し込まなければ、ネジを回すことができない。ヘッドがなくなってしまった今、最後のネジはそのままだ。

くそ、と叫んだ北条が女神像を全身で押した。僅かに傾いだが、一本のネジが残っているため、それ以上動かない。

背後からの熱風を感じて、夏美は振り向いた。ネジを外すことに集中していて気づかなかったが、炎に囲まれていた。距離、三メートル。逃げ場はない。

北条が夏美の腹を強く突いた。不意をつかれて足が滑り、その場に尻餅をつく格好になった。

「何をするんですか！」

肩をすくめて笑った北条が、女神像の後ろに回った。夏美が体を起こした時、北条は女神像の背に取り付いて、上り始めていた。

「止めてください！」北条が何をしようとしているかわかり、夏美は大声で叫んだ。「すぐに降りて！　お願いです！」

女神の王冠に飛び乗った北条が、振り子の要領で上下に揺さぶっている。先端に全体重をかけることによって、女神像がゆっくり傾き始め、前のめりに倒れていった。

王冠部分にしがみついていた北条が、ざまあみろと怒鳴る声を、夏美は確かに聞いた。

倒れた女神像が、舷側に激突し、破壊した。そのまま海へ落ちていく。一瞬の出来事だった。

「北条さん！」

叫んだ声が空に吸い込まれていった。返事はない。壊れた舷側に駆け寄って下を見ると、救命ボートが海に浮かんでいた。

鉄板や鉄管がついたままだが、百五十人が乗船できる大きさがある。重量で沈むことはない。

無事に着水できたかどうかは運次第だが、上からでは確認できなかった。無事だと信じるしかない。巨大な波が押し寄せてボートが流され、すぐに見えなくなった。

大きく船が傾き、体が滑り落ちていく。とっさに女神像の台座にしがみついた。

舷側と自分を結んでいた即席のロープは、より太いロープを探すため外している。電動ウインチごと海に落下しても、雅代がロープで引きずり上げてくれるはずだったが、もうそれは不可能だ。

諦めない、と首を振った。それでは北条が何のために自らを犠牲にしたのか、わからなくなる。犬死にはさせない、と唇を嚙みしめた。

命綱のロープが夏美の体から外れたことに、雅代も気づいただろう。自分が雅代なら、と海に目をやりながら考え続けた。

船体の傾斜と共に、海面が迫ってきている。十メートルもないだろう。

海に落下した直後の雅代の行動は、考えるまでもない。ボートに乗っている全員の安全を確認し、ボートの安定を保つことを最優先しただろう。消防士なら、誰でもそうするはずだ。

その後、命綱が外れていることに気づき、夏美と北条を捜す。だが、ほとんど視界が利かない状況で、捜索活動はできない。

それでも雅代は諦めない、という絶対の信頼があった。最後まで夏美と北条を救うために、何をするか。何ができるか。

足が宙に浮いた。船はほとんど垂直になっている。あと数分で、船尾から沈んでいくだろう。

上空で何かが光った。雷ではない。ヘリコプターの探照灯だ。

出動しているヘリは、一機ではない。数機がこの海域でレインボー号を捜索している。だが、まだ夜明け前で、視界が悪い。しかも巨大な波が壁になっているので、ヘリも正確なレインボー号の位置はわからないだろう。

北条以外にも、海に落ちて漂流している者がいるかもしれない。救命ボートが転覆し、海に投げ出された可能性もある。

彼らを救出するためには、レインボー号の正確な現在位置をピンポイントでヘリに知らせる必要があった。

夏美は懸垂(けんすい)の要領で腕を曲げ、体を持ち上げた。炎が迫る中、傾いているステージに手足をついて、一歩ずつ上がっていく。

ステージに積まれていた箱に手がかかった。すでに崩れて滑り落ちたものもある。中に入っているのは大量の打ち上げ花火だった。

斜めになっているステージの上で、夏美は歯と手を使ってビニールを破り、箱の蓋を開いた。どれだけの数があるのか見当もつかなかったが、百発以上あるだろう。

雨が降り注ぐ中、辺りを見回した。隅田川の花火大会など、大規模な花火イベントでは消防も協力態勢を取る。夏美も参加した経験があった。大量の花火を打ち上げるためには、無線、有線、いずれにしても点火装置があるはずだ。

捜す必要はなかった。十メートルほど離れたところに壇があり、そこにカウントダウンと表示されたボックスが取りつけられていた。晴れていれば、石倉という国会議員がスイッチを押す予定だったのだろう。

這うようにして近づき、壇にしがみついた。船が沈みつつあるのが、皮膚感覚でわかった。

波が直接体にかかるほど、海面が近くなっている。四、五メートルほどだろう。ボックスの蓋を開くと、赤のスタートボタンと青のストップボタンがあった。

迷わず赤いボタンを押した。ボックスの表面が光り出し、60という数字が浮かび上がった。59、58と減っていく。六十秒で花火の打ち上げが始まる。

壇から手を放すと、そのまま体が滑り落ちていった。止めようがない。恐怖で顔が引きつった。

空中庭園を一気に下り、放り出された。女神像が破壊した舷側から、海に向かって落ちていく。

何もかもがスローモーションのようだった。どうすればいいのかわからないまま、頭を両手でガードした。

凄まじい衝撃。自分の体が海中に突っ込んでいく。何も見えない。

パニックで両手両足を闇雲に振り回していると、ライフジャケットの浮力によって、顔が海面に出た。

振り返った夏美の目に映ったのは、昼間のように明るくなった空だった。何百発もの花火が連続して打ち上げられ、美しい模様を描いている。光が空を覆い尽くしていた。

これでヘリもレインボー号の位置がわかると安堵の息をついたが、それだけで脇腹を強烈な痛みが襲った。海面とぶつかった衝撃で肋骨が折れたか、罅が入ったのだろう。

押し寄せてきた波を頭から被り、大量の海水を飲み込んで噎せると、胸骨や鎖骨にも痛みが走った。よほど酷い落ち方をしたようだ。

完全に垂直になったレインボー号から、花火が打ち上がり続けていた。だが、それも時間の問題だ。あと数分で、レインボー号は完全に沈没する。

それまでに、一メートルでも離れなければならない。船が沈めば、巨大な渦が巻き起こる。そこから逃れることは、誰にもできない。

ライフジャケットを着用していたので、体が沈むことはなかったが、大波と全身の痛みのため、泳ぐことはできなかった。できることといえば、足をばたつかせるぐらいだ。それでも、諦めるわけにはいかない。

空がひと際明るくなった。巨大な赤と緑の光の輪が辺りを照らしている。波の間に漂っている黄色いライフジャケットが見えた。

必死で腕をかき、近づくと、顔面に大きな傷を負った男の制服に指先がかかった。引き寄せると、男の唇がかすかに動いていた。生きている。

だが、それが信じられないほど、男の傷は酷かった。頬の肉が削げ、骨が見えている。左の眼球が失われているのもわかった。

「しっかりしてください！　目を開けて！」夏美は体を叩いて励ました。「諦めないで、必ず救助が来ます。気を確かに――」

何も見えない、と男がかすれた声で言った。その声、そして風貌に見覚えがあった。レインボー号の船長、山野辺だ。

首をゆっくり曲げた山野辺が、夏美に傷だらけの顔を向けた。骸骨に皮を被せただけの人形のようだった。

他の船員はどこに、と夏美は山野辺の光のない右目を見つめた。みんな死んだ、と山野辺が呟き込んだ。

「あんたは誰だ……いや、どうでもいい。どうせ死ぬんだ」

死なせません、と夏美は制服の襟を引き寄せた。

「わたしは消防士です。要救助者を救うのが仕事です。それに、あなたには責任を取ってもらわなければなりません。必ず生きて連れ戻します」

どうやって私を助けるというんだ、と山野辺が虚ろに笑った。

「もう船は沈没する。助けに来る者などいないし、間に合うわけがない。この荒れた海で救助活動などできるはずがないのは、消防士ならわかっているだろう」

夏美は背後に顔を向けた。レインボー号の船体の半分が、海中に没している。

既に緩やかな渦が起きつつあった。全体が沈めば、渦の回転が早くなり、そこから逃げることは不可能だ。

諦めろ、と山野辺が顔を背けた。痛覚が麻痺（まひ）しているのか、痛みは感じていないようだ。

「何をしても無駄だ。足搔（あが）いたところで、どうにもならない」

必ず助けます、と夏美は山野辺のライフジャケットを摑んだまま、大きく腕を動かした。

「わたしは一人じゃありません。仲間がいます」

「仲間？」

そうです、と夏美は腕をかきながら答えた。

「消防士は決して仲間を見捨てません。わたしが諦めないように、仲間も諦めません。最後の最後まで、わたしを救うために捜し続けます」

信じてどうする、と山野辺が呻くように言った。

「どんなに信じ合っている仲間でも、自分の命を捨ててまで助けることなどあり得ない。この荒れた海で捜索活動をするのは、それこそ自殺行為だ。救出用の機材を装備している海保だって、そんなことはしない。あんたを救おうとする仲間など、いるはずがない」

夏美は何も言わなかった。山野辺にはわからないだろう。雅代が自分を捜している、という絶対的な信頼があった。

どんな状況でも、消防士なら仲間を見捨てない。問題は、雅代がどうやって夏美を捜しているかだ。

海は荒れている。まだ空は暗い。打ち上げ花火が消えたため、視界はないに等しい。

それでも、ボートからレインボー号が沈んでいく様子は見えただろう。巨大な船影は、闇の中でも目に入る。

雅代なら、と山野辺のライフジャケットを引いて泳ぎ始めた。夏美が海保のヘリにレインボー号の位置を伝えるため花火に点火したこと、そして急激に傾いた船から海へ落下した位置を推測することができる。

確信があった。もし立場が逆なら、自分も同じ論理で考えるからだ。

あらゆる要素を総合して、一秒後に何が起きるか予測し、判断する能力を、消防士は厳しい訓練を通じて身につけている。だから、消防士は互いの意思を確認しなくても行動が可能になる。

雅代なら、と夏美は考え続けた。レインボー号がいつ沈没するか、それによってどの程度の渦が巻き起こるか、いつまで現場に留まっていられるか、ぎりぎりの時間を判断し、夏美が落下した場所へ向かうだろう。

ただし、夏美を救うために、他の乗客を犠牲にすることはできない。探す時間は限られている。発見されやすい場所に移動しなければならない。

正確でなくていい。方向だけでも合わせることができれば、救出される可能性が一パーセント上がるだろう。今はそこに賭けるしかない。

落下したボートが波に流され、風下へ向かっていったのは見ていた。その後、緩やかな渦に巻き込まれる形で、レインボー号の周囲を旋回しているはずだ。

自分も風下へ向かえば、救命ボートと同じ円の上を移動することになる。それでは距離が縮まらない。風上に向かって、泳がなければならない。

左腕を平泳ぎの要領で動かし、ばた足で泳ぎ続けた。山野辺は意識を失ったのか、まったく動かない。浮力で軽減されているが、大柄な男の体重は重かった。

それでも、ライフジャケットを摑んだ手は離さなかった。レインボー号の沈没は山野辺の責任だとわかっていたが、殺人犯であっても、要救助者を救うのは消防士にとって絶対の義務だ。

疲労は極に達していた。水をかく腕に力はなく、足も動かない。呼吸をするのがやっとだ。全身の痛みが体から力を奪っていく。

それでも夏美は前進を止めなかった。絶対に雅代が自分を捜している。その信頼感が支えだった。

体がゆっくり回転していることに、夏美は気づいた。前を見ると、レインボー号が沈没しようとしていた。

大きな渦が生まれ、それに呑み込まれかけている。これ以上は無理だ、と足の動きを止めて空を見つめた時、うるさい、と山野辺が唸った。

「気がついたんですか?」

静かにしてくれ、と山野辺が水を力の無い手で叩いた。

「眠りたい。眠らせてくれ……黙ってろ」

うわ言なのだろう。何も言ってませんと言いかけて、夏美は口を閉じた。

神谷、という声を確かに聞いた。

呼びかける声は、一人ではなかった。神谷さん、という声がいくつも重なっている。片言の外国人の声も交じっていた。

「ここです!」

叫びながら手を振った。海面を照らすライトの光が通り過ぎ、再び戻ってきた。十メートルほど離れたところに、救命ボートが漂っていた。

ボートが近づいてきた。エンジンで前進しているのではない。乗っている者たちが海中に腕を突っ込み、オール代わりにしている。

「助けて！　ここです！」

叫びに呼応するように、ロープのついた浮輪が飛んできた。左手で抱えると、強い力で引っ張られた。敦司と木本が引いているのが見えた。

「よく生きてたな」感心したように敦司が腕を伸ばした。「絶対死んだと思ったぜ」

この人を先に、と夏美はライフジャケットを摑み直した。

「山野辺船長です。大怪我をしていますが、生きています」

長田と大竹が、山野辺をボートに引きずり上げた。夏美は差し出された腕を握った。雅代だった。

「早く乗って。すぐにここから脱出しないと、渦に巻き込まれてボートが沈む」

エンジンは、と夏美は辺りを見回した。体中の骨がきしむ音が聞こえたような気がした。海に落ちた衝撃で壊れた、と雅代が無表情で上を見た。簡易屋根も外れている。

「エンジンなんか当てにならない。あたしたちがオールだ。ここを離れる」

夏美は力を振り絞って、ボートに上がった。気づくと、渦が巨大になっていた。

水に浮かんだ木の葉のように、ボートが回転を始めている。全員で力を合わせて腕をかいたが、方向を変えることすらできない。

もう無理だと木本が涙を浮かべた。人間の力が自然に勝てるはずもない。

突然立ち上がった長田が、叫びながら手を振り始めた。助けてくれ、と絶叫している。

大竹と房子もそれに加わった。三人のウエイトレスたちもだ。

「うるせえな、もう何をやっても死ぬしかねえんだよ！」

怒鳴りつけた敦司に、違う、と夏美は空を指さした。

「ヘリコプターが低い高度で飛んでいます。雲が切れて、視界が開けたんです。救命ボートが見えるかもしれません」

ここにいる、と雅代が叫んだ。長田がジャンプを繰り返していた。

「助けてくれ！　私は死にたくない！　生きたいんだ！」

無駄だよ、と木本がしゃくり上げた。

「見えるわけないじゃないか。声が届くはずもない。諦めようよ」

諦めないぞ、と長田が両腕を振り上げた。折れている肘の痛みも感じていないようだ。

「そんなわけにはいかない。人間は死んではいけないんです。わたしも、あなたたちも、最後まで生きることを諦めちゃいけない。そうでしょう？」

立ち上がった敦司が、ボートの中にあった棒を振り回し始めた。木本が両手をメガホンにして叫び声を上げた。

上空数百メートル地点にいるヘリコプターに、声が届くはずもない。誰もがそれをわかっていたが、全員が声を振り絞って叫び続けた。

大きく旋回したヘリが、ゆっくりと降下を始めた。近づいてきている。叫び声が高くなった。

エピローグ

レインボー号は沈没した。逃げ遅れた者、船長の指示で船室に留まった者、船や救命ボートから転落して溺死した者など、犠牲者の数は船員も含め二百十二人にのぼった。日本海難事故史に残る大惨事だった。

救出された乗員、乗客などの証言により、レインボー号の沈没原因は、石倉議員の要請で航路を変更した船体に漂流物が衝突し、排水ポンプが壊れたためだと判明した。同時に、イルマトキオ社の管理体制に不備があったこともわかった。

最も責任が大きいとされたのは、船長の山野辺だった。山野辺の判断ミス、特に乗客の避難勧告を怠り、最終的には安全なポッドで船から逃げ出そうとした行動が警察、あるいはマスコミから厳しく追及された。

後に山野辺は業務上過失致死罪などの容疑で逮捕され、世論の激しい非難を浴びることとなった。また、イルマトキオ社、そしてイタリアの本社、イルマーレ社は倒産した。

海保のヘリに救出された夏美は、そのまま病院に搬送された。海中に落下した際の負傷は重く、鎖骨(さこつ)、肋骨(ろっこつ)の骨折など、全治二カ月という診断が下された。

十一月三十日、長いリハビリを経て、福岡市内の病院から退院することが決まった。季節は秋になっていた。

退院の手続きをしたのは、ギンイチで夏美の上司に当たる村田司令長と雅代、そして折原だった。

「木本くんから手紙が来ました」

村田が総合受付で退院手続きの書類にサインをしている間、夏美は雅代に数通の手紙を見せた。

「海運会社で働くと決めたそうです。専門学校に入る準備を始めたと書いてあります」

あたしは二度と海に近づかない、と雅代が肩を押さえた。骨折した右肩には、まだギプスが巻かれている。その方がいいですよ、と折原がうなずいた。

「美由紀さんが意識を取り戻した時、敦司さんは大泣きしてましたね」その時の様子を思い出して、夏美は微笑んだ。「あの二人はうまくいきますよ。来年の春には赤ちゃんが生まれるそうです」

大竹先生は今回の事故を題材に小説を書くと言っていた、と雅代が笑みを浮かべた。

「それが作家としての義務であり責任でしょうって。先生の小説がまた読めるのか……楽しみだね」

長田さんが亡くなられたそうですね、と夏美は声を低くした。先週葬儀があった、と雅代がうなずいた。

「ご家族と話した。奥さんや娘さんたちに、ありがとうと毎日言っていたそうよ。幸せな人生だったと……」

今朝、石倉議員の遺体が発見されたというニュースを見ました、と折原が口を開いた。

「でも、まだ見つかっていない人も大勢いるとか……世の中、どこまで不公平なんですかね」

冬木さんと北条さんは、と夏美は顔を上げた。まだよ、と雅代が首を振った。

「誰も死なせたくなかったけど……あの二人には生きていてほしかった」

悔しいです、と夏美は唇を噛み締めた。他人のために命を投げ出す覚悟のある者が、なぜ死ななければならなかったのか、そして、自分はどうして彼らを救えなかったのか。

沈黙が続いた。戻ってきた村田が三人の顔を見て、何かを察したのか静かに口を開いた。

「おれたちは人間だ。死ぬのは誰だって怖い。だが、だからこそ全力で名前も知らない誰かを救うために戦う。消防士とはそういう仕事だ」

夏美は松葉杖をついて立ち上がった。お前は全力を尽くした、と村田が肩に手を置いた。

「状況はすべて柳から聞いた。救えなかった命があったかもしれない。自分の無力さに絶望したか？　辞めたいというなら、止めはしない」

　いえ、と夏美は正面から村田を見つめた。

「わたしは消防士を辞めません。今後現場に出動した際には、絶対に誰も死なせません。必ず救います」

　唇を引きつらせるようにして、村田が小さく笑った。行こう、と折原が横から体を支えた。

　夏美は左の拳で、溢れてきた涙を拭った。秋晴れの空から、明るい光が病院のエントランスを照らしていた。

後書き

本書は二〇一五年、祥伝社から単行本が刊行された『炎の塔』に続く「女性消防士・神谷(かみや)夏美(なつみ)シリーズ」の第二弾です。

『炎の塔』が一九七四年の映画『タワーリング・インフェルノ』へのオマージュであったのと同様に、本作『波濤(はとう)の城』は一九七二年の映画『ポセイドン・アドベンチャー』にインスパイアされた作品です。

（ちなみに私見ですが、この二作品に一九七〇年の『大空港』を加えた三作だけが、「今見ても絶対面白いパニック映画」で、一部の映画雑誌、映画評論家が、明確な定義もないまま、パニック映画というジャンルを広げ過ぎたと思っています。安易に引用したくありませんが、ウィキペディアの「パニック映画」の項目には〝それを言い出したら何でもパニック映画じゃないか〟と叫びだしたくなるラインナップが並んでいます）

本作の舞台となる豪華クルーズ船「メモリア・オブ・レインボー号」の事故は、いくつかの海難事故を複合的に組み合わせて構築しています。

時系列で並べると、一九九〇年のスカンジナビアン・スター号、一九九一年のオシアノス号、二〇〇〇年のエクスプレス・サミナ号、二〇一二年のコスタ・コンコルディア号、そして二〇一四年のセウォル号、その他です。

いずれの事故に関しても、原因は人的ミスで、更に言えば被害を拡大させたのも船長をはじめ、船のスタッフによる責任が大きい、という点が共通しています。

本書では、レインボー号が通常の航路を変更した理由を、乗客の国会議員の要請があったためとしていますが、航路変更は実際のクルーズツアーでもよくあることで、コンコルディア号の座礁の原因は、船長が同船の給仕長のために、彼の出身地である島への接近を命じたためでした。

また、サミナ号の場合、航行中オートパイロットであっても、監視の義務があるにもかかわらず、船長以下全船員がサッカーの試合を船内テレビで観戦していたため、本来の航路を外れていたことに気づかなかった（冗談のようですが、本当の話です）という理由で岩礁に激突、沈没しています。

また、セウォル号事件で船長が真っ先に逃げ出し、避難指示をしなかったこと、あるいは誤った指示を下し、乗客に対し船室に留まるようアナウンスしたことが大々的に報道されましたが、これもまた海難事故においては珍しくない事例です。

本書内でも触れましたが、日本の船舶事故は平成二十八年でも二千十四隻、死者、行方不明者は五十六人と、単純計算で一日五件強が発生していることになります（海上保安庁ホームページより、引用）。

ただし、その八割が漁船、遊漁船、プレジャーボートと小型船であるため、大きく報道されることはありませんが、船が絶対に安全とは言えないとおわかりいただけるかと思います。

オートパイロット、レーダー、ソナーなど、高度な機器類が完備されていても、多くの船舶事故の原因は見張りの不備によるもので、これはタイタニック号の昔から変わっていません。

世の中すべてに共通することですけれど、結局は運用する側の単純なミスで事故は起きる、とぼくは思っています。

作家として、ぼく個人は「ただただ、より面白いエンターテインメント」を書くことだけを考えていますが、どこかに書くべきテーマがあるとすれば、『システムに対する不信』です。

思えばデビュー作の『リカ』でも、実は「インターネットというシステムに対する不信」がテーマだったのですが（誰もそんなことは言ってくれませんけど）、システムを作り、運用するのは人であり、明確な悪意がある場合はもちろん、そうではなくてもシステムを盲信し、システムに依存し過ぎるのは危険だ、ということが「神谷夏美シリーズ」のテーマです。

更に言えば、予想できなかった（想定外の）何かが起きた時、それに対応できるのは人間だけで、個人の判断、意思、大きく言えば「自分で考える能力」が、今後一層問われる時代になっていくのだろう、という思いで本書を書きました。

「五十嵐貴久ごときに、そんなこと言われたくない」とおっしゃる方もおられると思いますが（そして、その通りだと思いますが）、ジョン・レノンも「想像してごらん」と言っておりますので、たまには考えてみてもいいのかもしれません。


本書執筆に関しましては、祥伝社編集部の協力のもと、多くの方に取材をさせていただきました。

また、海運会社、現役の船員の方々など、諸事情があってお名前をここでは明記できませんが、多くの方に情報を提供していただきました。改めて、お礼申し上げます。

「神谷夏美シリーズ」は三部作構想になっており、既に第三作執筆の準備も始めています。単行本になるのは、おそらく三年ほど先になると思いますが、地下街火災と戦う消防士たちの物語になる予定です。気長にお待ちいただければ幸いです。

最後になりますが「顔も名前も知らない人たちを救うために」日夜戦い続けている全国の消防士の方々に、本書を捧げます。

二〇一七年九月一日　　五十嵐貴久

文庫のための後書き

『波濤の城』をお読みいただき、ありがとうございます。本書は「女性消防士・神谷夏美シリーズ」第二作となりますが、よろしければ既刊の『炎の塔』（祥伝社文庫）、同日刊行の第三作『命の砦』もお読みいただけますと幸いです（さりげなく宣伝）。

前作『炎の塔』は七〇年代パニック映画の金字塔『タワーリング・インフェルノ』への私なりのオマージュでしたが、本作も「輝け！　五十嵐貴久的パニック映画大賞！」で堂々二位にランキングされております『ポセイドン・アドベンチャー』へのオマージュでもあります。さあ、皆さん、お座りください。オジサンがこれから六時間、パニック映画の話をしてあげるよ。

＊　　＊　　＊

文庫化にあたって、細部に手を加えています。特に位置関係については、なるべくわかりやすいように単行本の一部内容を変更しています。読み比べていただくと、その違いがわかって、面白いかもしれません。

文庫化に際し、装丁を担当していただいた泉沢光雄様、解説を書いていただきましたときわ書房宇田川拓也様、そしてぎりぎりまで粘っていただいた担当編集者に心から感謝しております。皆様、ありがとうございました。

二〇二〇年九月一日　五十嵐貴久

解　説――人間ドラマと、若き女消防士の成長物語

ときわ書房本店　文芸書・文庫担当　宇田川拓也(うだがわたくや)

人間の本質や個人の資質があらわになるのは、極限状況下に置かれたときだ。

ゆえに古今東西、波乱万丈な物語を通じて飽(あ)くことなく人間は描かれ続け、ひとびとは、恥も外聞もなく私利私欲のためならどんなに下劣で残酷な行ないもためらわない外道(げどう)たちに無情で厳しい現実を重ね、わが身を顧(かえり)みず命を懸けて戦う英雄や逆境に抗(あらが)う不屈の精神に胸を熱くし、差し伸(の)べられる救いの手に希望の光を見る。

このたび文庫化された五十嵐貴久(いがらしたかひさ)『波濤(はとう)の城』（月刊『小説ＮＯＮ』二〇一六年六月号～二〇一七年七月号まで連載→二〇一七年十月単行本化→二〇二〇年一〇月本書）は、そうした絶体絶命のなかで顕在化(けんざいか)する人間性を様々に描き出す物語として正統といえる長編作品である。

〈21世紀の『ポセイドン・アドベンチャー』、ここに誕生！〉

この惹句(じやつく)は、本書親本の帯に掲(かか)げられていたものだが、まさに本作の内容を端的に表し

た一文であり、著者も「後書き」で一九七二年に公開されたこの名作映画にインスパイアされた物語であることを明言している。

　米国作家ポール・ギャリコの小説（一九六九年）を原作に、ジーン・ハックマン、アーネスト・ボーグナイン、レッド・バトンズといった名優の競演、CGのない時代に製作費の大部分を充てた豪華客船のセットと大量の水が生み出す実写の迫力、転覆して上下が逆さまになった船内で繰り広げられる人間ドラマと忘れがたい余韻をもたらすラストは、いまなお『タワーリング・インフェルノ』（一九七四年）と並んで〝パニック映画〟の代名詞となるほどの絶大な評価を獲得した。では、日本人作家が手掛ける、そんな『ポセイドン・アドベンチャー』の〈21世紀〉版とはいかなるものか。

　舞台となるのは、全長三百メートル、総トン数六万二千トン、十一階建て、乗客乗組員あわせて二千人を収容する豪華巨大クルーズ船〈メモリア・オブ・レインボー号〉。銀座第一消防署（通称ギンイチ）の消防士である神谷夏美と柳 雅代は、激務のなかで勝ち取った半月遅れの五日間の夏休みを利用し、神戸発釜山行きのショートクルーズを満喫しようと乗船する。ところが、消防士の目が設備や表記の細かな不備を見逃さず、さらに大量の花火が積み込まれていることを知って不安を募らせる。

　いっぽう、ベテラン船長の山野辺征一は、この航海で会社から重大な仕事を任されていた。将来の総裁候補と目されている鹿児島県出身の大物議員――石倉大造と、その妻の接待だ。種子島にカジノを誘致する計画を先頭に立って進める石倉は、本土と種子島を結ぶ専用フェリー航路獲得のためのキーパーソンであり、経営難にあえぐ海運会社としては石倉の機嫌を取るためなら、どんな要望にも応えなければならない。それがたとえ、島の支援者たちに船から打ち上げる花火を見せたいというわがままでも――。

　山野辺は大型台風が近づくなか周囲の反対の声を押し切り、種子島に向けて航路を変更。しかしこれが、日本海難事故史上に残る大惨事を招くことになる……。

　五十嵐貴久といえば、ホラーサスペンス、警察小説、時代小説、青春小説、コンゲーム、パスティーシュ、恋愛小説、家族小説、私立探偵小説等々、ジャンルに囚われない変幻自在の筆で高品質な作品を量産するエンタメ小説界きってのオールラウンダー型の作家である。この多彩な作風が著者の最たる特徴ではあるが、実際に数々の作品を読んでみると、より見えてくるものがある。それは、奇を衒うよりも王道を心掛ける創作姿勢と、常套を使いこなして物語をわかりやすく組み立てる上手さだ。この美点は、本作でも充分に発揮されている。

　読みどころとしては「Ｗａｖｅ３　セイレーンの叫び」以降のみるみる事態が悪化し、危機また危機の手に汗握る展開にどうしても目が向いてしまうが、ここに至るまでに読み手の頭のなかに基本となる情報をしっかりと根づかせ、のちのドラマにつながる伏線を忍ばせる手際のよさは、すべての創作志望者に見習って欲しくなるほどの、これぞエンタテインメントの手本といえるものだ。この序盤の構成に抜かりがないからこそ、物語を彩るキャラクターたち——五年前の海難事故で命を救えなかったことを引きずるアルコール依存症の客室係、肺がんで余命十カ月と宣言され家族に保険金を残すべく事故を装った自殺を考えている僧侶、船への興味と知識はひと一倍強いが大学を卒業してからほとんど外に出たことがないニート、敵対する組の幹部となった旧い友人を殺すよう命じられた暴力団組員、見栄っ張りで浪費癖のある夫との離婚を考えている若い主婦、時代小説で名を成すも筆を折ったという老作家とその妻——が、怒濤（どとう）の展開のなかで印象深く輝くのだ。

また本作は、亡き父と同じく消防士の道を選んだ神谷夏美を主人公とするシリーズの第二弾という側面も持っている。

銀座の地にそびえる高さ四百五十メートルの超高層巨大タワーで大規模火災が発生する前作『炎の塔』は、銀座第一消防署に所属する夏美にとって管轄内、いわばホームグラウンドでの苦難と活躍を描いた内容だったが、本作では一転、船の上という管轄外、消火に挑む際の装備もなければ、仲間は警防部警防二課の課長で消防司令補の柳雅代のみという、完全なアウェイでの決死のサバイバルを強いられることになる。主人公を容赦（ようしゃ）なく追い込むこのシチュエーションが、前作に勝るとも劣らない強烈なスリルを生み出し、若き女性消防士の成長譚としての魅力も大いに増している。

そしてもうひとつ見逃してはならないのが、『ポセイドン・アドベンチャー』と本作の間にある国の違いと半世紀近い時間の開きがもたらす効果だ。

どちらも利益とコストに目を奪われ、安全を疎かにした結果、大惨事を引き起こすことになる一九七〇年代アメリカの豪華客船と二〇一〇年代日本の巨大クルーズ船。その比較が、驕り、傲慢さ、過信といった人間の変わらぬ愚かしさ、ひととしてかくあるべき姿とは――という命題、ひとには自らを変えられる勇気と強さがあることを、より鮮烈に読み手の胸に刻みつける。つまり本作の面白さを最大限に味わうには『ポセイドン・アドベンチャー』もあわせて観るべきであり、『ポセイドン・アドベンチャー』をご覧になった方にこそ本作は手に取られるべき一冊なのである。

ちなみに、著者が名作映画にインスパイアされた物語を紡ぐのは、これが初めてではない。井伊直弼により山の頂に幽閉された藩士たちと姫が不可能と思える脱出を試みる『安政五年の大脱走』（二〇〇三年）は、タイトルからお察しの通り『大脱走』。武装グループに占拠されたテレビ局を舞台に、女性局員が人質となった恋人を助けるため孤軍奮闘する『ＴＶＪ』（二〇〇五年／著者の実質的な処女作で第十八回サントリーミステリー大賞優秀作品賞受賞）は『ダイ・ハード』。罠に陥りすべてを失ったいかさま師たちが、復讐のため十億円を賭けたポーカー勝負に打って出る『Ｆａｋｅ』（二〇〇四年）は『スティング』。そして〈神谷夏美〉シリーズ第一弾『炎の塔』は、いうまでもなく『タワーリング・インフェルノ』だ。ほかにも五十嵐作品には作中で映画の影響が窺えるものがいくつもあるので、探してみるのも一興だろう。

最後に、本書と同時期に単行本が発売となるシリーズ第三弾『命の砦』について触れておこう。

今度の舞台は、クリスマスイブで賑わう新宿地下街。夏美は、雅代や恋人の折原たちと食事をする予定だったが、トイレや防災センターから火が燃え上がり、大火災に巻き込まれることになる。すぐに消火活動が始まるが、大きな問題が浮上する。ちょうどこの時期、地下街では大規模なフェアが催されており、そこで販売中の電化製品にマグネシウムが含まれていることが判明したのだ。マグネシウムは高温の状態で水に触れると、急激に激しい燃焼を引き起こすため、放水や消火器を使うことはできない。もしここでマグネシウム爆発が起これば、集結した千人の消防士だけでなく一万人以上の命が奪われかねない。万事休すのなか、夏美たちは、ある秘策のために動き出す……。

まず映像化は不可能といえる空前のスケール、〝消防士〟にスポットを当てたシリーズだからこそ描かれなければならない極めて重要なテーマ、そして迎える圧巻の大団円。『炎の塔』と本書を読了後、ただちに手を伸ばすことを強くオススメする。

参考資料

『クルーズ オペレーション マネジメントークルーズの舞台裏ー』フィリップ・ギブソン著 橋本 洋子 訳（創成社）二〇〇九年
『おトクに楽しむ豪華客船の旅 クルーズはじめました！』くぼ こまき 著（JTBパブリッシング）二〇一四年
『豪華客船で行くクルーズの旅』上田寿美子 著（産業編集センター）二〇一四年
『ダイナミック図解 船のしくみパーフェクト事典』池田 良穂 監修（ナツメ社）二〇一四年
『史上最強カラー図解 プロが教える船のすべてがわかる本』池田 良穂 監修（ナツメ社）二〇〇九年
『イラスト図解 船』八木 光 監修（日東書院本社）二〇一〇年
『図解入門 よくわかる最新船舶の基本と仕組み』川崎 豊彦 著（秀和システム）二〇一四年

この作品『波濤の城』は平成二十九年十月、小社より四六判で刊行されたものです。

一〇〇字書評

切・り・取・り・線

購買動機（新聞、雑誌名を記入するか、あるいは○をつけてください）	
□（　　　　　　　　）の広告を見て	
□（　　　　　　　　）の書評を見て	
□ 知人のすすめで	□ タイトルに惹かれて
□ カバーが良かったから	□ 内容が面白そうだから
□ 好きな作家だから	□ 好きな分野の本だから

・最近、最も感銘を受けた作品名をお書き下さい

・あなたのお好きな作家名をお書き下さい

・その他、ご要望がありましたらお書き下さい

住所	〒				
氏名		職業		年齢	
Eメール	※携帯には配信できません	新刊情報等のメール配信を 希望する・しない			

この本の感想を、編集部までお寄せいただけたらありがたく存じます。今後の企画の参考にさせていただきます。Eメールでも結構です。

いただいた「一〇〇字書評」は、新聞・雑誌等に紹介させていただくことがあります。その場合はお礼として特製図書カードを差し上げます。

前ページの原稿用紙に書評をお書きの上、切り取り、左記までお送り下さい。宛先の住所は不要です。

なお、ご記入いただいたお名前、ご住所等は、書評紹介の事前了解、謝礼のお届けのためだけに利用し、そのほかの目的のために利用することはありません。

〒一〇一‐八七〇一
祥伝社文庫編集長　坂口芳和
電話　〇三（三二六五）二〇八〇

祥伝社ホームページの「ブックレビュー」からも、書き込めます。

www.shodensha.co.jp/bookreview

祥伝社文庫

波濤の城

令和2年10月20日　初版第1刷発行

著　者　五十嵐貴久
発行者　辻　浩明
発行所　祥伝社
東京都千代田区神田神保町3-3
〒101-8701
電話　03（3265）2081（販売部）
電話　03（3265）2080（編集部）
電話　03（3265）3622（業務部）
www.shodensha.co.jp
印刷所　錦明印刷
製本所　ナショナル製本
カバーフォーマットデザイン　芥 陽子

Printed in Japan ©2020, Takahisa Igarashi ISBN978-4-396-34673-7 C0193

祥伝社文庫の好評既刊

夏見正隆　チェイサー91

日本が原発ゼロ宣言、そしてF15イーグルが消えた！　航空自衛隊の女性整備士が、国際社会に蠢く闇に立ち向かう!!

夏見正隆　TACネーム アリス

闇夜の尖閣諸島上空。〈対領空侵犯措置〉に当たる空自のF15J。国籍不明の民間機が警告を無視、さらに!!

夏見正隆　TACネーム アリス　尖閣上空10vs1

尖閣諸島の実効支配を狙う中国。さらに政府専用機がジャックされた！　乗員のひかるは姉に助けを求めるが……。

恩田　陸　不安な童話

「あなたは母の生まれ変わり」――変死した天才画家の遺子から告げられた万由子。直後、彼女に奇妙な事件が。

恩田　陸　puzzle〈パズル〉

無機質な廃墟の島で見つかった、奇妙な遺体！　事故？　殺人？　二人の検事が謎に挑む驚愕のミステリー。

恩田　陸　象と耳鳴り

上品な婦人が唐突に語り始めた、象による殺人事件。彼女が少女時代に英国で遭遇したという奇怪な話の真相は？

祥伝社文庫の好評既刊

恩田 陸
訪問者
顔のない男、映画の謎、昔語りの秘密——。一風変わった人物が集まった嵐の山荘に死の影が忍び寄る……。

小路幸也
うたうひと
仲違(たが)い中のデュオ、母親に勘当されたドラマー、盲目のピアニスト……。温かい歌(ストーリー)が聴こえる傑作小説集。

小路幸也
さくらの丘で
今年もあの桜は美しく咲いていますか——遺言により孫娘に引き継がれた西洋館。亡き祖母が託した思いとは？

小路幸也
娘の結婚
娘の結婚相手の母親と、亡き妻との間には確執があった？　娘の幸せをめぐる、男親の静かな葛藤と奮闘の物語。

小路幸也
アシタノユキカタ
元高校教師の〈片原修一〉のもとに現れたキャバ嬢と小学生の女の子。札幌から熊本まで三人は旅をすることに。

小路幸也
マイ・ディア・ポリスマン
超一流のカンを持つお巡りさん・宇田巡が出会った女子高生にはある特殊能力が。ハートフルミステリー第一弾！